HIGHLIGHTSVERLAG

»Er öffnete vollends die Augen und blickte direkt in den aufgedeckten Schambereich von Marie Schulze, geborene Meier. Sie war rasiert. Nicht ein kleines Härchen bedeckte die weichen Hauterhebungen und Biegungen. Die Wölbungen und Vorsprünge hatte Max bisher nur auf Bildern, jedoch noch nie in dieser Detailschärfe gesehen. Und über allem prangte ein geschwungenes *GG*.«

Der junge Eisenacher Priester Max Hader wird zu seiner ersten Beichte in eine Justizvollzugsanstalt gerufen. Dort eröffnet ihm ein todkranker Bankräuber, dass er fünf Millionen Euro auf einem Schweizer Nummernkonto deponiert habe. Das Passwort hierfür sei im Schambereich von sechs Frauenkörpern eintätowiert. Da Haders Gemeinde das Geld für die Erhaltung des Kindergartens dringend braucht, überwindet er seine Glaubensgrundsätze und macht sich auf die Suche nach den sechs Frauen. Tatsächlich findet er die ersten drei relativ schnell – in einem Männermagazin, in einer Sauna und bei einem Physiotherapeuten. Mit Witz und Cleverness verschafft sich der Priester einen Blick auf die Tattoos. Doch dann gerät Max unter Mordverdacht, und bevor er die restlichen drei Frauen ermitteln kann, muss er vor der Polizei fliehen.

Steffen Schulze

Der Motorrad-Pfarrer und die Millionenbeichte

Motorrad-Krimi

1. Auflage 2015

Fotos: © B. Wylezich - Fotolia.com
© Dreadlock - Fotolia.com
Lektorat und Korrektorat: Martin Schempp, Rainer Bracht
Satz und Gestaltung: Sylva Harasim
Druck und Bindung: CPI - Ebner & Spiegel, Ulm

ISBN 978-3-933385-78-9

30.08.2006, nachmittags

Sara trat das Gaspedal des Mercedes bis zum Bodenblech durch. Der ehemalige Leichenwagen schaukelte sich bedenklich in den zahlreichen Bodenwellen der Bundesstraße 19 auf. Seine Ladefläche war in eine gemütliche Liegefläche umfunktioniert worden. Der Mercedes schlingerte durch die unübersichtlichen Kurven des Thüringer Waldes. Die Straße wand sich durch ein grünes Meer an Buchen, Eichen und Kastanien, die sich in den Kronen zu berühren schienen. So entstand ein natürlicher Tunnel, der die grelle Sommersonne fast vollständig schluckte. Mehr als einmal kam das rechte Hinterrad des Leichenwagens von der Fahrbahn ab, schleuderte eine Kieselsteinkaskade nach hinten, bevor es zurück auf den Asphalt fand. Davon ließ sich die junge Frau am Steuer nicht beeindrucken. Sie gab Vollgas, überholte trotz nicht einsehbarer Strecke und verringerte auch in Ortschaften ihre Geschwindigkeit nur unwesentlich. Nicht dass sie es besonders eilig hatten, Sara fuhr immer so. Bisher war es auch stets gut ausgegangen, wenn man ihr glauben wollte.

»Ich hatte noch nie einen Unfall, an dem ich allein schuld war«, pflegte sie zu sagen.

Hinter ihnen schien es jedoch jemandem nicht schnell genug zu gehen. Ein Motorradfahrer scherte immer wieder aus, setzte zum Überholen an, zog dann aber doch wieder zurück. Das Modell war nicht genau zu erkennen, die Farbe der Plastikverkleidung war jedenfalls giftgrün. Und wieder war er fast neben ihnen. Das Vorderrad stieg weit in die Luft. Trotzdem hatte der Fahrer noch die Muße, mit seinem linken Zeigefinger an seinen Helm zu tippen, den Kopf zu schütteln und endlich mit kreischendem Motor vorbeizuziehen. Er schaffte es gerade eben vor einem Kleinbus einzubiegen und schrappte in extremer Schräglage mit beinahe aufsetzendem Ellenbogen um die nächste Kurve. Schnell war er aus dem Sichtfeld verschwunden.

Saras Beifahrer schien die halsbrecherische Fahrweise nicht zu stören, weder die eigene noch die des Motorradfahrers. Er las seelenruhig in seinem Buch. Der Bibel! Nur ab und an schaute er gelangweilt auf, wenn der Gegenverkehr eine von Saras Aktionen mit einem lauten Hupkonzert kommentierte.

Auch das Pärchen auf der Ladefläche war mit anderen Dingen beschäftigt. Dass hier einst Särge transportiert wurden, schreckte sie nicht im mindesten. Simon hatte seinen Kopf unter Evas T-Shirt gesteckt und ließ seine Zunge über ihren Bauchnabel kreisen. Er malte ein unsichtbares S, leicht verwackelt durch die wilden Zuckungen des Fahrzeugs. Seine Hände hatten die Hüften der jungen Frau fest gepackt und dirigierten ihren Körper unter seiner Zunge hindurch. Er wanderte höher. Eva trug keinen BH und auch sonst keine Unterwäsche, nur ein cremefarbenes Trikot und einen gelben, knielangen Faltenrock. Nach dem entspannten und extrem heißen Tag an der Immelborner Kiesgrube hatten alle ihre nassen Badesachen ausgezogen und auf Unterwäsche verzichtet.

Jetzt stieß Simon mit seiner Nase an Evas Brust. Er stupste sie, strich über die volle Rundung und drückte sanft gegen das warme, feste Fleisch.

»Lass den Quatsch«, sagte Eva und streichelte gleichzeitig durch ihr Oberteil hindurch Simons Kopf.

Der ließ sich nicht beeindrucken. Seine Nase hatte die rechte Brust inzwischen vollends bestiegen und den festen Nippel erreicht. Ganz langsam umkreiste er ihn, biss zärtlich hinein und kostete schließlich den Geschmack der weichen Haut. Sonnenmilch, Salz, Strand, Urlaub.

Eva stöhnte leicht auf, zog ihr T-Shirt hoch, so dass Simon wieder ans Tageslicht gelangte und zog seinen Kopf zurück. Sie küssten sich.

»Du bist ein Spinner, weißt du das?«, sagte sie und strich ihm weiter durch die Haare.

Die nächste, etwas zu schnell genommene Haarnadelkurve schleuderte beide gegen die mit erdbeerrotem Plüsch überzogene Innenverkleidung des Leichenwagens.

»Ich weiß. Aber wir werden uns eine ganze Zeit nicht sehen.«

»Warum musst du gehen?«

Eva setzte einen Schmollmund auf, bedeckte sich und zog ihr Oberteil übertrieben eifrig glatt. Sie vermied es, Simon direkt anzusehen. Dieses Gespräch hatten sie schon etliche Male geführt. Trotzdem stellte Eva immer wieder die gleiche Frage.

»Weil sie mich sonst rauswerfen«, antwortete Simon geduldig, setzte sich auf und lehnte sich mit dem Rücken an das Seitenfenster.

»Ich brauche den Job«, fuhr er fort.

»Wie lange noch mal?«

»Zwei Jahre«, sagten beide im Chor.

»Ich werde dich bestimmt vergessen.«

»Das wirst du nicht.«

Simons Stimme war kälter geworden. Er packte Evas Handgelenk.

»Au, du tust mir weh.«

»Du wirst mich niemals vergessen«, sagte er und ließ sie los, stieß Evas Arm von sich.

Eva rieb sich ihr schmerzendes Handgelenk und schaute aus dem Fenster. Die Wartburg schimmerte durch den grünen Blätterwald, hoch oberhalb der Felsenschlucht, durch die die Straße in Richtung Eisenach führte. Die untergehende Sonne zauberte einen rotgoldenen Schleier um die Burg.

»Ich möchte, dass du dich tätowieren lässt, damit ich immer bei dir bin«, sagte Simon.

»Du spinnst ja.«

»Nein, ich meine es ernst. Heute noch.«

»Und was stellst du dir vor? Dein Passbild? Ein Herz mit deinem Namen drunter?«

»Nein, meine Initialen.«

»Aber ich kenne doch nur deinen Vornamen.«

»Das reicht.«

»Und wo?«

Simon ließ seinen Blick über Eva wandern, prüfte jede Stelle ihres athletischen Körpers.

»Lass dich überraschen«, sagte er schließlich.

Die Tür des Tätowierstudios hinter dem Kino war abgeschlossen. Simon rüttelte kräftig daran und trat schließlich dagegen. Von der Wucht des Trittes klirrte das große Schaufenster in seiner Einfassung. Wütend holte er sein Handy aus der Hosentasche, scrollte durch das umfangreiche Telefonbuch und wählte schließlich eine Nummer.

»Schade. Vielleicht ein andermal«, sagte Eva, griff Simons Hand und versuchte ihn durch die Unterführung in Richtung Marktplatz zu ziehen. Sie hatten sich mit Sara und ihrem neuen Freund auf einen Eisbecher im *Toccata* verabredet.

Doch Simon blieb stehen und rührte sich keinen Millimeter. Er schüttelte nur unwirsch den Kopf und lauschte in sein

Telefon. Das Rufzeichen war sogar für Eva zu hören. Der Hinterhof, in dem das Studio untergebracht war, dampfte verlassen in der abklingenden Hitze des Tages. Die wenigen Geschäfte in der Gasse hatten längst geschlossen und für Kinogänger war es noch zu früh.

Simon hatte nun seinerseits nach Evas Hand gegriffen und hielt sie in einem schraubstockähnlichen Griff gefangen. Er verwandelte sich wieder. Eva kannte seine Stimmungen und Launen. Und die, in die er jetzt geriet, war eine, die sie nicht ertragen konnte, ja fürchtete. Doch Flucht war zwecklos. Eva betrachtete das Plakat einer aufgeschnittenen und gepiercten Erdbeere an der Tür zum Tätowierstudio. Der Stahlring war direkt durch das weiche, weiße Fruchtfleisch getrieben worden. Genauso fühlte sie sich jetzt.

»Wo bist du denn, du Pfeife!«, brüllte Simon in sein Handy.

Offensichtlich hatte der Angerufene endlich abgehoben.

»Wenn du nicht in zwei Minuten hier bist, dann raucht's, verstanden?«

Simon steckte sein Telefon zurück in die Hosentasche und wartete, immer noch Evas Handgelenk umklammernd.

Sie schwiegen, sahen sich nicht an.

Noch vor Ablauf der Frist kam ein großer, dicker Kerl mit Glatze um die Ecke gelaufen und steuerte auf das wartende Pärchen zu. Es war deutlich zu sehen, dass er sich schneller als gewöhnlich bewegte. Schweißtropfen liefen ihm über die Stirn. Außerdem hatten sich unter seinen Achseln mächtige Feuchtflecken auf dem Metallica-Shirt gebildet. Trotz der fortgeschrittenen Stunde, es mochte so gegen 18.30 Uhr sein, hatte es noch gut und gerne 26 Grad im Schatten.

»Wird ja auch Zeit Mann«, empfing ihn Simon. »Mach auf den Laden.«

Der Glatzkopf murmelte irgendetwas und schloss dann die Studiotür auf. Muffige Luft und der Geruch nach Desinfektionsmitteln schlug ihnen entgegen. Simon zerrte Eva hinter sich her und schubste sie auf eines der beiden, durchgesessenen Plüschsofas. Der dicke Tätowierer schloss hinter ihnen ab und drehte sich zu Simon um.

»Wie üblich?«, fragte er.

Seine piepsige Stimme wollte nicht zu seinem voluminösen Körper passen. Eva stellte sich vor, dass so ein Papagei sprach.

»Ja.«

»Dann kommt mit.«

Im hinteren Teil des Raumes stand ein Zahnarztstuhl, dem Aussehen nach zumindest. Simon packte Eva wieder am Arm und zerrte sie in Richtung des Furcht einflößenden Sitzmöbels. Da er immer noch in der Mr. Hyde-Phase gefangen war, leistete sie keinen Widerstand.

»Setz dich.«

Eva gehorchte. Der Stuhl zwang sie in eine fast liegende Position. Automatisch legten sich ihre Arme auf bequeme Stützen an den Seiten der Liege. Und ehe sie reagieren konnte, packten Simon und der dicke Tätowierer jeweils einen Unterarm und schnallten ihn mit bis dato versteckten Riemen an den Armlehnen fest, so dass sie sich nicht mehr rühren konnte.

»Was soll das? Macht mich sofort los, ihr Schweine!«, schrie sie erschrocken auf und zerrte an ihren Fesseln.

»Simon, bitte. Das ist nicht witzig«, sagte sie etwas leiser, als keiner der beiden reagierte und sich die Lederriemen bei jeder Bewegung nur tiefer in ihr Fleisch schnitten. Tränen liefen über ihre Wangen.

»Bitte mach mich los«, wiederholte sie flehend, um kurz darauf wieder wütend an den Lehnen zu rütteln.

Doch die Männer schienen sie nicht zu hören. Simon packte Evas rechtes Bein, riss es brutal von der Liege und stellte sich zwischen Bein und Stuhl. Dann griff er zum anderen Bein herüber und schob Evas Rock bis über ihren Bauch hoch. Er entblößte sie. Eva zuckte, schrie, versuchte zu treten, doch Simon war viel stärker als sie und blieb von den Beschimpfungen und versuchten Tritten völlig unbeeindruckt.

Der Dicke hatte in der Zwischenzeit die Tätowiermaschine in Gang gebracht. Die Nadel surrte wie der Hochleistungsbohrer eines Zahnarztes. Er packte nun ebenfalls Evas linkes Bein, drückte es noch weiter zur Seite und näherte sich ihrem Schambereich. Ihr kurz geschnittenes, rötliches Haar umrahmte ihre Vulva und stach wie eine Oase aus der weißen Haut hervor. Die Nadel kam näher. Das Surren war unerträglich. Noch schlimmer war die Tatsache, dass Eva nicht sehen konnte, was der Mann mit ihr vorhatte. Das sirrende Geräusch bohrte sich in ihren Schädel. Dann kam der Schmerz. Unerträglich. Sie schrie, schrie, wie sie noch nie in ihrem Leben geschrien hatte.

Fünf Minuten später war alles vorüber.

Vorsichtig, fast zärtlich, löste Simon die Fesseln und strich Evas Rock wieder glatt. Dann streichelte er über ihr Haar und flüsterte in ihr Ohr: »Das habe ich für uns getan. Eine ewige Bindung. Auf immer vereint.«

Eva antwortete nicht. Sie hatte aufgehört zu weinen, blieb aber regungslos auf dem Stuhl liegen. Simon nahm ihre Hand, küsste sie und half ihr beim Aufstehen. Wie eine Marionette ließ sich Eva durch das Tätowierstudio nach draußen dirigieren.

»Und jetzt suchen wir dir noch einen hübschen Ring aus. Mit einem Diamanten.«

Eva trottete willenlos neben Simon her, hörte seine Worte, verstand sie aber nicht. Sie kamen nicht in ihrem Gehirn an und wurden somit nicht zu Informationen. Die Sätze waren nur eine Aneinanderreihung von Buchstaben.

Vor einem Juwelier in der Fußgängerzone, die im Moment eine einzige Baustelle war, da eine neue Abwasserleitung verlegt wurde, blieb Simon stehen. Konzentriert betrachtete er die Auslage, nahm jeden einzelnen Ring in Augenschein, bewertete ihn und traf eine Vorauswahl. Eva hing neben ihm an seiner Hand und glotzte durch die Schaufensterscheibe in das schwach ausgeleuchtete Innere des Ladens.

»Was hältst du von dem hier vorne?«, fragte Simon, nachdem er seine Analyse abgeschlossen hatte.

»Weißgold. 999er. Wirkt nicht so russisch. Der Stein ist nicht sehr groß, dafür lupenrein. Ja, ich denke, den nehmen wir.«

Simon ließ Evas Hand los und sah sich um. Vor dem Nachbarhaus lag ein chaotischer Haufen Pflastersteine, die darauf warteten, verlegt zu werden und der Fußgängerzone zu neuem Glanz zu verhelfen. Simon ging hinüber und nahm einen Stein prüfend in die Hand. Eva rührte sich nicht von der Stelle, starrte wie hypnotisiert in den Verkaufsraum des Schmuckladens. Sie zuckte noch nicht mal zusammen, als Simon mit voller Wucht den Stein gegen die Schaufensterscheibe schleuderte und er nur wenige Zentimeter an ihrem Kopf vorbeigeflogen kam. Spinnennetzartig breiteten sich Risse über die gesamte Glasfront aus, aber die Scheibe hielt. Simon nahm erneut Anlauf. Der nächste Pflasterstein traf auf die Spinnengewebe, bog das beschädigte Glas nach innen, federte zurück und fiel Simon unverrichteter Dinge vor die Füße.

»Was machen Sie denn da?«

Simon hatte den Mann nicht kommen gehört. Wach- und Schließgesellschaft. Der Sicherheitsmann trug eine dunkle Bomberjacke und Springerstiefel. In der Hand hielt er eine auch als Schlagstock zu gebrauchende Taschenlampe. Außerdem nestelte er mit der freien Hand an seinem Gürtel, um das Pfefferspray aus der Halterung zu lösen. Trotz dieser kriegerischen Ausrüstung wirkte der Mann nicht sehr bedrohlich. Jacke und Schuhe schienen viel zu groß und der Umgang mit Waffen ungewohnt zu sein.

Simon hatte den Stein für einen dritten Versuch wieder aufgehoben, aber noch nicht geworfen. Er wog ihn in der Hand und starrte den jetzt nur noch zirka zwei Meter entfernt stehenden Wachmann an. Erst auf diese Entfernung wurde deutlich, dass der Mann nicht älter als achtzehn Jahre sein konnte. Hatte wohl keinen Ausbildungsplatz abbekommen.

»Legen Sie den Stein zur Seite«, sagte er mit unsicherer Stimme.

In der Zwischenzeit hatte er es geschafft, die Spraydose zu befreien und richtete sie nun auf Simon.

»Bitte legen Sie den Stein hin, oder ich mache von dem Pfefferspray Gebrauch.«

Der junge Mann wurde etwas selbstsicherer.

Simon schien zu überlegen. Er wartete einen Moment und bückte sich dann leicht, ohne den Mann aus den Augen zu lassen. Fast sah es so aus, als würde er der Aufforderung nachkommen wollen. Doch dann, in einer plötzlichen und blitzschnellen Bewegung, holte Simon aus und schleuderte den Pflasterstein wie ein Baseballwerfer auf den verdutzten Sicherheitsmann. Der hatte keine Zeit zu reagieren. Der Stein traf ihn mit voller Wucht mitten an die Stirn. Er verursachte ein klatschendes, unangenehmes Geräusch. Die Wucht des Aufpralls riss den Mann von den Füßen. Er fiel rücklings in den aufgerissenen Abwasserschacht und klappte darin zusammen wie ein Taschenmesser. Blut lief ihm über das Gesicht. Ein wahrer Sturzbach. Simon sah interessiert zu, wie sich das Muster immer wieder änderte. Dann waren Sirenen zu hören, schnell näherkommend. Also drehte sich Simon um und sagte: »Komm Liebes wir ...«

Doch Eva war verschwunden.

16.10.2014, vormittags

Max Hader war mit seiner rostroten MZ ETZ 250 auf der B 84 in Richtung Bad Langensalza unterwegs. Der Zweitakter knatterte befreit vor sich hin und dass der Tachometer ausgefallen war, spielte schon lange keine Rolle mehr. Max fühlte sich gut, genoss die sanften Kurvenradien und die Einsamkeit im wundervollen Thüringer Becken. Die leuchtenden Herbstfarben trugen zur friedlichen Stimmung bei. Der Strahlenkranz der Sonne erinnerte ihn an das Altarbild in der Kirche seines Heimatdorfes. Als Kind hatte er den gekreuzigten Jesus die endlosen, langweiligen Predigten hindurch, auf harten Holzbänken sitzend und frierend, angestarrt und überlegt, woher wohl die Lichtblitze kamen, die aus dessen Kopf herausschossen. Und nun stand er kurz davor, selber solche Messen abhalten zu dürfen.

Was für ein Tag. Für die Jahreszeit zu warm, hatte der Radiowettermann am Frühstückstisch verkündet. Max war es gerade recht, vor allem, da es auch noch den Rest der Woche anhalten sollte. Motorradwetter. In der lebendigen Sonne spürte er die Kraft Gottes, was ihm seinerseits Stärke verlieh. Diese hatte er heute besonders nötig, wenn er an die bevorstehende Aufgabe dachte.

Seine erste Beichte. Und dann auch noch außerhalb seiner gewohnten, vertrauten und Sicherheit gebenden Kirche. Der Bischof persönlich hatte Max anrufen lassen und ihm diese Aufgabe übertragen. Krankheitsbedingter Ersatz. Die Personaldecke war zu dünn. Es gab keinen Nachwuchs. Das war in der heutigen Zeit nichts Neues. Fachkräftemangel. Nur noch wenige und kaum noch junge Männer fanden den Weg zum Priesteramt. Auch für Max war es ein steiniger und unergründlicher Pfad gewesen. Die Wege des Herrn.

Der größte Stolperstein war dabei der Zölibat. Absolute Enthaltsamkeit. Eine Hilfe, um Jesus frei und ungebunden nachfolgen zu können, keine Rücksicht auf Familie nehmen zu müssen und somit verfügbarer für die Kirche sein zu können. Das war die Theorie. Genau wie die Behauptung, dass das sexuelle Bedürfnis mit zunehmender Enthaltsamkeit abnehmen würde. Genau. Wenn Max dieses spezielle Verlangen überkam, versuchte er sich mit Sport abzulenken: Liegestützen, Rumpfheben, Kniebeugen und andere gymnastische Übungen. Im Laufe der Zeit hatte er eine beachtliche Perfektion hierin erreicht. Ob das ausreichte, die sexuelle Energie zu kanalisieren, würde sich in den kommenden Monaten und Jahren zeigen. Möglichst wenig Kontakt mit dem weiblichen Geschlecht war laut den Ratschlägen von Kollegen ebenfalls hilfreich. Gut, Max bewohnte eine kleine Kammer in einem Nonnenkonvent. Eine aus der Not geborene, kostengünstige Zwischenlösung. Und da sämtliche Schwestern die sechzig weit überschritten hatten, drohte aus der Richtung auch keinerlei Gefahr.

Nachdem Max' Vater früh gestorben und er bei seiner Mutter und der zehn Jahre älteren Schwester aufgewachsen war, hatte ihm von jeher eine männliche Bezugsperson gefehlt und er hatte ein besonderes Verhältnis zum weiblichen Geschlecht entwickelt. Es war eine Art von Respekt, ja man konnte schon sagen Angst, die es ihm so gut wie unmöglich machte, ein normales Gespräch mit Frauen zu führen. Das hatte sich bis zum heutigen Tag nur wenig geändert, außer, ja außer er trug seine Dienstkleidung wie eine Rüstung, einen Schutzpanzer. Dann war er ein anderer Mensch.

Gut dass er die Sonnenbrille aufgesetzt hatte. Ein herrlicher Tag. Die einundzwanzig Pferdestärken reichten für eine entspannende Landstraßenfahrt vollkommen aus. Natürlich hatte die Gemeinde kein Geld für ein weiteres Dienstfahrzeug, neben dem von Pater Liebergeld. Also war Max mit seiner MZ unterwegs. Treue Dienste hatte sie ihm bisher geleistet, ihn noch nie ernsthaft im Stich gelassen. Und sie musste das wahrscheinlich auch noch länger tun. Dass der Tacho nicht funktionierte war nicht schlimm und dass der vierte Gang seit einem halben Jahr nicht mehr einzulegen ging ebenso wenig. Max kam auch so zügig voran. Die Felder waren zum größten Teil schon abgeerntet. Den Geruch nach frischer, schwerer, erst vor kurzem aufgebrochener Erde konnte er ungefiltert unter dem offenen Helm genießen. Auf einigen Ackerflächen ließen sich riesige Schwärme schwarzer Krähen nieder, auf der Suche nach den von den Erntemaschinen herabgefallenen Brosamen. Die Vögel erhoben sich wie eine einzelne Kreatur und wie mit einem unsichtbaren Band verbunden in die Lüfte, sobald die rote MZ vorbeiröhrte. Den defekten Auspuff musste er wohl doch bald richten lassen.

Was wohl der Büßende beichten wollte? Ein Strafgefangener der JVA Tonna. So viel hatte der Bischof ausrichten lassen. Todkrank. Die Ärzte gaben ihm höchstens noch zwei Wochen. Obwohl Max im Pastoralkurs, der dritten Phase der priesterlichen Ausbildung, mit sterbenden Menschen zu tun hatte, war das eine besondere Herausforderung für ihn. Wie würde der Mann wohl reagieren? Wie war sein geistiger Zustand, seine Bereitschaft zur Reue? Hatte er Angst vor dem Tod, dem Fegefeuer? Wollte er deswegen sein Gewissen erleichtern und reinen Herzens vor den Schöpfer treten?

Die bischöfliche Sekretärin hatte am Ende des Gesprächs erwähnt, dass der Fall des Gefangenen damals ziemlich viel Aufmerksamkeit in der Presse erregt hatte. Sie hatte einen speziellen Namen verwendet, der Max aber partout nicht mehr einfallen wollte.

Schließlich erreichte er die Justizvollzugsanstalt. Max war einigermaßen überrascht von der Moderne der Gebäude. Der Komplex erinnerte eher an eine Hightech-Fabrik denn an ein Gefängnis. Max hatte einen roten Ziegelsteinbau mit massiven Gittern vor den Fenstern erwartet, wie er ihn in unzähligen Filmen gesehen hatte. Stattdessen traf er auf mehrere dreistöckige Gebäude, deren Fassaden in einem sauberen Weiß erstrahlten. Die grauen Dächer fügten sich ebenso harmonisch in das Bild wie die gepflegten Rasenflächen, auf denen in präziser Regelmäßigkeit Laternen und junge Bäume die Anlage auflockerten. Die JVA Tonna erweckte eher den Anschein einer hochmodernen Klinik als den einer Strafanstalt. Aber vielleicht war das ja auch Absicht.

Max fuhr auf den Besucherparkplatz, stellte den Motor ab und wuchtete das Motorrad auf den Hauptständer. Helm, Handschuhe und Motorradjacke passten bequem in die schwarzen Seitenkoffer. Vor die bis eben noch strahlende Sonne hatte sich eine dunkle Wolke geschoben. Weiter im Osten schien sich eine komplette Regenfront aufzubauen. Davon hatte der Wettermann nichts berichtet.

Nervös und ohne sich dessen bewusst zu sein, rieb Max an der kleinen Narbe über seiner linken Braue. Ein Andenken an den Versuch seiner großen Schwester, ihm das Fahrradfahren beizubringen.

Der Beamte am *Empfang* blätterte in einem großen Buch und suchte nach der Anmeldung.

»Hader, sagten Sie?"

»Ja, Max Hader. Für Jens Müller.«

Der Wachmann hob eine Braue.

»Der Casanova des Ostens.«

»Wie bitte?"

»So wird er hier drin genannt. Beruht allerdings nur auf den Geschichten, die er selber in Umlauf gebracht hat. Wer weiß, was davon stimmt. Bitte unterschreiben Sie hier, Hochwürden.«

Max lächelte und setzte seine Unterschrift in das Buch. Hochwürden. So hatte ihn in den zwei Monaten, die nun schon seit der Priesterweihe vergangen waren, noch niemand genannt. Dann nahm er die Bibel, die er kurz zur Seite gelegt hatte, wieder an sich und betrat den Gefängniskomplex.

Auf einmal ließ der Blick zum Himmel nichts Gutes ahnen. Wo war das schöne Wetter hin? Es würde wohl doch noch Regen, vielleicht sogar ein Gewitter geben.

»Casanova des Ostens«, wiederholte Max für sich. Das hatte die bischöfliche Sekretärin damals mit Bewunderung in der Stimme gesagt.

16.10.2014, mittags

Nun war es soweit. Max wartete einen Moment vor der Tür zu dem Krankenzimmer, in dem der Hilfe und Trost suchende, schwer kranke Mann auf ihn wartete. Max bemühte sich, seine Nervosität zu vertreiben. Ein probates Mittel war die Konzentration auf die eigene Atmung. »Bewusst durch den Bauch atmen«, hatte ihm ein Professor während des Theologie-Studiums empfohlen. Und tatsächlich. Langsam normalisierte sich Max' Puls. Er griff zur Türklinke.

Der Raum sah wie jedes andere Krankenhauszimmer aus. Die Wände waren weiß und kahl, schmucklos bis auf das Bild eines weinenden Clowns. Und es lag der Geruch nach aufdringlichen Desinfektionsmitteln in der Luft. Die Farbe des beigen Linoleumfußbodens erinnerte an Ostseesand. Wahrscheinlich war das sogar beabsichtigt. Außerdem schien er erst vor kurzem ausgetauscht worden zu sein. Oder er war frisch gebohnert. Er hatte keine Kratzer und quietschte unter Max' Gummischuhsohlen. Seine Motorradstiefel waren einerseits funktional, sahen aber andererseits nicht zu sehr nach Biker aus.

Erstaunlicherweise waren keinerlei medizinische Geräte in dem Zimmer aufgebaut, kein Tropf, kein Herzmonitor, der dem Pulsschlag lauschte, oder sonstige hochtechnische Aufzeichnungsgeräte, nicht einmal eine Krankenakte hing am Bett.

Auf einem quadratischen Nachtschrank stand ein halbvolles Glas Wasser neben einer vertrockneten Blume. Die Behelfsvase ohne Wasser war aus einer Kunststoffflasche ausgeschnitten. Den Etikettresten nach zu urteilen hatte sie wohl mal ein Geschirrspülmittel enthalten. Durch das Fenster fiel ein einzelner Sonnenstrahl auf einen hölzernen Besucherstuhl. Wie der Spot auf einer Bühne. Anstatt eines Vorhangs schmückten massive Gitter die Öffnung in der Wand.

»Hallo Pater, schön, dass Sie kommen konnten.«

Erst jetzt wandte Max seine Aufmerksamkeit dem modernen Krankenbett und dem darin befindlichen Mann zu. Zu seinem Erstaunen sah dieser nicht krank aus, nicht so, als würde er in den nächsten vierzehn Tagen sterben müssen. Im Gegenteil. Er saß aufrecht im Bett, das Kopfteil war steil angestellt, so dass man seinen kräftigen Oberkörper gut erkennen konnte. Das Gesicht war blass, aber nicht zu weiß, eher eierschalenfarben. Die Augen lagen tief in ihren Höhlen, waren von fast schwarzen Ringen umgeben, funkelten allerdings mit einer Intensität, die schon beinahe unangenehm war. Sie schienen bis direkt in die Seele schauen zu können. Max konnte dem Blick nicht lange standhalten. Er schaute auf die Hände des Mannes, die dieser wie zum Gebet gefaltet in seinem Schoß liegen hatte. Starke Hände. Dann wanderte sein Blick weiter. Jens Müller war kräftig gebaut, seine bleiche Haut spannte sich über einem massiven Bizeps. Er wirkte blass, aber fit. Nur das Fehlen jeglichen Haarwuchses, selbst die Wimpern und Augenbrauen waren nicht vorhanden, wies auf die schreckliche Krankheit hin, die von dem Körper Besitz ergriffen hatte. Er mochte Mitte dreißig sein, somit kaum älter als Max selbst.

»Gut sehen Sie aus, Pater. Ein Priester mit Kurzhaarfrisur und richtigen Oberarmen. Respekt. Wie alt sind Sie, dreißig? Ich hatte einen bei weitem älteren Mann erwartet. Mit mehr Lebenserfahrung, wissen Sie?«

Der Kranke sprach mit einer kräftigen, einschmeichelnden Stimme und zwinkerte mit dem linken Augenlid, als er den letzten Satz aussprach. Vielleicht hatte er auch nur etwas ins Auge bekommen. »Nichts für ungut.«

»Guten Tag Herr Müller«, antwortete Max endlich. Dabei rieb er sich über seine Narbe, wechselte die Bibel von der linken in die rechte Hand und bemühte sich um ein souveränes Auftreten. Auf die Fragen des Mannes ging er vorerst nicht ein. Er hatte auch keine Gelegenheit dazu, denn dessen Redefluss war kaum zu stoppen.

»Setzen Sie sich doch Pater«, sagte Müller und deutete dabei auf den noch immer angestrahlten, unbequem ausschauenden Besucherstuhl.

»Das hier wird einen Moment dauern. Aber wir haben ja den ganzen Nachmittag Zeit. Wobei das für mich wirklich ein Luxus ist. Sie wissen, wie lange mir die Ärzte noch geben?«

Der Kranke sprach in einem Plauderton, als ob sie sich schon ewig kennen würden und sich über das Wetter oder das Fußballspiel vom letzten Wochenende unterhielten.

Max kam endlich der Aufforderung nach. Er ging zu dem grünen Holzstuhl und zog ihn näher an das Bett heran. Langsam setzte er sich, wobei er die Bibel auf seinem rechten Oberschenkel balancierte. Gleichzeitig erlosch der Spot und es wurde merklich dunkler und irgendwie auch kühler in dem Krankenzimmer.

»Sie möchten also die Beichte ablegen?«

Max versuchte, die Initiative zu übernehmen und das Gespräch in für ihn vertraute Bahnen zu lenken.

»Beichten ist eine ziemlich hochgestochene Formulierung. Meine Geschichte erzählen, möchte ich. Ich brauche nur einen Zuhörer, wissen Sie? Davon gibt es hier drin nicht viele. Ein zwei Wärter. Die Knackis zählen nicht. Jemanden der dicht hält, nicht alles herumposaunt, so einen suche ich.

Wenn Sie so wollen, möchte ich schon mein Gewissen erleichtern. Obwohl ich nichts bereue. Ich habe bei dieser Sache niemanden verletzt, außer den Stolz von einigen Leuten vielleicht, aber das zählt nicht.«

»Sie sollten die Beichte eröffnen«, unterbrach ihn Max.

»Was muss ich machen?«, fragte Müller interessiert.

Er hatte sich noch aufrechter hingesetzt, schob das Kopfkissen weiter seinen Rücken hinauf und schaute Max mit seinen durchdringenden Augen neugierig an.

»Sie müssen sagen: Im Namen des Vaters und des Sohnes und des Heiligen Geistes.

Dann sage ich: Gott, der unser Herz erleuchtet, schenke dir wahre Erkenntnis deiner Sünden und Seiner Barmherzigkeit, und Sie beenden mit: Amen.«

»Betrachten Sie das als erledigt. Ich fange jetzt einfach an zu erzählen. Das Gute ist, dass sämtliche Kameras und Mikrofone abgeschaltet werden mussten. Da habe ich mich extra erkundigt. Beichtgeheimnis.«

Das Wort Beichtgeheimnis flüsterte er mit einem verschwörerischen Ton in der Stimme, beugte sich etwas nach vorn und hielt dabei seine rechte Hand neben seinen Mund, als ob er den Aufenthaltsort des Bernsteinzimmers verraten würde.

»Aber Sie müssen es.«

»Papperlapapp. Hören Sie lieber zu, was ich zu erzählen habe. Einige Sachen sollten Sie sich sogar aufschreiben. Haben Sie einen Stift? Ich leih Ihnen meinen. Aber Wiedersehen macht Freude. Sie glauben gar nicht, was hier drinnen so alles verschwindet.«

Mit diesen Worten langte Müller zu seinem Nachttisch hinüber, zog die oberste Schublade auf und wühlte so lange darin herum, bis er einen Kugelschreiber gefunden hatte. Offensichtlich ein Werbeprodukt. Hellblau. *Thüringen Lotto – auf einmal bist du reich* war darauf zu lesen. Den reichte er hinüber. Als Max danach griff, hielt Müller den Stift noch einen Moment fest, das Gesicht nun ganz dicht vor dem von Max und er wiederholte: »Einige Sachen sollten Sie sich sogar aufschreiben.«

Dann setzte er sich wieder gerade in sein Bett, schloss kurz die Augen, holte zweimal tief Luft, als habe ihn die Aktion schwer mitgenommen und fuhr dann unvermittelt fort:

»Zum Beispiel die folgenden Namen: Marie Meier, Claudia …«

Er unterbrach, da Max keinerlei Anstalten machte, sich die Namen zu notieren.

»Haben Sie mir nicht zugehört? Ich werde die Namen nur noch ein einziges Mal nennen.«

Müller war jetzt richtig aufgebracht. Der freundliche Plauderton war verschwunden. Sein Gesicht färbte sich rot, seine Hände krallten sich in die weiße Bettdecke. Er öffnete die Augen unnatürlich weit, so dass man das Gefühl hatte, die Augäpfel müssten jeden Moment herausfallen und über den neuen Fußboden rollen.

Max richtete sich erschrocken auf und sah sich nach dem Panikknopf um, von dem der Beamte bei der Vorbereitung auf den Besuch gesprochen hatte. »Für alle Fälle«, hatte er gesagt. Aber auch, dass Müller nicht zur Gewalttätigkeit neigte.

Da war er. Etwas abseits neben dem Nachttisch. Momentan außer Reichweite. Wenn er sich ein wenig streckte, in einem Hechtsprung vielleicht …

»Marie Meier.«

Müller sprach jetzt langsam und gedehnt, aber eindringlich, wie mit einem Kleinkind oder einem Minderbemittelten.

Instinktiv öffnete Max seine Bibel und begann automatisch mitzuschreiben, ohne den Kranken anzusehen.

»Claudia Meißner, Lisa Schmitz, Sara Adam, Eva Zöllner, Clara Pauli.«

Dann schwieg er und Max blickte verwundert zu Müller herüber. Was sollte das bedeuten? Sechs Namen. Sechs Frauen. Hatte er ihnen etwas angetan?

Müller starrte wie abwesend an die Decke und lächelte. Ja, er lächelte.

»Allesamt heiße Feger, Pater«, sagte er schließlich. »Eine wie die andere. Alles dran was dran gehört. Nicht zu dick und nicht zu dünn, außer an den richtigen Stellen. Thüringer Vollblutweiber. Und wahnsinnig gut im Bett. Mit allen Wassern gewaschen, wenn Sie wissen, was ich meine. Oh, Entschuldigung, wissen Sie natürlich nicht.«

Müller wandte den Blick von der Decke nun wieder Max zu und durchbohrte ihn mit seinen stechenden Augen. Es sah nicht so aus, als ob es ihm tatsächlich leidtun würde.

»Schon gut«, antwortete Max gepresst und rieb sich wieder über seine Narbe, die ein Eigenleben entwickelt zu haben schien. Er konnte ganz deutlich einen Pulsschlag darin spüren und nicht nur darin.

»Wissen Sie, wie viel Geld ich erbeutet habe?«

Müller wechselte derart schnell das Thema, dass Max Mühe hatte, die Frage inhaltlich zu verstehen. Das war anscheinend seinem Gesichtsausdruck zu entnehmen.

»Wie viel Geld, Pater?«, wiederholte Müller, wieder den Kleinkindton benutzend.

»Fünf Millionen Euro«, fuhr er schließlich fort, ohne eine

Antwort abzuwarten. »Das sind etwas mehr als 100 Kilogramm gewesen. Nicht schlecht, was? 100 Kilo Geld. Unvorstellbar. Aber ich möchte gern der Reihe nach erzählen.

Ich war schon immer ein Einzelgänger, wissen Sie. Nicht dass ich nicht gern was mit Frauen unternommen habe, vor allem im Bett.« Wieder grinste er. »Aber ansonsten brauchte ich keine Gesellschaft. Ich habe bei einer Sicherheitsfirma gearbeitet. Geldtransporte. Sechs Jahre lang. Eine lange Zeit. Dabei habe ich in einem Männerwohnheim gewohnt, in einem Achtquadratmeterzimmer. Kaum Kontakt zu den anderen. Das war okay. Nur ab und an zu Frauen. Die stehen auf mich. Kann ich mir nicht erklären, finde ich aber auch in Ordnung. Wollen Sie wissen, wie viele ich im Bett hatte? Die größte Action fand natürlich außerhalb von Betten statt, wenn Sie wissen, was ich meine.«

Max rutschte auf seinem Stuhl auf die andere Seite, klappte die Bibel wieder zu und rieb sich immer noch die Stelle über seiner linken Braue.

»Ich ging viel ins Fitnessstudio. Jede freie Minute. Dabei legte ich mir einen ganz ordentlichen Körper zu. Sie sehen aber auch durchtrainiert aus, Pater. Die meisten Frauen stehen auf so was, wenn Sie wissen, was ich meine. Oh, sorry.«

Wieder dieses Grinsen.

»Und dann entwickelte ich einen Plan. Zeit hatte ich genug. Geduld ist ganz wichtig, müssen Sie wissen. Nichts überstürzen. In der Ruhe liegt die Kraft. Banküberfall mit Knarre oder so schied von vornherein aus. Ich saß ja praktisch an der Quelle. Wissen Sie, was das für ein Gefühl ist, wenn man jeden Tag Millionen von Euro spazieren fährt, nur getrennt durch eine dünne Stahlwand, selbst aber nur Cent überwiesen bekommt. München ist teuer, müssen Sie wissen. Also überlegte ich mir alles ganz genau. Die Samstage waren die Stiefkinder der Firma. Kaum Besetzung. Lasche Sicherheit. Also trug ich mich generell für diese Schichten ein. Ich hatte ja eh nichts zu tun. Mit meinem Beifahrer verstand ich mich ganz gut. Wir sprachen nicht viel Privates. Meine kranke Großmutter ließ ich hier und da durchblicken und mein enges Verhältnis zu ihr. Wie bei Rotkäppchen, nicht? Ist natürlich schon lange tot, die Oma, nicht Rotkäppchen. Weil das lebt ja heute noch, wenn es nicht gestorben ist, richtig?

Und dann war es soweit. Der Wagen war voll. Bis an die Decke mit Geld beladen. Es war Samstag. Abend. Stockdunkel. Kein Mond. Bewölkter Himmel. Ich fuhr über die einsame Ringstraße. Hatte was von Stau gehört, sagte ich jedenfalls meinem Beifahrer. Auf einem abgelegenen Parkplatz hielt ich an. Keine Menschenseele weit und breit. Das war nicht ungewöhnlich. Pinkelpause. Ich hatte zwei Flaschen Wasser getrunken. Damit war es realistischer.

Also ging ich mich erleichtern und ließ meinen Kollegen im Wagen sitzen. Dann zückte ich mein Handy und kehrte wutschnaubend zurück. Ich kann ein ganz guter Schauspieler sein. Hatte ja auch genügend Zeit zum Üben, in sechs Jahren in meinem kleinen Zimmer. Sie sollten auch mal die Frauen befragen. Ich bin also zurück zum Wagen, habe die Tür aufgerissen und bin wutschäumend auf den Fahrersitz geklettert.

Scheiß Akku ist leer, habe ich gesagt. *Kann ich mir kurz dein Handy borgen? Oma ist wieder krank. Möchte mal hören, wie es ihr geht.* Ist er natürlich voll drauf angesprungen und sogar freiwillig ausgestiegen. Damit ich mehr Privatsphäre zum Telefonieren habe, hat er meine leeren Flaschen entsorgt. Tja, und da habe ich Gas gegeben. So einfach. Einen Mietwagen hatte ich einige Kilometer weiter postiert. Ich musste nur noch umladen. Einhundert Kilogramm Geld, Pater. Mit so viel hatte ich gar nicht gerechnet. Ich musste sogar einige Säcke zurücklassen, weil die gar nicht in den Kofferraum des Ford gepasst hatten.«

Er machte eine Pause und trank den Rest aus seinem Wasserglas mit einem Schluck leer. Max saß da, starrte Müller an und wusste nicht, wie er reagieren sollte. Die Informationen flossen so schnell und die Geschichte war so, so … Ihm fehlten die Worte. Und etwas zu trinken hätte er jetzt auch gern gehabt. Sein Mund war trocken, die Zunge klebte am Gaumen.

»Dann bin ich gleich nach Tschechien durchgefahren. Habe dort die Wagen getauscht und bin von der Bildfläche verschwunden. Hab es mir in Budweis gut gehen lassen. Mit dem nötigen Kleingeld kann man dort sorgenfrei leben. Und Frauen gibt es in der Tschechei. Pater, ich sage Ihnen, ein Leben wie im Paradies.

Dann habe ich die ersten Probleme gekriegt. Gesundheitlich, meine ich. Bin zum Arzt. Sieht nicht gut aus, hat der gesagt. Na ja, da habe ich mich in einen Zug gesetzt und bin nach Deutschland zurück. Wollte mich hier behandeln lassen, wo ich den Doktor auch verstehen kann. Obwohl in den meisten Krankenhäusern auch nur noch mit Akzent gesprochen wird. Dass die mich dabei schnappen, war mir klar. Nur dass mir hier auch nicht geholfen werden kann, nicht. Und jetzt geht es zu Ende.«

Wieder machte er eine Pause und starrte an die Decke. Er atmete heftig, lehnte sich schwer in sein Kissen.

»Pater, Sie sagen ja gar nichts«, sagte er schließlich keuchend.

»Ego te absolvo a peccatis tuis in nómine Patris et Fílii et Spíritus Sancti.«

»Wie Sie meinen. Aber das Geld haben die nicht gekriegt. Es ist noch fast alles da. Spottbillig in Tschechien, da unten. Jetzt sollten Sie wieder mitschreiben«, sagte er und richtete sich kerzengerade in seinem Bett auf.

Automatisch öffnete Max wieder die Bibel. »344.922-05. Das ist die Nummer eines Schweizer Bankkontos. Zürcher Kantonalbank. Unter Nennung des Kennwortes, das auf den Körpern der Frauen, die ich Ihnen vorhin genannt habe, versteckt ist, wird ausgezahlt. Amen.«

Stille. Max sah erstaunt auf. Müller hatte sich entspannt zurückgelehnt und die Augen geschlossen. Langsam klappte Max die Bibel zu und legte den geborgten Stift auf den Nachttisch neben das nun leere Wasserglas. Dann setzte er sich wieder. Er hatte keinerlei Zeitgefühl, wusste nicht, ob Minuten oder Stunden vergangen waren. Eine Uhr trug er nicht. Allerdings war es nun fast komplett dunkel im Krankenzimmer. Es war schwierig, Konturen oder das Gesicht des Kranken klar erkennen zu können. Die kalkweiße Haut schien über dem dunklen Bett zu schweben. War das die Seele, die den Körper verließ?

»Herr Müller.«

Keine Reaktion. Langsam stand Max auf und stellte den Stuhl an seinen Platz zurück. Durch die Gitterstäbe des Fensters hindurch konnte er erste Tropfen erahnen, die schwer aus einer tiefschwarzen Wolkendecke herunterfielen. Hatte es gerade gedonnert?

»Herr Müller, ich gehe jetzt.«

Stille. Langsam trat Max näher an das Krankenbett heran und lauschte. Er konnte nichts hören, oder doch? Atmete er noch? Max hielt selbst die Luft an, um sicher zu gehen, dass er nicht seinen eigenen Atem hörte. Er beugte sich noch weiter über das Bett, bis sein Ohr nur noch wenige Zentimeter von Müllers Gesicht entfernt war. Plötzlich riss der die Augen auf und lachte mit einer hohl und brüchig klingenden Stimme, die Max das Blut in den Adern gefrieren ließ. Er stolperte rückwärts, warf die Blumenvase um und rannte mit klopfendem Herzen zur Tür. Endlich war er aus dem Zimmer heraus. Das Lachen verfolgte ihn bis auf den Parkplatz. Der Besuch hatte bei weitem länger gedauert als geplant. Zum Glück erwartete ihn niemand, nur sein kleines Einzelzimmer im Nonnenkonvent. Größer als acht Quadratmeter war das auch nicht.

16.10.2014, später Nachmittag

Max fummelte triefend die Regenkombi aus dem Seitenkoffer. Wasser ergoss sich in biblischem Ausmaß auf ihn. Er war bereits nass bis auf die Unterwäsche. Große, schwere Tropfen zerplatzten auf der traurigen MZ. Die an einer Stelle aufgerissene Sitzbank hatte sich mit Sicherheit schon wieder vollgesogen.

Was sollte das eben? War das eine Beichte? Laut Definition, das mündliche Eingeständnis einer schuldhaften Verfehlung, ja. Aber Reue hatte Max in den Worten von Müller nicht gespürt. Eher Stolz, Prahlerei.

Fünf Millionen Euro auf einem Schweizer Nummernkonto. Das Kennwort versteckt auf sechs Frauen. Das konnte unmöglich wahr sein. Und warum sollte Müller ihm das erzählen? Warum gerade einem katholischen Priester? Was bezweckte er damit? Wollte Müller wirklich und wahrhaftig seine Seele erleichtern, vielleicht sogar erreichen, dass Gutes mit dem Geld getan wurde?

Max stopfte schnell die Bibel in den Koffer. Wasser lief vom Einband herunter. Hoffentlich verwischte die Schrift nicht. Jetzt noch den Helm auf und die Handschuhe an. Die Narbe pulsierte stärker als gewöhnlich. Er schaltete die Zündung an, zog den Choke und trat beherzt auf den Kickstarter. Nichts passierte.

»Tu mir das nicht an, verdammt!«

Nochmal. Beim fünften Versuch erwachte der Einzylinder endlich zum Leben. Die Rückfahrt war eine Katastrophe und das komplette Gegenteil der Anreise. Die alten Reifen bauten kaum Grip auf den sturzbachüberfluteten Straßen auf. Selbst leichte Schräglagen führten zu wilden Hinterradrutschern. Auch die Regenkombi schützte nicht wirklich vor den Fluten. Wasser lief ihm in den Nacken und durch das beschlagene Visier konnte er so gut wie nichts erkennen. Auf halbem Wege fiel auch noch böiger Seitenwind über Max her. Vielleicht war das ja auch sein Ende? Die Finger wurden in den nassen Handschuhen klamm und steif, waren kaum noch in der Lage, den Kupplungs-, geschweige denn den Bremshebel zu ziehen. Zum Glück hatte die vordere Scheibenbremse, immerhin ein Lizenznachbau von Brembo, schon lange ihren Biss verloren, perfekt für die vorherrschenden Bedingungen. Max kannte sich hier nicht allzu gut aus. In der kurzen Zeit, die er jetzt in Eisenach war, hatte er keine weiteren Ausflüge in die Umgebung unternommen. Gerne hätte er mit seinem Motorrad den Thüringer Wald erkundet.

Der Wind zerrte heftig an der MZ. Es fühlte sich an, als würde ein Kleinkind mit einem Spielzeug Motorradrennen spielen. Ruckend, unkoordiniert und gewalttätig.

Mit einem kleinen Dankesgebet auf den Lippen erreichte Max endlich Eisenach. Nun begann die nächste Prüfung. Die Suche nach einem Parkplatz. Das Wohnheim lag in der Alexanderstraße, direkt gegenüber dem Kino. Die Abstellmöglichkeiten für Autos waren hier mehr als eingeschränkt. Mit der MZ hatte er mehr Glück. Leider hatte der Regen nicht nachgelassen, sondern sich eher noch verstärkt. Sintflutartig stürmten die Wassermassen zu Boden. Auf den Straßen hatten sich anschwellende Flüsschen gebildet, da die Kanalisation die ungeheure Regenmenge nicht mehr aufnehmen konnte. Sturzbäche waren wild und brodelnd auf der Suche nach einem Weg ins Erdinnere.

Am Jakobsplan wurde Max fündig. Er schob mit zittrigen Fingern die Bibel unter seine Regenkombi und hastete die Wydenbrugkstraße hinauf. Wasser schwappte in seinen Stiefeln. Jetzt war es nicht mehr weit.

Im Laufen nestelte er an der Außentasche seiner Regenpellerine, auf der Suche nach dem Haustürschlüssel. Der Schlüsselbund hatte sich verhakt. Max senkte den Kopf, um zu sehen, wo es klemmte, verlangsamte aber nicht sein Tempo. Wasser lief ihm in kleinen Rinnsalen vom Helm in den Nacken. Nur noch wenige Schritte. Endlich hatte er den Schlüssel befreit, hielt ihn triumphierend in der Hand, hob seinen Kopf und rannte geradewegs in eine junge Frau, die ebenfalls versuchte, dem Regen laufend zu entkommen. Sie stießen schmerzhaft mit den Köpfen zusammen, direkt vor der Wohnheimtür.

»Passen Sie doch auf, verdammt«, herrschte sie ihn an, rieb sich die angeschlagene Stelle an ihrer Stirn und griff nach der Türklinke, zu der auch Max' Hand mit dem Schlüssel unterwegs war.

»Entschuldigung«, stammelte Max. Ihn hatte es aufgrund seiner Körpergröße am Kinn erwischt. Dabei hatte er sich auf die Zunge gebissen. Da schützte der offene Helm nicht gegen. Er glaubte sogar, Blut zu schmecken.

»Das ist ein Nonnenwohnheim«, sprachen beide im Chor und sahen sich dann erstaunt an.

»Ich weiß.«

Wieder zeitgleich. Nun mussten beide lächeln.

»Wir sollten schnell hinein, bevor wir noch weggespült werden«, sagte die junge Frau und öffnete galant die Tür, die Max endlich aufgeschlossen hatte.

»Ja«, presste Max hervor, hochrot im Gesicht.

Der jungen Frau hingen ihre nassen Haare tropfend ins Gesicht, so dass sie Max nicht richtig erkennen konnte. Trotzdem bewegte sie sich mit einer selbstverständlichen Gelassenheit durch den schmalen Hausflur, die Max mehr als verwirrte.

»Ich wohne hier«, sagte er.

»Sie sind das.«

»Ja, oben, im Dachgeschoss.«

»Hm.«

Die Frau öffnete ihre Jacke, schüttelte die Regentropfen heraus. Dann nahm sie ihre Haare zusammen und presste auch hier möglichst viel Wasser aus den Locken. Erst neigte sie ihren Kopf nach links und schüttelte und presste. Dann wiederholte sie die Prozedur auf der anderen Seite.

Max schaute fasziniert zu, bemerkte, wie sie ihren Mund vor Anstrengung und Konzentration spitzte und sich ihre Wangen in einem zarten Rosa färbten.

Ohne Max eines weiteren Blickes oder Wortes zu würdigen, beendete die Unbekannte ihre Trocknungsanstrengungen und verschwand im großen Aufenthalts- und Gebetsraum der Schwestern im Erdgeschoss.

Zu den Randbedingungen der Wohnerlaubnis bei den Nonnen zählte, dass sich Max von den Lebensbereichen der Schwestern fernhielt. Er hatte seine Berührungspunkte zu minimieren und sich auf dem schnellsten Weg in sein Zimmer unter dem Dach zu begeben. Hier hatte er eine kleine Kammer ganz für sich allein. Außerdem grenzte ein winziges Behelfsbad mit Dusche und WC an sein Zimmer.

Er hatte das Dachgeschosszimmer nur spartanisch einrichten können. Ein schmales Bett stand unter der Dachschräge mit Fenster. In den ersten Tagen hatte sich Max stets und ständig den Kopf angestoßen. Außerdem besaß er einen kleinen Würfelkühlschrank und einen antik ausschauenden Kleiderschrank. Zusätzlich war nur Platz für eine große Truhe gewesen, in die er chaotisch durcheinander Bücher, Ordner und andere persönliche Sachen warf. Der Kasten diente gleichzeitig als Schreibtisch.

Die Wände waren in einem motivierenden Gelb gestrichen. Über der Tür hatte Max ein Kruzifix aufgehängt, ansonsten fehlte jeglicher Wandschmuck. Auch der Fußboden kam ohne Zierde aus und trug stolz mit unzähligen Narben und Kratzern versehene Holzdielen zur Schau.

Max blieb noch einen Moment in dem dunklen Flur stehen. Er starrte der entschwundenen Frau hinterher, bevor er sich endlich losriss und die knarrenden Holzstufen zum Dachgeschoss hinaufstieg. In seiner Kammer angekommen, warf er die Bibel auf das schmale Bett, entledigte sich komplett seiner nassen Kleidung und begann mit Liegestützen. Fünfzig. Er kam nur leicht ins Schwitzen. Anschließend stieg er in eine heiße Dusche.

Jetzt fühlte er sich besser. Die Kälte hatte seinen Körper verlassen und auch der Geist war einigermaßen zur Ruhe gekommen. Die Bibel. Einsam, nass und schwarz lag sie bedrohlich auf seiner weißen Bettdecke. Vorsichtig nahm Max das Buch in die Hand. Ein Geschenk seiner Mutter zur erfolgreichen Beendigung des Studiums. Sie sei so stolz, hatte sie gesagt und ihn umarmt. Zum ersten Mal seit langer, langer Zeit. Es hatte sich merkwürdig angefühlt. Seine Schwester hatte nur kurz angerufen, sich dann aber schnell wieder entschuldigt und aufgelegt.

Und nun standen in dem Buch der Bücher sechs Frauennamen und eine Kontonummer. Max schlug die Bibel auf und suchte die Seite, in die er hastig die Namen notierte, die Müller ihm diktiert hatte. Hiob, Kapitel 27. Wie passend.

»Der Reiche, wenn er sich legt, wird er's nicht mitraffen; er wird seine Augen auftun, und da wird nichts sein. Vers 19«, las Max laut.

Daneben standen in seiner säuberlichen Handschrift, die selbst Stress oder Zeitdruck nicht verändern konnte und unbeeindruckt von der Sintflut, der sie soeben entkommen waren, sechs Frauennamen:

Marie Meier
Claudia Meißner
Lisa Schmitz
Sara Adam
Eva Zöllner
Clara Pauli

Außerdem die Nummer 344.922-05 und Zürcher Kantonalbank. Merkwürdigerweise hatte er auch beim zweiten Aufschlagen der Bibel die gleiche Seite erwischt. Konnte das Zufall sein? Gab es Zufall überhaupt? *Gott würfelt nicht* hatte Albert Einstein gesagt. An Schlaf war lange nicht zu denken. Max lag auf dem Rücken und starrte an die schräge Zimmerdecke. Vorbeifahrende Autos malten verschiedene Schattenbilder an die Wand. Frauennamen geisterten durch Max' Hirn. Anonyme Körper, anfangs ohne Gesicht oder Kontur. Je länger er sich mit den Namen Marie, Claudia, Lisa, Sara, Eva und Clara beschäftigte, umso deutlicher trat schließlich ein Gesicht aus dem Nebel seiner Gedanken. Und immer war es das Antlitz der jungen Frau, mit der er zusammengestoßen war. Was machte sie hier?

Max stieß seine Bettdecke beiseite, stieg aus dem Bett und leitete sein plötzlich auftretendes Verlangen in weitere Liegestützen um.

17.10.2014, morgens

Max erwachte aus einem unruhigen und nicht sehr erholsamen Schlaf. Seine ersten Gedanken galten den fünf Millionen Euro. Schnellstmöglich schob er diese Phantasien beiseite und versuchte, sich auf die bevorstehenden Aufgaben des Tages zu konzentrieren. Noch war er als Springer unterwegs, half dort in der Gemeinde, wo Not am Mann war. Pater Liebergeld, dessen Amt er mittelfristig übernehmen sollte, war noch nicht wirklich dazu bereit, Verantwortung abzugeben. Heute wollten sie sich zu einem schnellen Mittagessen treffen, um darüber zu sprechen. Aber zuerst brauchte der katholische Kindergarten Hilfe. Eine Erzieherin war ausgefallen und Max sollte deren Vormittagsschicht übernehmen.

Mit leichtem Muskelkater von den vielen Liegestützen des

Vortages machte sich Max frisch und dann schnell auf den Weg.

Auf leisen Sohlen schlich er die achtundvierzig Stufen zum Erdgeschoss hinunter, verharrte kurz auf der Höhe der Schwesternquartiere, um eventuell einen Blick auf die unbekannte Frau mit den lockigen, roten Haaren zu erhaschen. Doch schnell schalt er sich selber einen Esel. Max rannte die übrigen Treppen, zwei Stufen auf einmal nehmend, hinunter in den Flur und hinaus auf die Straße.

Wie gewöhnlich frühstückte er beim Bäcker an der Ecke ein Käsebrötchen und eine schnelle Tasse Kaffee. Dann schulterte er seinen abgetragenen Rucksack und eilte beherzten Schrittes zu seinem Parkplatz. Die Geschäfte in der Fußgängerzone waren noch geschlossen und so sah die Gasse eher trostlos aus. Das würde sich in spätestens einer Stunde ändern. Dann fielen Heerscharen von Touristen in Eisenach ein. Aber die Stadt war darauf vorbereitet. Es gab sogar Wegweiser in Japanisch.

Die MZ tropfte immer noch. Aber einer ihrer großen Vorteile war die gekapselte Kette. Selbst der hochdruckreinigerartige Regen hatte der Schmierung nichts anhaben können. Der Helm war nur leicht feucht, genau wie die Stiefel. Die Handschuhe dagegen waren patschnass. Das kurze Stück würde es auch ohne gehen. Diesmal sprang der Motor beim ersten Kick an. Drei, vier kurze Gasstöße, dann konnte es losgehen. Natürlich hatte sich die kaputte Sitzbank vollgesogen. Das gab einen hässlichen nassen Fleck am Allerwertesten.

Die Kinder freuten sich immer sehr, Max zu sehen und ihm ging es nicht anders. Obwohl er keine Ausbildung als Erzieher genossen hatte, kamen beide Seiten ganz gut miteinander aus.

Sie spielten viel draußen im Garten, obwohl die hölzerne Kletterburg schon seit längerem wegen Baufälligkeit gesperrt war. Geld fehlte an allen Ecken und Enden, um sie in altem Glanz erstrahlen zu lassen. Die zerbrochenen Sprossen, die zum ehemals farbenfrohen Aussichtsturm hinaufführten und die Schaukel, die nur noch an einer Kette hing, waren ein trauriger Anblick. Aber es gab auch so viel zu erleben. Der Thüringer Wald war bequem zu Fuß zu erreichen und gerade im Herbst, wenn die Wälder in den lebhaftesten Farben strahlten, gab es unzählige Beschäftigungsmöglichkeiten. Max hatte sich für heute vorgenommen, mit den Kindern Kastanien zu sammeln und dann daraus diverse Figuren zu basteln.

Als er das Ziegelsteingebäude erreicht hatte, machte ihm Petrus jedoch einen Strich durch die Rechnung. Es fing wieder an zu regnen. Erst war es nur ein leichter Niesel, mehr wie feuchter Nebel, der dann aber schnell in einen kräftigen Dauerregen überging. Dazu jagte der heftige Ostwind dunkle Wolken über den Himmel und ließ die Lufttemperatur schlagartig um gefühlte zehn Grad fallen. Seine nackten Finger wurden sofort eiskalt und fühlten sich an, wie von tausenden von Nadeln traktiert. Kein Wetter, um mit kleinen Kindern durch den Wald zu spazieren. Aber Max hatte schnell einen Alternativplan zur Hand. Er las mehrere Kapitel *Harry Potter* vor und ließ anschließend die Kinder, in der Hoffnung, dass sie den Film noch nicht gesehen hatten, die Fabelwesen zeichnen.

Viel zu schnell ging der Vormittag vorüber und Max musste sich beeilen, um nicht zu spät zum Mittagessen mit Pater Liebergeld zu kommen. Der Regen hatte wieder aufgehört, die Kälte war geblieben. Er brauchte unbedingt ein Paar Ersatzhandschuhe. Max quetschte die MZ in eine schmale

Lücke zwischen einer Laterne und einer besprühten Hauswand. Das Motorrad hatte zwar schon einige Jahre auf dem Buckel, aber mittlerweile stiegen die Preise für die alten Ostmopeds aus Zschopau wieder.

Sie waren im *Skyline*, einem netten Bistro in der Eisenacher Fußgängerzone, verabredet. Im Moment ersetzte Pater Liebergeld Max' früh verstorbenen Vater. Ein merkwürdiges, aber auch schönes Gefühl.

Max sah Pater Liebergeld schon von draußen durch die bodenhohen Scheiben in einer der gemütlichen Couchecken sitzen, die an altmodische Eisenbahnabteile erinnerten. Seine kräftige Gestalt füllte das rote Doppelsitzmöbel komplett aus. Er hatte seine Lesebrille auf der Nase und studierte die Speisekarte. Obwohl sich Max nicht für übertrieben eitel hielt, hoffte er, dass er noch lange ohne Sehhilfe würde auskommen können. Aber Pater Liebergeld war ja gut und gerne zwanzig Jahre älter. Trotzdem war er fit. Es zeichnete sich nur ein kleiner Bauch unter seiner Strickjacke ab. Diese durfte aber nicht über die Tatsache hinwegtäuschen, dass der Pater eine Zwanzigkilometerwanderung ohne zu schwitzen absolvierte. Außerdem hatte er eine Hantelbank in seiner Wohnung, die er regelmäßig nutzte. Die dunkelbraunen Haare des Paters wirkten immer ein wenig zu lang für seinen Beruf. Sie waren aber noch dicht und ohne sichtbare graue Strähnen. Sein rundes Gesicht wirkte die meiste Zeit gütig und verständnisvoll. Es strahlte eine unerschütterliche Ruhe aus. Aber wehe, Liebergeld ärgerte sich über irgendetwas. Dann schienen seine stahlgrauen Augen die Farbe zu einem dunklen Schwarz zu wechseln und eiskalte Spitzen zu werfen. Zum Glück kam das nicht allzu oft vor.

»Max, mein Lieber, setzen Sie sich doch. Wie immer pünktlich auf die Minute«, begrüßte ihn Liebergeld freundlich und reichte seine kräftige Hand über den Tisch. »Holla, haben Sie kalte Hände.«

Er hatte eine markante, weit tragende Stimme, perfekt geeignet für einen Nachrichtensprecher oder Priester.

»Ja, danke«, antwortete Max. »Diesmal war es allerdings knapp. Und meine Handschuhe sind leider nass. Haben Sie schon bestellt?«

»Sie sollten das Motorradfahren sein lassen. Das ist gefährlich, nicht wahr? Und nein, ich habe noch nicht bestellt. Ich kann mich nicht entscheiden. Schnitzel oder Burger?«

»Das Schnitzel ist sehr zu empfehlen.«

Liebergeld spähte über seine Brille und die Karte zu Max hinüber.

»Okay, dann auf Ihre Verantwortung.«

Solche Spitzen aus Richtung des Paters waren nichts Besonderes und Max hatte sich mittlerweile daran gewöhnt. Auf die Warnung vor seiner Fortbewegungsart ging er schon gar nicht mehr ein. Er bestellte sich ebenfalls ein Schnitzel und eine große Apfelsaftschorle. Schlemmereien, die solche Löcher in sein dünnes Portemonnaie rissen, waren eher die Ausnahme. Normalerweise aß Max mit den Schwestern Suppe zu Mittag.

»Bevor ich es vergesse«, fuhr Pater Liebergeld fort und langte unter den schmalen Esstisch. »Ich habe ein Geschenk, eine Spende eines Gemeindemitgliedes. Ich denke Sie können mehr damit anfangen als ich.«

Mit diesen Worten reichte er eine schwarze Laptoptasche zu Max herüber.

»Ich kann mich mit dem neumodischen Kram nicht so richtig anfreunden.«

»Aber das kann ich doch nicht annehmen«, entgegnete Max mit leuchtenden Augen.

»Natürlich können Sie. Und jetzt lassen Sie uns das Thema wechseln. Wie war Ihr Besuch im Knast?«

Max stellte die Tasche neben sich auf die Couch und gab sich Mühe, nicht allzu aufgeregt zu wirken. Er musste sich zügeln, nicht sofort den Reißverschluss zu öffnen und einen Blick auf den Laptop zu werfen. Sicherlich war es nur eine bessere Schreibmaschine, ein Fall für ein Museum.

»Der Besuch im Knast, Max. Wie war der?«

»Oh, Entschuldigung.«

Max kroch rote Farbe bis in die Haarspitzen.

»Aufregend trifft es nur ungenau, würde ich sagen«, antwortete er schließlich.

»Das kann ich mir vorstellen. Hat er noch gelebt, als Sie gegangen sind?«

»Ja natürlich, wieso?«

»Weil heute in der Zeitung steht, dass er gestorben ist. Warten Sie, ich habe sie hier irgendwo in meiner Tasche.«

Wieder verschwand der Pater halb unter dem Esstisch und kramte angestrengt in seiner abgetragenen Aktentasche.

»Hier ist sie«, rief er triumphierend. »Seite zwei, glaube ich.«

Er breitete die *Thüringer Allgemeine* auf dem Tisch aus und musste dafür den Speisekartenhalter, ein brennendes Teelicht, sowie die beiden Getränke beiseite räumen. Fast hätte die Zeitung an der offenen Flamme Feuer gefangen.

Pater Liebergeld rückte seine Brille, die er wie gewöhnlich bei Nichtbenutzung im Haar trug, wieder in Leseposition und studierte die großformatige Zeitungsseite.

»*Bad Langensalza: Wie die JVA Tonna heute mitteilte, ver-*

starb der wegen Raubes verurteilte Jens Müller gestern Abend in der Krankenstation der Haftanstalt. Er erlag seinem schweren Krebsleiden, nachdem er bei Pater H. die Beichte abgelegt hatte. Unklar ist bisher, ob er dem jungen Priester das Versteck des von ihm bei einem spektakulären Überfall auf einen Werttransport geraubten Geldes genannt hat.«

Liebergeld unterbrach und sah Max wieder über seine Brille hinweg an. Ohne in die Zeitung zu sehen, zitierte er: »Dabei handelt es sich um einen Betrag von schätzungsweise fünf Millionen Euro.«

Max griff zu seinem Glas und nahm einen großen Schluck. Dabei vermied er es, sein Gegenüber direkt anzuschauen.

»Und hat er?«

»Hat er was?«

»Das Beuteversteck verraten?«

»Wir hatten ein Beichtgespräch«, antwortete Max und rieb sich seine pochende Narbe.

»Natürlich.«

Liebergeld faltete die Zeitung wieder zusammen, ließ sie aber auf dem Tisch liegen, mit dem verlesenen Artikel nach oben. Anschließend verstaute er die Brille in der Brusttasche seiner Strickjacke. Als er fertig war, wurde das Essen gebracht. Sie aßen schweigend. Das Schnitzel war wirklich ausgezeichnet.

Max konnte es nicht glauben. Müller war tatsächlich nach seinem Besuch gestorben. Er war froh, dass er kein Handy besaß. Mit Sicherheit waren Reporter auf der Jagd nach ihm. Die JVA hatte nur die Kontaktdaten der bischöflichen Dienststelle. Hoffentlich hielt man dort dicht.

»Ich muss jetzt aber los.«

Max hatte gar nicht mitbekommen, wie schnell Pater Liebergeld seinen Teller geleert hatte.

»Wenn irgendetwas sein sollte …« Er machte eine kurze Pause und zog seine Steppjacke, die tatsächlich noch neben ihm Platz gefunden hatte, über.

»Ich bin die nächsten zwei Tage in Erfurt. Auf Wiedersehen.«

»Okay. Tschüss.«

Liebergeld legte einen Zwanziger auf den Tisch und wandte sich zum Gehen. Er war schon fast an der Glastür, als Max ihm noch eine Frage hinterherrief: »Haben wir eine neue Mitarbeiterin im Nonnenkonvent?«

»Mitarbeiterin? Nein, nicht dass ich wüsste.«

»Okay, Danke.«

17.10.2014, früher Nachmittag

Merkwürdig, wie schnell sich Pater Liebergeld verabschiedet hatte. Der Pater überraschte Max immer wieder. Gewöhnlich saßen sie mindestens eine Stunde zusammen, redeten und genossen die Gesellschaft des anderen. Heute nicht. Max hatte sein Schnitzel mit wenig Appetit vertilgt, bezahlt und sich dann auf den Nachhauseweg gemacht. Liebergelds Zeitung hatte er in die geschenkte Laptoptasche gestopft und beides in den Seitenkoffer der MZ. Es war noch kälter geworden, hatte aber wenigstens aufgehört zu regnen. Der starke Ostwind hatte die nassen Wolken verjagt. Aber es roch irgendwie nach Schnee. Den übrigen Nachmittag hatte Max frei und konnte sich so in aller Ruhe mit dem Laptop vertraut machen. Der lenkte ihn wenigstens etwas von dem seligen Jens Müller und seinen Millionen ab.

Das Motorrad sprang nicht an. Schon wieder. Nach etwa zwanzig fruchtlosen Ankickversuchen entschloss sich Max zu einer gründlichen Analyse: Benzinhahn? Offen. Tank? Zirka viertelvoll. Choke? Gezogen. Nichts. Dem Koffer gedankt führte Max immer ein kleines Werkzeugarsenal mit sich. Kerzenstecker runter, Zündkerze raus. Sieht gut aus. Tankdeckel auf, Benzin mit Pipette aufsaugen und ins Kerzenloch träufeln. Zündkerze rein, Stecker wieder drauf. Ankicken. Läuft!

Bis nach Hause war es nicht weit. Mit der wendigen MZ machte das Wedeln durch den Innenstadtverkehr richtig Spaß. Und diesmal fand Max einen Parkplatz in der Henkelsgasse. Perfekt, keine zwei Minuten zu Fuß bis nach Hause. Er sicherte sein Motorrad mit einer massiven Kette und schlenderte, den Helm in der einen, die Laptoptasche in der anderen Hand, locker in Richtung Schwesternwohnheim.

Eine Frau stand direkt vor der Eingangstür und las angestrengt das großformatige Adressschild. Ob es die junge Frau von gestern Abend war? Die Frau vor ihm trug eine bunte Pudelmütze und einen dicken Schal, was eine Identifizierung aus der Ferne erschwerte. Sie schien aber kleiner zu sein.

Nun war Max nur noch zehn Meter entfernt. Er wechselte die Laptoptasche in die Helmhand und suchte nach dem Eingangstürschlüssel in den Tiefen seiner dunkelbraunen Cordhose. In diesem Moment drehte sich die Frau zu ihm um. Nein, es war definitiv nicht die Rothaarige von gestern Abend. Diese hier war bedeutend kleiner und auch älter und hatte trotz des mehrfach gewickelten Schals keinen Hals. Als sie Max in die Augen blickte, öffnete sich ihr Gesicht in einer augenscheinlichen Erkenntnis.

»Sie sind Pater Hader, stimmt's?«, fragte sie aus der Ferne. Ihre Stimme erinnerte Max an das Geräusch, das ein Regionalzug beim Bremsen machte.

»Wie kann ich Ihnen helfen?«, entgegnete Max und ließ den eben erst gefundenen Schlüssel wieder in seiner Hosentasche verschwinden.

»Mein Name ist Sabine Schreiber. Ich bin Journalistin und recherchiere über den Tod von Jens Müller. Den kennen Sie doch. Sie haben ihn zuletzt lebend gesehen.«

»Ich weiß nicht, wovon Sie reden.«

Max drückte sich auf dem schmalen Bürgersteig an der Frau vorbei und marschierte die Straße weiter hinauf, vorbei am Nonnenkonvent. Er wollte im Moment mit niemandem über die Beichte reden. Jedenfalls so lange nicht, bis er mit sich selbst im Reinen war. Am allerwenigsten jedoch hatte er Interesse an einem Presseinterview auf offener Straße.

»Kommen Sie schon, Herr Hader. Nur ein paar Fragen.«

Max schritt schneller aus, konnte die Frau aber nicht abschütteln. Sie heftete sich wie ein Bluthund, der eine Fährte gewittert hat, an seine Fersen.

»Hat er Ihnen das Geldversteck verraten?«

Die Worte kamen in kleinen Pausen aus dem hochroten Gesicht der Journalistin. Sie hatte Mühe, das Tempo mitzugehen.

»Das Geld ist in Prag, richtig? Versteckt auf dem Friedhof. Deswegen hat er auch einen Priester kommen lassen, obwohl er gar nicht religiös war.«

Noch war sie nicht außer Atem genug, um zu schweigen.

Max hielt das Tempo weiter hoch und hatte nun fast den *Schwarzen Brunnen* erreicht, der an eine gewaltige Pulverwagenexplosion an dieser Stelle erinnerte. Die aufdringliche

Frau war immer noch hinter ihm. Aber er hatte einen kleinen Vorsprung herausholen können.

»Pater Hader, mir geht es nur um die Story. Das Geld können Sie ruhig behalten.«

Jetzt war es aber genug. Was brüllte die Frau hier quer durch Eisenach? So konnte das nicht weitergehen. Max blieb stehen. Er würde sich wohl oder übel der aufdringlichen Person stellen müssen. Schließlich konnte er nicht ewig weglaufen. Das Geld behalten. Was für ein absurder Gedanke.

»Brauchst du Hilfe, Pater?«

Erschrocken drehte sich Max um. Wer war das jetzt schon wieder?

»Jimmy!«, rief Max erleichtert.

»Belästigt dich die Frau etwa?«

Jetzt hatte auch die schnaufende Journalistin, deren Gesichtsfarbe an die einer reifen Freilandtomate erinnerte, den Brunnen erreicht.

»Das kann man so sagen«, antwortete Max zögernd.

»Hallo Süße. Wie kann ich dir helfen?«

Jimmy hatte sich jetzt zwischen Max und die aufgebrachte Frau gestellt. Max kannte den knapp Dreißigjährigen aus einem Jugendhilfeprojekt. Wenn er sich recht erinnerte, hatte Pater Liebergeld sie bekannt gemacht. Damals sollte Drogensüchtigen eine Alternative geboten und zu einem neuen Leben verholfen werden. Im Laufe der Projektarbeit hatte sich herausgestellt, dass Jimmy gar keine Drogen nahm und auch die Finger vom Alkohol ließ. Trotzdem hatte er losen Kontakt mit Max gehalten. Sie trafen sich unregelmäßig und plauderten buchstäblich über Gott und die Welt. Jimmy verfügte über ein beeindruckendes Wissen über Philosophie und die großen Weltreligionen. Ansonsten wusste Max nicht viel über den jungen Mann, was er tagsüber so trieb, zum Beispiel. Oder wo er wohnte, womit er seinen Lebensunterhalt bestritt, alles offene Fragen.

Jimmy trug sommers wie winters einen ausgewaschenen, ehemals olivgrünen Bundeswehrparka. Sein Körperbau wurde durch das voluminöse Kleidungsstück vollständig verborgen. Jimmy hatte seine schulterlangen, blonden Haare stets und ständig zu einem Zopf gebunden. Seine wasserblauen Augen schauten interessiert durch eine runde Nickelbrille in die Welt. Und jetzt nahm er sich die Journalistin vor.

»Lass mal den Pater in Ruhe, Kleine. Der steht nicht auf Frauen.«

Die Journalistin versuchte unsicher an Jimmy vorbeizuschauen, aber der blockte mit seinen geschätzten einsneunzig Körpergröße komplett das Sichtfeld der kleinen Frau, deren Kopf ihm gerade bis zur Schulter reichte.

»Aber ich hätte gerade Zeit. Wie wär's? Darf ich bitten, oder wollen wir erst tanzen? Und bist du nicht willig, so brauch' ich Gewalt, um mit Goethe zu sprechen. Der hat übrigens auch gesagt: *Wenn eine Jungfrau fällt, dann fällt sie auf den Rücken.* Ist nicht ganz deine Kategorie, oder?«

Mit den Worten ging er unvermittelt einen Schritt auf die Journalistin zu und streckte blitzschnell eine Hand nach ihr aus. Bevor die Frau reagieren konnte, strich er über ihre Wange. Dann ließ er seine Hand tiefer wandern, tastete über ihre Brust. Endlich erwachte die Journalistin aus ihrer Starre, drehte sich um und rannte davon. Ihre kurzen Beine wirbelten über den Asphalt wie die einer Zeichentrickfigur. Jimmy brach in schallendes Gelächter aus und auch Max konnte sich ein Lächeln nicht verkneifen.

»Ich danke dir«, sagte er und rieb über seine Narbe.

»Nicht der Rede wert, Pater. Wir sollten uns mal wieder zu einem Plausch treffen. Ich habe einen interessanten Bericht über Homer gelesen. Würde gern mit jemanden drüber reden. Über den Griechen, nicht den Simpson.«

»Gern, aber nicht heute. Jimmy, wir sehen uns. Und vielen Dank nochmal.«

Sie gaben sich die Hand und Max flüchtete die Wydenbrugkstraße hinauf zurück zur MZ. Er brauchte dringend Abstand und nun doch jemanden, mit dem er reden konnte. Jemand, der zuhörte, keine aufdringlichen Fragen stellte und Stillschweigen bewahren konnte. So eine Person war in Eisenach im Moment nicht zu finden, aber in Erfurt.

17.10.2014, später Nachmittag

Max brauchte neunzig Landstraßenminuten, ehe er die Erfurter Innenstadt erreichte. Motorradparkplätze gab es genug, auch in unmittelbarer Nähe der Marienkirche. Die Fahrt war trotz der niedrigen Temperaturen recht angenehm gewesen. Kaum Verkehr. Und da der Ostwind die Wolkendecke komplett zerrissen hatte, brach sogar die Nachmittagssonne durch. Sie wärmte zwar nicht wirklich, aber allein das helle, warme Licht hob die Stimmung.

Das Gotteshaus lag verlassen da. Sonnenstrahlen fielen fast greifbar durch die schmalen, hohen Fenster und bildeten die einzige Lichtquelle. Das Kirchenschiff wurde in ein diffuses Halbdunkel getaucht. Der Geruch von kürzlich verbranntem Weihrauch hing schwer in der Luft. Jedes noch so kleine Geräusch hallte weit durch das Gebäude.

Max bekreuzigte sich, sprach ein kurzes Gebet und begab sich dann direkt zu dem Beichtstuhl im Inneren der Kirche.

Der rote schwere Vorhang auf der Pönitenten-Seite war zurückgezogen. Max hockte sich in die Kabine, schloss den Behang und eröffnete das Beichtgespräch:

»Im Namen des Vaters und des Sohnes und des Heiligen Geistes.«

Stille.

Max wollte gerade den Eröffnungssatz wiederholen, als eine gedämpfte, heisere Stimme von jenseits der Holztrennwand antwortete:

»Gott, der unser Herz erleuchtet, schenke dir wahre Erkenntnis deiner Sünden und Seiner Barmherzigkeit.«

»Amen«, sagte Max schnell und redete sich anschließend seine Last von der Seele. Er sprach zügig und ohne Pause. Er berichtete über das Beichtgespräch mit Müller und über die merkwürdige Hinterlassenschaft des Räubers. Er sprach von den fünf Millionen Euro auf dem Schweizer Bankkonto und den sechs Frauennamen, die er in seiner Bibel notiert hatte. Max sparte aber auch seine unkeuschen Gedanken nicht aus. Er beichtete seine Furcht, ob sportliche Betätigung reichen würde, um den Zölibat nicht zu brechen. Fast hätte er auch die rothaarige Frau erwähnt. Aber das kam ihm wie Verrat an ihr vor, obwohl er sie gar nicht kannte.

Außer gemurmelten Zustimmungslauten war vom Beichtvater nichts zu hören. Aber das störte Max nicht. Er musste seine Gedanken laut aussprechen, um sie so besser ordnen zu können. Er redete eine gute halbe Stunde. Als Max geendet hatte, kehrte wieder Stille ein.

»Folge deinem Herzen«, flüsterte die erkältete Stimme schließlich.

»Ich bereue, dass ich Böses getan und Gutes unterlassen habe. Erbarme Dich meiner, o Herr.«

»Ego te absolvo a peccatis tuis in nómine Patris et Fílii et Spíritus Sancti.«

Damit beendete der Beichtvater das Gespräch und Max hörte durch die Trennwand hindurch, wie eilig der Vorhang beiseitegeschoben wurde und der Pater den Beichtstuhl mit einem harten Hustenanfall verließ. Max blieb noch einen Moment hocken und dachte über den vorletzten Satz nach. *Folge deinem Herzen.* Das klang so einfach und schlüssig. Aber was forderte sein Herz?

Erst mal folgte Max dem Beichtvater und verließ ebenfalls die Kirche. Mittlerweile war es dunkel geworden und auch noch kälter. Schnellen Schrittes ging Max zur MZ zurück. Gut, dass er die Regenkombi wieder eingepackt hatte. Die würde hoffentlich etwas wärmen. Zügig fädelte er sich in den träge fließenden Verkehr auf dem Juri-Gagarin-Ring ein und erreichte nach einem Tankstopp zwanzig Minuten später die Autobahn. Obwohl das nicht gerade das bevorzugte Revier der ETZ 250 war, wollte Max jetzt so schnell wie möglich nach Hause. In dichtem Feierabendverkehr grenzte das Vorhaben schon fast an Lebensunlust. Durch die breiten Koffer lief die MZ nicht schneller als hundertzwanzig Stundenkilometer. Und es war furchtbar kalt. Vielleicht sollte er über ein neues Fahrzeug nachdenken. Aber dazu fehlten ihm die finanziellen Mittel. Ganz automatisch drängten sich die fünf Millionen Euro in sein Bewusstsein. Damit wäre ein adäquater fahrbarer Untersatz kein Problem. Ein Audi A6, oder ein 5er BMW vielleicht. Auch ein Priester konnte sich der Wirkung dieser Fahrzeuge nicht entziehen.

Doch plötzlich forderte der Straßenverkehr Max' gesamte Aufmerksamkeit. Er hatte den Einstieg in die Hörselberge erreicht und die MZ tat sich an der ersten Steigung immer besonders schwer. Max musste in den dritten Gang herunterschalten, da der vierte nicht mehr funktionierte, und verpasste die erlaubten einhundert Stundenkilometer um gute zwanzig. Das gefiel dem hinter ihm herfahrenden Sattelschlepper ganz und gar nicht. Er schloss so dicht auf, dass Max den mächtigen Kühlergrill Format füllend im Rückspiegel hatte. Der Abstand betrug höchstens zwei Meter. Max drehte den Gashahn voll auf, aber der Zweitakter arbeitete schon an seiner Leistungsgrenze und blies eine blaue Rauchfahne protestierend in die Luft. Schließlich zog der Lkw vorbei und scherte gefühlte zehn Zentimeter vor Max wieder ein. Verdammt eng.

Nur langsam normalisierte sich Max' Puls wieder. Er war heilfroh, als er endlich die Abfahrt Eisenach-Ost und die relative Sicherheit des Innenstadtverkehrs erreichte.

Heute versuchte er erst gar nicht, einen Parkplatz in der Sophienstraße zu bekommen. Zum einen war das um diese Zeit nicht sehr Erfolg versprechend und andererseits fürchtete er, dass die Journalistin auf der Lauer lag. Max wollte ihr keinen Hinweis auf sein Fahrzeug liefern. Aber warum eigentlich nicht? Weswegen verhielt er sich wie ein Krimineller, wie jemand, der etwas zu verbergen hatte? Er war Priester und durch das Beichtgeheimnis geschützt. Wenn er nicht mit der Frau reden wollte, dann war er im Recht.

Max parkte wieder am Jakobsplan.

Vorsichtig näherte er sich dem Schwesternwohnheim zu Fuß. Diesmal wartete niemand davor. Schnellen Schrittes, den Schlüssel einsatzbereit in der Hand, ging er auf das Wohnheim zu. Er öffnete die Tür und war schnell im Flur verschwunden. Tastend fand er den Lichtschalter, lehnte sich einen Moment mit dem Rücken an die Hauswand und horchte in das große Haus hinein. Wie gewöhnlich war es sehr ruhig. Zufrieden stieg er langsam die Treppe hinauf. Auf der Etage der Schwestern blieb er wie am Morgen stehen und lauschte erneut. Hier war wieder einmal eine Glühlampe seit längerer Zeit ausgefallen. So wurde Max vom Halbdunkel verborgen und spähte unentdeckt in den schmalen Flur hinein. Und da war sie. Die rothaarige Frau. Keine fünf Meter entfernt. Sie trug nur ein Handtuch, das gerade so ihre Brüste und den Po abdeckte. Die Nonnen teilten sich einen zentralen Sanitärbereich. Sie zogen sich aber auch in dessen Räumen um, bevor sie in ihre Zimmer zurückkehrten.

Die junge Frau schien Max noch immer nicht bemerkt zu haben, sondern kämpfte mit diversen Duschbad- und Haarmittelflaschen. Sie roch wie eine blühende Blumenwiese im Sommer.

Ein Flakon fiel zu Boden. Mit dem Rücken zu Max bückte sie sich, um diesen aufzuheben. Auf den Anblick war Max nicht gefasst. Hörbar sog er Luft in seine Lungen und hielt dann erschrocken den Atem an, befürchtete, sich verraten zu haben. Das Atemgeräusch klang in seine Ohren wie das Starten eines Düsenjets. Im selben Moment löschte die Zeitsteuerung auch das übrige Licht im Treppenhaus.

Die junge Frau richtete sich wieder auf, ohne sich umzusehen. Sie zupfte das Handtuch, das etwas über ihre Pobacken gerutscht war, ein Stück nach unten und verschwand dann durch eine der hinteren Zimmertüren.

Ganz langsam und im Dunkeln schlich Max die übrigen Stufen zu seiner Kammer hinauf. Er bemühte sich, so leicht wie möglich aufzutreten, um keinerlei Geräusch zu provozieren. Wer war die Frau?

Endlich in seinem Reich angekommen, warf er die Laptoptasche auf sein Bett, zog sich aus und lenkte sich mit fünfzig Liegestützen ab. Anschließend nahm er eine Dusche, wobei er die Wassertemperatur langsam aber kontinuierlich senkte. Dann zog er sich seinen baumwollenen Schlafanzug über und öffnete die Computertasche. Bevor er sich dem Laptop zuwandte, fiel ihm die Zeitung in die Hände, die Pater Liebergeld beim Mittagessen zurückgelassen hatte. In dem Moment wurde Max auch bewusst, dass er seit dem Schnitzel nichts mehr zu sich genommen hatte. In seinem Kühlschrank fand er noch einen Kirschjoghurt. Während er den auslöffelte, blätterte er durch die *Thüringer Allgemeine* und las nochmals den Artikel, den Liebergeld erwähnt hatte.

»Die Wege des Herrn sind unergründlich«, sagte Max laut.

Auf derselben Seite fiel ihm noch ein anderer Bericht ins Auge:

»Eisenach. Lisa Schmitz (28) hat es als erste Eisenacherin als Miss Oktober 2014 in den Playboy geschafft. Die junge Frau, die in Jena Betriebswirtschaft studiert, nutzt die Gelegenheit, ihr BAföG aufzubessern. In der heutigen Ausgabe des Männermagazins ist sie zu sehen, wie Gott sie geschaffen hat …«

Wieso war Max dieser Artikel aufgefallen? Okay, es war auch ein Foto abgedruckt. Aber das war es nicht allein, was unter anderem seine Aufmerksamkeit erregte. Lisa Schmitz! Mit zitternden Händen legte Max die Zeitung beiseite und suchte seine Bibel. Das Buch Hiob. Kapitel 27. Hier stand es. Lisa Schmitz war einer der Namen, die Müller ihm genannt hatte. Konnte das Zufall sein? Nackt im *Playboy*. Ein Teil des Passwortes auf ihrem Körper versteckt. Unfassbar. Wieder und wieder las Max den Zeitungsausschnitt. Aber der Inhalt war unmissverständlich. Ein Teil des Codewortes, das den

Schlüssel zu fünf Millionen Euro bildete, lag zum Greifen nah. Gott würfelt nicht. Das war ein Zeichen, eine Offenbarung. Wenn es auch kein brennender Busch war, der zu Max sprach, so kam das dem schon ziemlich nah.

Max ließ die Bibel aufgeschlagen liegen und nahm den geschenkten Rechner aus der Tasche. Ein *Toshiba Satellite*. Nicht das allerneueste Modell, aber auch nicht so veraltet, dass man es nicht benutzen konnte. Er fuhr das Notebook hoch und stöberte durch den Dateimanager. Dem Anschein nach war die Festplatte professionell gereinigt worden. Als Erstes vergab Max ein Passwort, dann übertrug er die Notizen aus seiner Bibel in eine Word-Datei. Anschließend schaltete er den Computer ab. Er räumte sein Bett frei, indem er Bibel, Rechner, Zeitung und Kleidung auf den Fußboden warf und legte sich hin. Schlaf wollte sich allerdings nicht einstellen. Immer wenn Max die Augen schloss, hatte er die junge Frau, die sich nur eine Etage tiefer befand, vor Augen. Dabei drängten sich einige anatomische Details in den Vordergrund, die sich ihm offenbart hatten, als sie sich nach dem Fläschchen gebückt hatte.

Schwitzend schlug Max die Bettdecke zurück, stand auf und machte weitere einhundert Liegestützen.

18.10.2014, morgens

Nur mühsam öffnete Max seine Augen. Er war gestern erst sehr spät eingeschlafen. Die halbnackte Frau und Müllers unglaubliche Geschichte hatten ihm keine Ruhe gelassen. Immer wieder war er aus einem Dämmerschlaf hochgeschreckt, Bilder von tätowierten Frauen vor Augen.

Eigentlich zwang ihn heute nichts zum Aufstehen. Diesen

Samstag hatte er keine Verpflichtungen. Trotzdem drehte Max sich aus dem Bett und wäre am liebsten wieder nach hinten umgefallen. Tausende heiße Nadeln bohrten sich durch seine Oberarme und die Brustmuskulatur. Muskelkater der feinsten Sorte.

Max atmete kurz durch und überwand den Schmerz. Normalerweise sah er im hellen Tageslicht, das schon angenehm durch das kleine Dachfenster fiel, klarer als am dunklen Abend davor. Heute war das anders. Die Bibel lag immer noch aufgeschlagen auf dem Fußboden und der Name Lisa Schmitz stach aus seinen handschriftlichen Notizen hervor.

»Oh Herr, wenn das Dein Wille ist …«

Max beendete den Satz nicht. Ein erneuter prüfender Blick durch die Dachluke nach draußen offenbarte einen blassblauen, nur mit vereinzelten Wattewölkchen behangenen Himmel. Zumindest schien es heute nicht regnen zu wollen.

Normalerweise verbrachte Max seine Freizeit in der Natur. Wieso sollte er da jetzt eine Ausnahme machen? Er kramte seine Wanderschuhe aus der Mehrzweck-Aufbewahrungstruhe hervor. Anschließend zog er sich eine Wasser abweisende Trekkinghose und die winddichte Regenjacke über. Dann warf er seinen Rucksack nur mit einem Riemen über die linke Schulter. Das führte sofort wieder zu einer heftigen Schmerzattacke in seinen überbelasteten Brustmuskeln.

So gerüstet verschloss er seine Zimmertür und stieg leise die Stufen zum Eingang hinunter. Diesmal sah er nicht in den Nonnentrakt. Eine heiße Schameswelle durchlief seinen Körper und färbte sein Gesicht hochrot, als er die Etage passierte.

Frische Luft und zu Max' Erleichterung keine kleine, aufdringliche und neugierige Journalistin empfing ihn auf der Sophienstraße. Der kalte Luftzug sorgte für erholende Abkühlung.

Nach dem üblichen Frühstück stieg Max auf die MZ und fuhr zum Bahnhof. Es war kurz nach neun Uhr und Eisenach erwachte erst langsam. Nur vereinzelt passierte er Autos, Spaziergänger waren erst gar nicht anzutreffen. Im Bahnhof selber änderte sich dann das Bild. Hier schien stets und ständig hektische Betriebsamkeit zu herrschen. Trotzdem wirkte die große Bahnhofshalle mit den über dem Eingang befindlichen Bleiglasfenstern aufgeräumt und sauber. Max ging auf den Zeitungskiosk zu. Vor dem Schaufenster, das den Laden zur Halle abtrennte, blieb er stehen und spähte hindurch. Zwei Kunden stromerten anscheinend ziellos durch den Verkaufsraum. Wahrscheinlich Bahnreisende, die die Wartezeit bis zur Abfahrt ihres Zuges tot schlugen.

Max wartete gute fünf Minuten. Als keiner der beiden Anstalten machte, den Kiosk zu verlassen, fasste er sich ein Herz und betrat den Laden. Er brauchte einen Moment, um sich zu orientieren. Alle Wände des Raumes waren von Zeitschriftenregalen zugestellt und in der Mitte befanden sich halbhohe Tische, ebenfalls bedeckt mit unzähligen Magazinen. Langsam durchstreifte Max den Raum und studierte prüfend die einzelnen Titel. Es war schon beeindruckend, zu welchen Themen man Fachblätter erwerben konnte.

Er hatte fast den gesamten Raum durchquert und war bereits wieder auf dem Rückweg, als er an das richtige Tischchen, direkt gegenüber der Kassentheke geriet. *Maxim, Matador, Penthouse, Playboy*. Mit rotem Gesicht blickte sich Max um. Eine Person hatte den Laden verlassen. Somit war er mit einer älteren Frau allein. Die Dame trug einen Hut, der Max unweigerlich an die gehäkelten Abdeckungen für Klopapierrollen erinnerte. Hinter dem Verkaufstresen trank die Kassiererin gemütlich eine Tasse Kaffee und blätterte dabei durch die *Bild-Zeitung*. Das war Max' Chance. Er bückte sich, um den obersten *Playboy* vom Stapel zu nehmen. Dabei rutschte sein Rucksack, der wieder über nur einer Schulter hing, herunter, schwang zur Seite und warf einen großen Packen Männermagazine mit großem Knall auf den Fußboden. Jetzt stand Max auf jeden Fall im Mittelpunkt. Die Kassiererin stellte ihre Kaffeetasse ab und zwängte sich hinter dem Tresen hervor. Auch die ältere Dame mit Häkelhut kam herbeigelaufen. Beide bemühten sich, nach Kräften zu helfen. Max pochte das Blut heiß im Gesicht. Mit hochrotem Kopf sammelte er die Zeitschriften ein. Dabei öffneten sich unabsichtlich mehrere Seiten und entblößten junge, nackte, lasziv lächelnde Frauen.

»Na Pater, etwas Bettlektüre fürs Wochenende?«

Erschrocken richtete sich Max auf. So willkommen Jimmy am Vortag gewesen war, so sehr wünschte er sich, oder noch besser ihn, jetzt an einen weit, weit entfernten Ort.

»Ist für ein neues Jugendprojekt. Forschungsmaterial«, stammelte Max verärgert.

Die beiden Frauen blickten ihn fragend und kopfschüttelnd an, seitdem das Wort Pater gefallen war. Max konnte diese Blicke nicht ausstehen. Die Vorverurteilungen von Priestern aufgrund weniger schwarzer Schafe, die in der Presse ausführlich bloßgestellt wurden, waren ihm zuwider.

»Ein Jugendprojekt«, wiederholte er, griff sich endlich ein Magazin und ging vor zur Kasse. Aus Trotz wollte er die angefangene Rolle zu Ende spielen und nicht klein beigeben und den Kiosk unverrichteter Dinge verlassen.

»Ich könnte dir helfen.«

Jimmy folgte Max.

»Ich weiß mehr über das Thema, als du ahnst.«

»Vielleicht komme ich darauf zurück«, antwortete Max kurz angebunden.

»Mancher ertrinkt lieber, als dass er um Hilfe ruft.«

Jimmy und seine Sprüche. Ungeduldig wartete Max an der Kasse und schaute sich immer wieder um, wo denn nur die Verkäuferin blieb. Die hob die letzten Zeitschriften vom Boden auf und flüsterte mit der älteren Frau. Beide schauten abwechselnd zu Max hinüber und senkten sofort wieder ihre Köpfe, wenn es zu einem direkten Blickkontakt kam. Max war sich nicht sicher, ob sie ihn und seine Funktion hier in Eisenach kannten. Wenn ja, dann würde die Geschichte sofort die Runde machen. Er hatte so etwas schon erlebt. Eine Vorverurteilung aufgrund der Aussage eines einzelnen Mädchens, die er nie losgeworden war, obwohl völlig aus der Luft gegriffen.

Dann war Jimmy genauso schnell verschwunden, wie er gekommen war. Und Max atmete erleichtert auf. Endlich konnte er bezahlen, stopfte den *Playboy* in seinen Rucksack und verließ eiligst den Kiosk. Das war doch ganz gut gelaufen. Jetzt brauchte er nur einen ruhigen Platz, weit entfernt von allen bekannten Gesichtern, zum Lesen. Sein Zimmer kam gar nicht in Frage. Er würde das Magazin nicht mit ins Nonnenwohnheim nehmen. Die Mutter Oberin hatte ihm zwar mehrfach versichert, dass er in der Kammer ungestört sein würde, aber oft hatte Max das Gefühl, dass er in seiner Abwesenheit Besuch bekam. Persönliche Sachen lagen plötzlich an anderen Stellen, als er sie gelassen zu haben glaubte. Die Bettdecke war akkurater gefaltet, als Max dies tat, die Zahnpastatube war auf einmal zugeschraubt. Es gab eine Liste vieler, kleiner Dinge.

An der frischen Luft, außerhalb des Bahnhofs, schnallte sich Max seinen Rucksack vorschriftsmäßig auf den Rücken. Das Wetter schien zu halten. Zwar hatte sich mittlerweile eine geschlossene Wolkendecke gebildet, aber der starke Wind vom Vortag hatte nachgelassen.

Er würde über das Haus Hainstein zum Metilstein aufsteigen. Von dort hatte man einen fantastischen Ausblick auf die Wartburg. Und über den Thüringer Wald. Was allerdings noch wichtiger war, auch Ruhe. Um diese Zeit verirrte sich kaum ein Mensch dorthin.

Noch am Bahnhof kaufte er sich ein belegtes Brötchen und eine Flasche Wasser und startete die MZ.

Zwanzig Minuten später saß Max auf den Resten einer von Vandalen zerstörten Bank auf dem freien, nackten Felsplateau des Metilstein. Er hatte einen grandiosen Blick auf die Wartburg gegenüber. Noch hingen einzelne Nebelschwaden wie feine Spinnweben im Tal, so dass die berühmte Burg in den Wolken zu schweben schien. Der Besucherstrom hatte noch nicht eingesetzt, so war nur hin und wieder eine Person zwischen den mächtigen Kanonen auszumachen. Max widerstand der Versuchung, hinüberzuwinken. Stattdessen öffnete er langsam die hart erkämpfte Zeitschrift. Im Inhaltsverzeichnis suchte er den Beitrag zu Lisa Schmitz. Seite 24. Er blätterte direkt dorthin. Zu seiner Überraschung fand er auf der angegeben Seite nur ein kleines Bild einer bekleideten, jungen Blondine mit einem sympathischen Lachen im Gesicht und sehr viel Text. Ein Interview. Max begann zu lesen.

Playmate Steckbrief

Name:	*Lisa Schmitz*
Geburtsdatum:	*19. März 1986*
Größe:	*1,72 m*
Gewicht:	*55 kg*
Wohnort:	*Jena*
Oberweite:	*91*
Taille:	*60*
Hüfte:	*90*

Max versuchte, sich die Maße bildhaft vorzustellen. Gar nicht so einfach, wenn einem die Vergleichsmöglichkeiten fehlten. Hatte da eben ein Zweig unter einem Wanderschuh geknackt? Schnell schaute er sich nach allen Seiten um und lauschte in den Wald hinein. Stille. Unten auf der gegenüberliegenden Talseite kämpfte sich ein Reisebus die Steigung zur Wartburg hinauf. Irgendwo über ihm schrie eine Elster.

Als Max endlich überzeugt war, allein zu sein, blätterte er eine Seite weiter. Ein dreiseitiges Ausklappposter. Das Bild half seinem Vorstellungsvermögen auf die Sprünge. Lisa Schmitz stand lasziv an einen großen Apfelbaum gelehnt, trug nur ein durchsichtiges Seidentuch als Gürtel und einen feuerroten Apfel in der linken Hand. Die rechte Hand liebkoste den Baum. Ein Bein war leicht gebeugt, das andere beängstigend lang ausgestreckt. Ihre Haut war zart gebräunt und von einer beginnenden Gänsehaut überzogen. Blonde Haare fielen wie ein Wasserfall über die runden Schultern der jungen Frau. Lisa lächelte aus dem Poster heraus direkt in Max' Gewissen.

Schnell blätterte er wieder zurück und versuchte, sich erneut auf das Interview zu konzentrieren.

»Was magst du besonders? – Lange Spaziergänge am Strand und Nougat.

Was magst du gar nicht? – Früh aufstehen und Lügen.

Was machst du in deiner Freizeit? – Ich habe leider nicht viel davon. Das Studium ist sehr fordernd und anstrengend. Aber ich gehe oft in die Sauna, ins Solarium und ins Fitnessstudio.

Was ist dein größter Traum? – Ich würde gern eine Zeit im Ausland verbringen, in Mexiko vielleicht.

Was sind deine Zukunftspläne? – Das Betriebswirtschaftsstudium erfolgreich abschließen.

Wie zufrieden bist du mit deinem Körper? – Meine Knie finde ich nicht besonders schön. Der Rest ist okay. Allerdings ärgere ich mich über meine Tätowierung.

Was bedeuten die beiden Buchstaben? – Die Initialen eines Ex-Freundes.

Warum habt ihr euch getrennt? – Darüber möchte ich nicht reden.

Wie war dein Playboy-Shooting? – Das Shooting …«

Hier hörte Max auf zu lesen. Zwei Buchstaben als Tätowierung. Aufgeregt blätterte er zu dem großformatigen Foto zurück. Aufmerksam untersuchte er jede Körperregion der jungen Frau. Dabei hielt er sich das Magazin dicht vors Gesicht, um ja keine Einzelheit zu verpassen. Die langen, wohlgeformten Beine und Schenkel. Den elegant frisierten Schambereich. Ihren flachen Bauch mit einem kleinen herzförmigen Leberfleck links neben dem Nabel. Zwei Brüste, die so wunderschön ihren Oberkörper dominierten und von denen sich Max fragte, wie sie sich wohl anfühlten. Die keck hervorstehenden Brustwarzen …

Max stockte. Er zog das Bild noch näher an sein Gesicht heran. War das eine Tätowierung am sanften Übergang zwischen rechter Brust und Rippenbogen? Max rieb sich die Augen, zwinkerte ein paar Mal, um schärfer sehen zu können. Ja. Eindeutig zwei Buchstaben. *L* und *R*. Nein. *L* und *D*. Verblüfft ließ Max das Magazin sinken. Der erste Bestandteil des Codewortes. Müller hatte nicht gelogen.

18.10.2014, später Nachmittag

Max hatte noch eine gute Stunde auf der Bank des Metilstein-Plateaus gesessen und dabei sein spartanisches Mittagessen zu sich genommen. Er hatte versucht, seine Gedanken zu ordnen und über das weitere Vorgehen zu entscheiden. Ein harter Kampf. Schließlich legte er sich fest und machte sich an den Abstieg. Den *Playboy* ließ er in einer blauen Tonne verschwinden. Er hatte genug gesehen.

Der Rückweg war auf einem feuchten Laubteppich recht rutschig gewesen, zum Glück aber unfallfrei geblieben. Für Max roch es im Wald nach Pilzen, ein Aroma, das ihn stark an seine Kindheit erinnerte, als er oft stundenlang mit seiner Oma durch die Wälder gestrichen war.

Und jetzt saß er in seiner kleinen Kammer auf dem Bett, den Laptop auf den Knien und trug hinter dem Namen Lisa Schmitz ein *LD* ein. Spontan wollten Max nicht viele Wörter einfallen, die mit dieser Buchstabenkombination einen Sinn ergaben. Wald zum Beispiel. Max ging nicht davon aus, dass die Reihenfolge der Frauennamen auch die Anordnung der Buchstaben in dem Codewort verriet. Aber man konnte ja nie wissen. Wieder und wieder starrte er auf die Liste, während er geistesabwesend an seiner Stirnnarbe rieb.

Marie Meier
Claudia Meißner
Lisa Schmitz LD
Sara Adam
Eva Zöllner
Clara Pauli

Jetzt gab es kein Zurück mehr. Die Richtung war ihm durch ein Zeichen vorgegeben worden. Max schrieb sich mangels eines passenden Notizzettels Marie Meier in seine linke Handfläche. Warum nicht mit der aufgelisteten Reihenfolge fortfahren?

Im Aufenthaltsraum der Schwestern im Erdgeschoss befand sich das einzige Telefon des Gebäudes, inklusive Telefonbuch und Highspeed-Internetrechner. Zwanzig Uhr abends. Die Schwestern hatten um diese Zeit gewöhnlich ihr letztes Gebet des Tages gesprochen und gingen zu Bett.

Vorsichtig öffnete Max die Tür seines Zimmers und horchte in das Treppenhaus hinunter. Nichts zu hören. Leise und ganz langsam stieg Max im Dunkeln die alten Holzstufen hinab. Er wollte vermeiden, die Schwestern durch das Flurlicht auf sich aufmerksam zu machen. Seine Augen gewöhnten sich recht schnell an die Dunkelheit. Der Aufgang wurde nur schemenhaft durch eine Straßenlampe beleuchtet. Max hörte sich selbst atmen. Trotz der Kühle, die im unbeheizten Flur herrschte, fing er an zu schwitzen. Kleine Schweißtropfen rannen ihm über die Stirn und sammelten sich schließlich in seinen Mundwinkeln. Auch die Narbe machte sich wieder bemerkbar. Zum letzten Mal hatte er sie derart aufdringlich bei der Sache mit Doro gespürt.

Vorsichtig nahm Max eine Stufe nach der anderen. Auf

Höhe der Schwesternzimmer hielt er einen Moment inne und lauschte. Wieder war alles ruhig. Etwas forscher ging er weiter und traf dabei eine der ausgetretenen und knarrenden Stufen. Das Geräusch hörte sich an, als ob ein rostiger Nagel aus einer Diele gezogen wurde. Max hatte mal gelesen, dass sich japanische Kriegsherren einen so genannten Nachtigallboden in ihren Häusern verlegen ließen, die einen Attentäter auf eben diese geräuschvolle Weise ankündigen sollten.

Mit pochendem Herzen blieb Max stehen und verlagerte sein Gewicht auf den anderen, nicht quietschenden Fuß. Glück gehabt. Das Treppenhaus blieb verwaist. Max eilte nun schneller und weniger vorsichtig den letzten Absatz hinunter. Endlich hatte er den Aufenthaltsraum erreicht. Die Tür war wie üblich nicht verschlossen. Auch hier tastete sich Max vor, ohne das Licht einzuschalten, und stieß sich prompt das Schienbein an einem altmodischen Drehhocker.

»Verdammt«, fluchte er, hielt sich aber sofort eine Hand vor den Mund.

Das Telefonbuch befand sich in einer Schublade des Gemeinschaftsschreibtischs am hinteren Ende des Raumes. Mit ausgestreckten Armen, einen Fuß vor den anderen setzend, ging Max darauf zu. Wenn ihn die Mutter Oberin jetzt hier im Dunkeln erwischen würde, könnte er sich bestenfalls ein Donnerwetter anhören, oder sie würde ihn gleich des Wohnheims verweisen. Lieber nicht darüber nachdenken. Die Sekunden vergingen quälend langsam und Max verspürte eine grenzenlose Erleichterung, als er den Tisch endlich erreicht hatte. Dem Aussehen nach hatte an diesem Monstrum schon Junker Jörg an der Übersetzung der Bibel geschwitzt.

Max setzte sich auf den Bürostuhl und zog zaghaft die obere Schublade des Sekretärs auf. Dann tastete er mit der

Hand darin herum. Nur Kugelschreiber und ein großer Notizblock. Das nächste Schubfach. Er hatte es gerade aufgezogen, als plötzlich das Licht im Raum grell aufflammte. Instinktiv schloss Max die Augen, um sie nur Sekunden später wieder aufzureißen.

»Was machen Sie denn hier?«

Die rothaarige Frau stand an der Tür und hatte noch ihre Hand auf dem Lichtschalter. Sie trug einen langen wollenen Wintermantel, dazu hohe braune Stiefel und sah atemberaubend aus.

»Ich wohne hier«, antwortete Max.

»Im Gemeinschaftsraum?«

»Nein, unterm Dach.«

»Ich weiß. Und was machen Sie hier?«

»Ich suche eine Frau.«

»Im Schreibtisch?«

»Eine Telefonnummer.«

»Im Dunkeln?«

Darauf wusste Max nichts zu antworten. Er starrte zu der Frau hinüber wie ein Reh, das im Scheinwerferkegel eines heranrasenden Lastwagens gefangen war.

»Dann viel Erfolg und gute Nacht.«

Mit diesen Worten schaltete die Frau das Licht wieder aus und ließ Max in dem Zimmer im Dunkeln allein. Der brauchte einen Moment, schaltete dann aber die Schreibtischlampe an, fand das Telefonbuch in der zweiten Schublade, legte es auf den Tisch und begann systematisch die Seiten nach *Meier* abzusuchen. Mit der Rothaarigen würde er sich später auseinandersetzen. Jetzt musste er so schnell wie möglich hier raus, aber nicht unverrichteter Dinge.

Ludwig, Marcel, Margarethe, Marlies, Martha-Johanna,

Matthias. Keine Marie. Enttäuscht schlug Max das Buch wieder zu. Wie weiter? Der Schein der Lampe beleuchtete ebenfalls den Computer. Vielleicht fand sich ja im Internet eine Spur? Aber nicht hier. Max legte das Telefonbuch zurück, löschte das Schreibtischlicht und tastete sich zurück durch den finsteren Raum. Das nächste Internet-Café war keine fünf Minuten entfernt. Diesmal machte Max im Treppenhaus Licht, als er zu seiner Kammer hinaufstieg, um sich eine Jacke zu holen. Auf dem Rückweg schaute er noch mal an dem Gemeinschaftsschreibtisch vorbei und riss zwei Blätter aus dem gefundenen Notizblock heraus, die er zu seinem Kugelschreiber in die Innentasche seiner Fleecejacke steckte.

Im Internet-Café herrschte Hochbetrieb. Die meisten, arabisch aussehenden, Nutzer spielten Online-Games oder chatteten. Max hatte Glück, noch einen Rechner direkt mit dem Rücken zu dem großen Schaufenster, das auf die schmale Verbindungsgasse zwischen Sophien- und Alexanderstraße hinausblickte, zu bekommen. Ein undankbarer Platz. Jeder Passant konnte ohne große Mühe oder Absicht sehen, was sich auf dem Bildschirm tat.

Trotzdem öffnete Max Google und ließ die Maschine nach *Marie Meier UND Eisenach* suchen. 140.000 Treffer. Die ersten zehn bezogen sich alle auf einen Artikel in *Eisenachonline.de*. Es handelte sich um einen Bericht über die Hochzeit des Eisenacher Bürgermeisters Schulze mit der zwanzig Jahre jüngeren Marie Meier. Unerhört. Nun konnte sich Max auch an die Geschichte erinnern. Der Bürgermeister hatte seine erste Frau inklusive zweier halbwüchsiger Söhne verlassen, um mit seiner jungen, sexy Sekretärin den Rest seines Lebens zu teilen. Eine altbekannte Geschichte.

Der Bericht enthielt ebenfalls einige Fotos. Die junge Frau darauf konnte bei ferner Betrachtung die Schwester von Miss Oktober sein. Max' Herzschlag beschleunigte sich. Offensichtlich war er auf der richtigen Spur. Er kramte Notizzettel und Stift aus seiner Jacke, die er trotz der Hitze in dem kleinen Raum anbehalten hatte und notierte sich *Marie Schulze*. Aus dem Artikel erfuhr er ebenfalls, dass die neue Frau des Bürgermeisters auf einer eigenen Tätigkeit bestanden hatte. Allerdings arbeitete sie nicht mehr als seine Sekretärin, sondern übernahm eine Halbtagsstelle in der Eisenacher Touristeninformation. Und sie sorgte dafür, dass sie im Büro des Bürgermeisters einen männlichen Nachfolger bekam.

Max hatte genug erfahren. Er schaltete den Rechner ab, bezahlte die Internet-Gebühr und trat hinaus in die frische Nachtluft. Es hatte tatsächlich zu schneien angefangen. Kleine tanzende Flocken fielen in einem dichten Nebel auf die Straße, blieben allerdings nicht liegen, sondern schmolzen sofort in einem feuchten Film.

Da Max zu aufgewühlt war, um sofort in seine Kammer zurückzukehren, lenkte er seine Schritte zum Marktplatz. Obwohl es Samstagabend war, waren nur wenige Fußgänger unterwegs. Und plötzlich wurde Max das Gefühl nicht los, verfolgt zu werden. Seine Nackenhaare stellten sich ohne ersichtlichen Grund auf und ihm lief eine Gänsehaut über den Rücken. Er blieb abrupt stehen und sah sich um. Nichts. Also ging er weiter, schneller und schneller, bis er fast rannte. Erst am Brunnen vor dem Rathaus drosselte er das Tempo. Hier sammelte sich gerade eine Gruppe älterer Leute zu einer nächtlichen Stadtführung. Möglichst unauffällig mischte sich Max unter die kleine Menschenmenge und spähte immer wieder zwischen den Köpfen hindurch in die Richtung, aus der er gekommen war. Bewegte sich dort etwas im Schatten des Stadtschlosses oder spielte ihm seine Fantasie einen Streich?

Als der Stadtführer im Gewand eines Nachtwächters erschien, löste sich Max aus der Gruppe und lief ohne sich nochmals umzusehen in die Karlstraße. Hier war noch am ehesten mit Publikumsverkehr zu rechnen. Und tatsächlich kam ihm eine angetrunkene Horde Jugendlicher, anscheinend auf Klassenfahrt, entgegen, durch die er sich hindurchdrängelte und die einen guten Schutzschild abgaben. Noch im Gewühl bog er in die Fußgängerunterführung zum Kino ein und erreichte nur Sekunden später das Schwesternwohnheim.

Mit wenigen Schritten stürmte Max die Treppe hinauf und schloss seine Zimmertür hinter sich ab. Als er auf dem Bett sitzend langsam wieder zu Atem kam, schalt er sich selbst einen Idioten. Vielleicht sollte er das Ganze vergessen und zu seinem normalen Alltag zurückkehren. Die Geschichte zerrte mehr an Max' Nervenkostüm, als er sich eingestehen wollte. Außerdem hatte er sich auf den morgigen Gottesdienst vorzubereiten. Wie gewöhnlich sollte er Pater Liebergeld zur Hand gehen.

Langsam stand Max auf, atmete tief durch, hängte seine Jacke in den Schrank und suchte seine Bibel. Wo hatte er sie doch gleich liegen lassen? Auf der Truhe? Nein. Laptoptasche? Negativ. In der Truhe? Auch als Max fast den gesamten Inhalt der Holzkiste auf dem Zimmerboden verteilt hatte, blieb die Bibel verschwunden. Ins Bad hatte er sie mit Sicherheit nicht geschleppt, oder? Nein.

Ratlos blickte sich Max nochmals in seiner Kammer um. Wo konnte das Buch nur sein? Vielleicht würde er die Mutter Oberin morgen früh befragen müssen. Das war kein Zufall. Jemand war hier gewesen. Nur was wollte derjenige mit seiner Bibel? Wusste er von den Namen? Unmöglich. Max hatte niemandem davon erzählt. Möglicherweise hatte er das Buch doch nur verlegt und es würde morgen, bei hellem Tageslicht, wieder auftauchen.

19.10.2014, morgens

Diese Nacht hatte Max erstaunlich gut geschlafen. Erfrischt wie seit langem nicht mehr stand er auf und machte sich gleich mit aufgeladenem Akku auf die Suche nach seiner Bibel. Aber das Buch blieb auch im zarten Licht der Morgensonne verschwunden.

Nach einer kurzen Morgentoilette schlüpfte Max in seine Dienstkleidung und stürmte die Treppen hinunter zur Mutter Oberin. Diese machte sich ebenfalls gerade für den Gottesdienst fertig und schien nicht eben begeistert von der Unterbrechung zu sein.

»Was treibt Sie zu solch unchristlicher Eile, Pater?«

Ob noch jemand heutzutage so sprach?

»Schwester, ich weiß, dass wir schon öfter über dieses Thema gesprochen haben, aber glauben Sie, dass jemand aus unserem Hause aus Versehen meine Bibel aus meinem Zimmer entfernt hat?«

Das Gesicht der Schwester, deren Alter Max irgendwo zwischen sechzig und achtzig Jahren vermutete, verfinsterte sich zusehends. Sie funkelte ihn durch ihre starke Hornbrille an, deren mächtige Gläser ihre Augen unnatürlich vergrößerten und ihr auch ohne Zornesfalten ein strenges Aussehen verliehen. Max rechnete jeden Moment damit, dass sie einen Rohrstock aus den Weiten ihrer schwarzen Schwesterntracht hervorholte und ihm damit den rechten Weg wies.

»Ich glaube an Gott, Jesus Christus, seinen eingeborenen Sohn und die Jungfrau Maria. Dass JEMAND in ihrer Kammer war, das glaube ich nicht.«

Sie machte eine Pause und atmete schwer. Ihr mächtiger Körper bebte und ihre Hände zitterten, als sie sich die Haube über ihre grauen, zu einem akkuraten Pferdeschwanz gebundenen Haare zog.

»Sie werden das Buch des Herren in ihrer unvergleichlichen Ordnung verlegt haben. Schon wieder«

Max wollte etwas entgegnen, aber die Schwester unterbrach ihn mit einer schnellen Handbewegung.

»Ich leihe ihnen eine Bibel aus unserer Bibliothek.«

Das Wort *leihe* betonte sie besonders und wandte sich auch schon von Max ab, um das Buch zu holen.

Schon wieder. Nur weil er einmal seine Soutane in der Waschmaschine vergessen oder seinen Rosenkranz auf der Treppe verloren oder sein Gesangbuch unabsichtlich im Biomüll versenkt hatte. Das konnte doch jedem mal passieren. Max war sich trotzdem sicher, dass er ungewollten Besuch in seinem Zimmer gehabt hatte. Und dass ausgerechnet die Bibel verschwunden war, gab ihm sehr zu denken.

Die Mutter Oberin unterbrach seine Gedanken und reichte ihm die Leihbibel. Max bedankte sich artig und machte sich schleunigst auf den Weg in die Kirche. Was Pater Liebergeld absolut nicht ausstehen konnte, war Unpünktlichkeit. Das hatte er Max bei seinem ersten Vergehen lautstark deutlich gemacht. Dabei hatten die Augen seines Vorgesetzten eine Furcht erregend dunkle Farbe angenommen und das sonst so weiche, runde Gesicht hatte plötzlich Ecken und Kanten gezeigt.

Hoffentlich sprang die MZ an. Tat sie.

Die Kirche war wie üblich nur spärlich besucht. Sonntag früh um neun Uhr waren nur noch wenige Christen zur Messe zu bewegen. Aber Pater Liebergeld gab sein Bestes. Und auch Max spürte heute eine starke innere Kraft, die ihm zu besonders inbrünstigen Chorälen verhalf. Die anderthalb Stunden vergingen wie im Flug.

Nach der Messe räumte Max wie gewöhnlich auf und verstaute diverse Utensilien in der Sakristei. Ganz gegen seine sonstigen Gewohnheiten kam Pater Liebergeld mit in den Nebenraum und setzte sich an den kleinen Arbeitstisch.

»Sie waren heute richtig gut, Max. Es hat Spaß gemacht, mit ihnen zu arbeiten.«

Max freute sich riesig über das unerwartete Lob seines Mentors. Normalerweise hatten sie an einem Sonntag nicht viel Zeit zum Reden, da Pater Liebergeld noch weitere Gemeindepflichten zu erledigen hatte.

»Ich fühle schon seit dem Aufstehen eine außergewöhnliche Leidenschaft in mir. Vielleicht konnte man das spüren. Aber gegen Ihre Power komme ich nicht an«, entgegnete Max.

»Ach was«, winkte Liebergeld ab. »Alles Training. Was man braucht ist Charisma und Aufrichtigkeit. Und beides haben Sie heute gezeigt.«

»Danke.«

Mehr wusste Max nicht zu erwidern. Langsam wurde ihm das Gespräch auch etwas peinlich. Auch Pater Liebergeld schien nicht genau zu wissen, wie er fortfahren sollte. Er kratzte mit seinem Fingernagel einen Wachsfleck von der Tischplatte. Anschließend richtete er einen Teller mit ausgetrocknetem Süßgebäck mehrfach neu aus, nie zufrieden mit der jeweiligen Anordnung.

»Außerdem wollte ich mich vergewissern, dass Sie das Erlebnis mit dem Geldräuber gut überstanden haben. Keine Nachwirkungen?«

»Danke der Nachfrage. Mir geht es gut«, antwortete Max kurz angebunden und verstaute mit übertriebener Sorgfalt die Messgewänder in dem riesigen, nach Mottenkugeln riechenden Kleiderschrank. Dabei achtete er darauf, Liebergeld nicht direkt ansehen zu müssen.

»Dann ist ja gut. Falls Sie reden wollen, wissen Sie ja, wo Sie mich finden können.«

»Ja, danke Pater.«

Liebergeld verabschiedete sich schnell und Max war froh, dass er endlich allein war. Seine eben noch vorhandene Hochstimmung war plötzlich verflogen. Wuchtig warf er die Schranktür ins Schloss, zog sich seine Jacke über und sperrte die Sakristei zu. Damit waren seine Pflichten für den heutigen Sonntag vorüber.

Vor der Kirchentür überlegte er einen Moment, was er als Nächstes tun sollte. Unter normalen Umständen würde er den Nachmittag im katholischen Altenheim verbringen, mit den Bewohnern dort reden, an den Rollstuhl gefesselte Menschen zu einem Spaziergang begleiten und sich ihre Sorgen anhören. Seit seinem Besuch in der JVA gab es aber keine normalen Umstände mehr. Also machte Max auf dem Absatz kehrt und steuerte direkt die Eisenacher Touristeninformation an.

Das Wetter hatte sich wieder verschlechtert. Die am Morgen noch verheißungsvoll scheinende Sonne war von grauen Nebelschwaden zugedeckt worden. Feine Wassertröpfchen hingen wie ein Mückenschwarm in der Luft und krochen unangenehm an allen unbedeckten Hautstellen in die wärmende

Kleiderhülle hinein. Max war froh, als er endlich die gut beheizte Information erreicht hatte.

Drinnen war es auf den ersten Blick leer. Keine Menschenseele. Max schüttelte sich die Kälte aus den Gliedern und blieb dann unentschlossen vor einem beeindruckenden Prospektständer stehen. Hier wurden die Sehenswürdigkeiten und Attraktionen der näheren Umgebung angepriesen. Max musste sich eingestehen, dass er selbst nur einen Bruchteil der Thüringer Highlights bisher besucht hatte. Eigentlich eine Schande. Neugierig nahm er ein Infoblatt des *Schloss und Park Altenstein* zur Hand. Noch nie gehört. Bei Bad Liebenstein. Ein prächtiges Gebäude. Wie aus einem Edgar-Wallace-Film.

»Nun stell dich doch nicht so an. Das ist doch kein Swingerclub. Nur eine gemischte Sauna.«

Erschrocken fuhr Max herum und ließ das Prospekt fallen. Volltreffer. Die Frau des Bürgermeisters. Marie Schulze, geborene Meier. Sie war noch attraktiver als auf den Internetfotos. Und so jung. Max stellte sich den amtierenden Bürgermeister daneben vor. Das passte gar nicht.

»Du musst dich nicht zieren. Wenn es dir unangenehm ist, behältst du einfach das Handtuch umgebunden.«

Die Frau sprach aufgeregt in ihr Handy. Als sie bemerkte, dass Max sie ansah und mithören konnte, hielt sie ihren linken Zeigefinger hoch und nickte kurz. Das sollte wohl bedeuten, dass sie gleich zur Verfügung stand.

Max hockte sich hin und hob den Infozettel wieder auf.

»Okay. Also abgemacht. Heute Abend, 19.00 Uhr, Schwimmhalle Katzenaue. Und …«

Das war genug. Max stellte das Prospekt zurück und verließ die Information ohne sich noch einmal nach der Frau umzusehen. Dann prügelte er die ETZ 250 durch die Eisenacher Innenstadt, als ob er am Stadtrennen von Macau teilnehmen würde.

Zurück in seiner Kammer setzte sich Max aufs Bett und grübelte über das Gehörte nach. Sauna. Nackte Körper. Die Gelegenheit, unverfänglich einen Blick auf eine unverhüllte Marie Schulze, die die Nummer eins auf Müllers Frauenliste war, zu werfen. Ein Zeichen. JEMAND wollte, dass er das Codewort zusammensetzte. Diese Aneinanderreihung von Zufällen grenzte an ein Wunder.

Max streifte seine Schuhe ab und ließ sich rücklings auf sein Bett fallen. Er hatte nicht mal eine Badehose. Die brauchte er allerdings in einer Sauna auch nicht. Unwillkürlich fiel ihm seine Mutter ein. Was sie zur Nacktheit in der Öffentlichkeit und dann auch noch gemischt gesagt hätte, konnte er sich lebhaft vorstellen. Fegefeuer und ewige Verdammnis. Dabei waren Adam und Eva auch nackig gewesen.

19.10.2014, später Nachmittag

Max schreckte ganz plötzlich aus tiefem Schlaf hoch. Er richtete sich wie von einer Sprungfeder angetrieben in seinem Bett auf, schlug mit dem Kopf gegen die Dachschräge und fiel wieder nach hinten um. Verdammt! Wie spät war es? In voller Montur eingeschlafen. Das war ihm schon lange nicht mehr passiert.

Endlich fand er unter seinem Bett tastend den großen Wecker. Das einzige Zeitmessgerät, das sich in Max' Besitz befand. Dreiviertel sieben. Mist. In einer Viertelstunde war Marie Schulze mit ihrer Telefonfreundin in der Sauna verabredet. Das war knapp.

Mit mehr Rücksicht auf seinen Kopf schwang sich Max aus dem Bett und suchte eilig im Bad ein Shampoo und ein Handtuch. Beides stopfte er in einen Jutebeutel, warf sich die Fleecejacke über und schlüpfte in seine Wanderschuhe. Vier Minuten später war er zur Kammertür hinaus und stürmte die Treppe hinunter. Auf dem zweiten Absatz, den er sich am mittleren Geländerpfosten haltend in einem Umschwung nehmen wollte, streifte er die rothaarige Frau, die in der Gegenrichtung unterwegs war.

»Na passen Sie doch auf!«, sagte sie lächelnd. »Wohin denn so spät auf schnellen Beinen?«

»In die Schwimmhalle, wenn nichts dazwischen kommt«, antwortete Max außer Puste.

»Wo zwischen? Die Beine?«

Max stutzte und betrachtete fasziniert die kleinen Sommersprossen auf den Wangen der jungen Frau.

»Ich muss los, Entschuldigung«, sagte er schließlich und setzte seinen rasanten Treppenlauf fort, hochrot im Gesicht.

Irgendwann musste er die Frau mal nach ihrem Namen fragen. Was machte sie überhaupt hier? Wie eine Nonne sah sie nicht aus, trug auch nicht deren Tracht. Vielleicht eine Verwandte einer der Schwestern?

Max erreichte die Schwimmhalle um zehn nach sieben. Als Motorradfahrer hatte man den unschlagbaren Vorteil, direkt vor dem Eingang parken zu können. Die Frauen waren wahrscheinlich schon drinnen. Er war der einzige Gast an der Kasse und kaufte eine Drei-Stunden-Karte.

Nervös passierte Max schließlich das Drehkreuz und machte sich auf die Suche nach den Umkleidekabinen. Kein leichtes Unterfangen. Es gab Räume für das Freibad, welches natürlich im Oktober geschlossen war, einen Umkleidebereich für die Schwimmhalle und noch einen separat für die Sauna. Nach einem kurzen Kampf mit dem Kassenchip, dem Spindschlüssel und dem Schrankschloss entledigte sich Max seiner Kleidung und band sich das mitgebrachte Handtuch um die Hüfte. Das heißt, er versuchte es. Natürlich hatte er in der Eile kein Bade-, sondern ein normales Handtuch eingepackt. Max hatte einige Mühe, das kurze Teil oberhalb seiner Beckenknochen züchtig zu befestigen. Schließlich brachte er es doch zum Halten und hoffte, dass das Tuch auch da blieb. Wie Frauen sich nur in Miniröcken wohlfühlen konnten.

Wie weiter? Zuerst duschen. Badelatschen wären auch eine gute Idee gewesen. Nachdem Max seinen gesamten Körper mit dem mitgebrachten Haarwaschmittel eingeseift hatte und auch das Handtuch wieder seine Lenden bedeckte, war er bereit für den eigentlichen Saunagang.

Die Kabine war leer. Enttäuscht setzte sich Max auf eine der unteren Holzbänke, wobei er wieder Schwierigkeiten hatte, das Handtuch an Ort und Stelle zu behalten. Er atmete tief durch und ließ die Hitze auf sich wirken. Langsam normalisierte sich sein Pulsschlag. Max konnte fast sehen, wie sich seine Poren öffneten und winzig kleine Schweißtropfen hervorkrochen. Die heiße Luft legte sich schwer von innen und von außen auf seine Lungen. Max schloss die Augen, entspannte.

Zirka zehn Minuten später wurde er von lautem Reden und Lachen aufgeweckt. Er blinzelte durch einen dünnen Schweißfilm, der sich über seine Lider gelegt hatte und erkannte direkt gegenüber Marie Schulze. Sie hatte ein großes orangefarbenes Badetuch um ihren Körper geschlungen, das mit einer geometrisch scharfen Linie über ihren vollen Brüsten endete und in der Gegenrichtung noch ihre Knie bedeckte.

»Und, so schlimm ist es doch gar nicht«, flüsterte sie zu einer zweiten Frau gebeugt, die etwas älter zu sein schien. Diese war sogar in zwei Handtücher gehüllt, so dass nur Kopf und Füße herausschauten. Bevor Max seine Beobachtungen fortsetzen konnte, ging erneut die Kabinentür auf und eine Badangestellte kam herein. Sie trug einen kleinen Plastikeimer, dessen Inhalt sie über einen Steinhaufen in der Mitte der Sauna goss. Max hatte sich schon gefragt, wozu dieses Gebilde dienen mochte. Nun war es klar. Sofort als die Steine mit der Flüssigkeit in Berührung kamen, füllte sich der Raum zischend mit einem undurchsichtigen, heißen, aber wohlriechenden Dampf, der alle Anwesenden verhüllte. Mit einem Schlag fiel das Atmen noch schwerer. Max wurde schmerzhaft an die vielen Inhalationsbäder erinnert, zu denen ihn seine Mutter bei dem nur kleinsten Anzeichen einer Erkältung gezwungen hatte. Er versuchte, das Aroma einzuordnen. Er kannte diesen Geruch.

»Das ist ja Honig.«

Marie Schulze hatte recht. Honig. Nach zehn Minuten hatte sich der Dunst soweit gelegt, dass die drei Saunierer sich wie beim Beamen wieder in der Kammer materialisierten.

Max Magen murrte. Er hatte lange nichts gegessen. Trotzdem suchte er konzentriert den sichtbaren Körper von Marie Schulze nach Tätowierungen ab. Aber wenn er die Geschichte von Müller richtig interpretierte und den Ort der Buchstaben *L* und *D* auf Lisas Körper in Betracht zog, dann würde Max in der jetzigen Konstellation eine eventuelle Signatur nicht zu Gesicht bekommen. Schade.

Sein Magen knurrte jetzt noch lauter. Die beiden Frauen gegenüber tuschelten. Redeten sie über ihn? Max lief der

Schweiß in Strömen den Körper herunter. Er war nun schon über zwanzig Minuten in der Schwitzkammer und hatte Mühe, genug Atem zu bekommen. Kleine, silbrige Sterne tanzten vor seinen Augen. Ihm wurde übel. Genug. Er stand auf, wollte an die frische Luft, doch dann wurde es dunkel.

»Hallo, können Sie mich hören?«

»Au!«

Ein stechender Schmerz auf der Brust weckte Max wieder auf. Jemand hatte ihn gekniffen. Erschrocken griff er nach Halt suchend um sich, um wieder auf die Beine zu kommen. Er erwischte ein Stück Stoff und zog kräftig daran. Die Stütze war nicht stark genug. Trotzdem konnte sich Max in eine sitzende Position aufrichten. Das Stück Textil noch immer in der Hand haltend, stützte er sich nach hinten auf dem Fliesenboden ab. Dann erst öffnete er vollends die Augen und blickte direkt in den aufgedeckten Schambereich von Marie Schulze, geborene Meier. Sie war rasiert. Nicht ein kleines Härchen bedeckte die weichen Hauterhebungen und Biegungen. Die Wölbungen und Vorsprünge hatte Max bisher nur auf Bildern, jedoch noch nie in dieser Detailschärfe gesehen. Und über allem prangte ein geschwungenes *GG*.

Nach einer gefühlten Ewigkeit, die in Realzeit nur wenige Zehntelsekunden gedauert hatte, entriss Marie Schulze, geborene Meier, Max ihr Handtuch und wickelte es sich in blitzschneller Eleganz wieder um ihren Körper.

»Geht es wieder? Sie sind wohl ohnmächtig geworden?«, fragte sie.

»Ich weiß auch nicht. Plötzlich war mir schwarz vor Augen«, antwortete Max. »Ich bin Ihnen so dankbar …«

»Das sehe ich«, unterbrach ihn Marie schmunzelnd und blickte an Max herunter.

Der folgte ihrem Blick. Sein kleines Handtuch lag aufgeschlagen wie ein Buch unter seiner Hüfte und Max präsentierte sich in noch nie dagewesener Größe. Schnell raffte nun auch er sein Handtuch zusammen, bedeckte sich und versuchte, seine Erektion zu verstecken. Hochrot im Gesicht und nicht nur da, stolperte er zur Tür, rüttelte hastig an der Klinke, bis sie sich schließlich öffnete. Die Frauen hinter ihm brachen in schallendes Gelächter aus. Max aber war froh, frische, kühle Luft atmen zu können. Schnurstracks verschwand er unter einer eisig kalten Dusche, um seinem gesamten Körper Linderung zu verschaffen. Es dauerte einen Moment, bis auch Max zu einem Lächeln zurückfand. *GG.* Er hatte ein weiteres Puzzlestück gefunden.

Vor der Schwimmhalle empfing ihn ein eisiger Wind und vereinzelt fallende Regentropfen. Es war dunkel. Und die MZ verweigerte den Dienst. Diesmal war nichts zu wollen. Der Motor sprang nicht an.

»Dann bleibst du eben hier!«

Der einsame Fußweg, der an der Hörsel entlang in Richtung Innenstadt führte, war nur spärlich beleuchtet. Nicht wenige Laternenglühlampen waren das Opfer von heimtückischen Steinattacken geworden. Rechts plätscherte träge der kleine Fluss und links erstreckte sich über mehrere hundert Meter ein um diese Zeit verlassener Parkplatz mit angrenzendem Supermarkt. Selbst die hartnäckige Gruppe von Freizeittrinkern, die hier zu jeder Tages- und Nachtzeit anzutreffen war, hatte sich wohl aufgrund des Wetters ein angenehmeres Plätzchen gesucht.

Max zog den Reißverschluss seiner Fleecejacke ganz nach oben und machte sich so klein wie anatomisch möglich, um dem pfeifenden Wind so wenig Angriffsfläche wie möglich zu bieten. Er ging schnellen Schrittes und drehte sich immer wieder um. Doch den Weg bevölkerten nur huschende Schatten, die der Wind, die Laternen und die Bäume in einem harmonischen Zusammenspiel auf den Asphalt malten. Oder war da nicht hinter den Kleidercontainern eine Gestalt in Deckung gegangen?

Max lief schneller. Der Pfad zweigte nach rechts unter die breite doppelspurige Straßenbrücke ab. Auch hier hatte jemand mutwillig das Licht abgeschaltet. Ohne auf das beachtliche Gefälle Rücksicht zu nehmen, joggte Max den Abhang hinunter, kam auf dem Geröll ins Straucheln, blieb aber auf den Beinen.

Hinter der Brücke reihten sich endlich wieder Häuser aneinander. Auch die Beleuchtung wurde besser. Max atmete tief durch und sah sich nochmals um. Nichts. Langsamer, aber nicht wesentlich ruhiger setzte er seinen Heimweg fort.

19.10.2014, nachts

Zurück in seiner Kammer fuhr Max als Erstes seinen Computer hoch und ergänzte die Namensliste um die nächsten zwei Buchstaben:

Marie Meier (Schulze)	GG
Claudia Meißner	
Lisa Schmitz	LD
Sara Adam	
Eva Zöllner	
Clara Pauli	

»*GG, LD*«, murmelte Max laut vor sich hin.

Was sollte das für ein Wort ergeben? Auf jeden Fall wurde nun deutlich, dass die Reihenfolge der Frauennamen nicht mit der Anordnung der Buchstaben übereinstimmen konnte. Ein Wort, das mit zwei *G* begann, gab es nicht. Also weitersuchen. Claudia Meißner war die Nächste auf der Liste.

Nach fünfzig Liegestützen und einer heißen Dusche nahm Max die geborgte Bibel zur Hand und begann zu lesen. Er brauchte definitiv seelische Ablenkung. Wohin würde der Weg, den er eingeschlagen hatte, ihn führen?

Kurz nach Mitternacht schreckte Max aus einem unruhigen Traum hoch. Krachend fiel die Bibel zu Boden. Er hatte von Marie geträumt. Im Eva-Kostüm hatte sie vor ihm gestanden und ihm einen Apfel dargeboten. Groß und deutlich hatten sich die Buchstaben *GG* von dem kräftigen Rot der Schale abgehoben. Und Max hatte zugegriffen, hatte mit Wollust in das knackige Fruchtfleisch gebissen. Er hatte sich den süßen Saft über die Wangen laufen lassen und ihn mit der Zunge von den Mundwinkeln geleckt. Dann hatte er immer und immer wieder seine Zähne in die Frucht geschlagen. Marie hatte ihn mit wippenden, vollen Brüsten und kreisenden Hüften beobachtet. Dann war Max plötzlich erwacht. Schweißgebadet. Er glaubte, den Apfel noch immer schmecken zu können. Es war nur ein Traum.

Es dauerte gefühlt Stunden, bis er in einen unruhigen Schlaf zurückfand. Als endlich der Morgen kam, war es eine Erleichterung für Max, aufstehen zu dürfen. Heute hatte er im Café der Caritas Dienst. Eine befriedigende Aufgabe. Er würde Texte aus dem Alten Testament vorlesen und in der Gruppe diskutieren. Dazu gab es eine überwältigende Auswahl an wohlschmeckenden Teesorten und süßes Gebäck im

Überfluss. Und nebenbei konnte er an einem Plan arbeiten, wie er Claudia Meißner am besten an die Wäsche gehen konnte. Ach ja, er sollte sich auch um die MZ kümmern. Irgendwo in seiner Truhe musste noch eine Zündkerze liegen.

Das Café war schon vormittags gut besucht. Max kannte alle Anwesenden recht gut. Bis auf eine Ausnahme. An einem kleinen Ecktisch saß einsam, in eine Zeitschrift vertieft, die rothaarige Unbekannte aus dem Wohnheim. Das war die Gelegenheit, den merkwürdigen Start, den beide gehabt hatten, auszuräumen. Zielstrebig steuerte Max auf den Tisch zu.

»Hallo. Ich bin Max Hader«, sagte er und streckte dabei seine Hand aus.

Die Rothaarige senkte die Zeitung, wartete einen Moment, in dem sie Max' Innerstes auszuleuchten schien, ergriff dann aber doch die angebotene Hand und antwortete: »Ich weiß.«

»Darf ich mich zu Ihnen setzen?«

»Wenn Sie möchten.«

Hatte sich das Gesicht der jungen Frau gerade leicht verfinstert? Sie legte das Magazin auf den kleinen runden Tisch, der zusätzlich mit diversen Flyern und Infozetteln bedeckt war. Hauptsächlich wurde auf kirchliche und kulturelle Veranstaltungen in Eisenach hingewiesen.

Max setzte sich, schaute der jungen Frau in die Augen und spielte mit den Zetteln auf dem Tisch. Er wusste nicht so richtig, wie er beginnen sollte. Und sein Gegenüber machte es ihm auch nicht unbedingt leichter. Sie schaute ihn mit ihren großen grünen Augen an und wartete.

»Ich bin nicht halb so schlimm, wie die Mutter Oberin behauptet.«

»Das habe ich auch nicht angenommen.«

Wieder Schweigen. Ein Infozettel bewarb ein Märchen für Erwachsene, das in der *Alten Mälzerei* aufgeführt wurde.

»Ich hatte Ihren Namen nicht verstanden«, fuhr Max schließlich fort, sich an eine Phrase aus einem Film erinnernd.

»Maria.«

»Was für ein bedeutungsvolles und geschichtsträchtiges Wort.«

Aufgeführt wurde *Das singende und klingende Bäumchen*. Ein Mitmachtheaterstück. Nach langer Abwesenheit gab sich Claudia Meißner wieder die Ehre in Eisenach.

»Was tun Sie in unserem schönen Wohnheim, Maria?«

»Ich versuche, einen festen Halt in meinem Leben zu finden.«

Zum ersten Mal schien die junge Frau eine ernsthafte und persönliche Antwort gegeben zu haben. Doch Max hatte sie nur halb mitbekommen. Er starrte auf den Flyer in seiner Hand. Claudia Meißner. Neben dem Namen war ein passbildgroßes Foto einer lockigen Blondine abgebildet, die wunderbar in das Beuteschema von Jens Müller passte. Konnte es so einfach sein? Auf einmal war Maria zur Nebensächlichkeit degradiert. Max' volle Aufmerksamkeit galt dem Werbezettel. Er starrte auf das Foto der Schauspielerin und konnte nicht glauben, dass es so einfach sein sollte. Hatte Maria etwas gesagt?

Sie sprang plötzlich von ihrem Stuhl auf, so dass er krachend zu Boden fiel und rannte an den übrigen Tischen vorbei in Richtung Toiletten. Max blickte ihr verdutzt hinterher. Allerdings nur kurz. Sofort konzentrierte er sich wieder auf die Theaterstückwerbung. Die Uraufführung war schon diesen Samstag. Wieder ein Fingerzeig, der unmöglich nur auf Zufall beruhen konnte. In Max festigte sich der Gedanke, dass JEMAND wollte, dass er das Codewort knackte.

»Max, schön dass Sie hier sind.«

Die Betreiberin des Cafés war unbemerkt an den Tisch getreten und hatte einen gelangweilt schauenden, älteren Mann im Schlepptau.

»Das ist Horst. Ich habe ihm versprochen, dass er zur Physiotherapie begleitet wird. Leider hat sich unser Zivi heute krank gemeldet. Und da dachte ich, Sie könnten die Aufgabe übernehmen«, sagte sie, während sie den umgefallenen Stuhl wieder aufrichtete.

»Aber die Lesestunde …«

»Die fällt aus«, wehrte die resolute Frau die schwache Antwort ab. »Sie müssen sich ein wenig sputen. Er hat in zwanzig Minuten seinen Termin.«

Seufzend stand Max auf, schaute auf die einsame Tasse Tee, die Maria gehörte, zog sich dann doch seine Jacke über und steckte den Infozettel in seine Tasche.

»Na dann wollen wir mal.«

»Von wegen wollen. Die zwingen mich. Das hätte es früher nicht gegeben. Ich bin gesund. Ich brauche keinen Krankensport und erst recht keinen Aufpasser.«

Der alte Mann redete sich in Rage. Max schaute fragend zur Café-Betreiberin hinüber, doch die zuckte nur mit den Schultern und grinste.

»Kommen Sie, Horst. So schlimm wird's schon nicht werden.«

Der Mann schimpfte weiter drauf los, ließ sich aber doch nach draußen führen.

Das Wetter hatte etwas aufgeklart. Nur vereinzelt trieb ein starker Ostwind Wolkenfetzen über den Himmel. Außerhalb der Häuserschatten tasteten Sonnenstrahlen über den Boden. Aber es war kalt.

20.10.2014, früher Vormittag

»Und dann die Rente. Ich habe fünfundvierzig Jahre hart gearbeitet. Bei AWE, wissen Sie. Damals haben wir noch richtige Autos gebaut. Die brauchten sich nicht hinter Mercedes und schon gar nicht hinter BMW zu verstecken. Auch nicht im Rennsport. Der Brauchitsch war ein Teufelskerl am Steuer. Ich kannte ihn persönlich. Feiner Kerl.

Und jetzt? Es reicht kaum zum Leben. Das hätte es früher nicht gegeben.«

Max wunderte sich, woher der alte Mann die Luft nahm, so schnell zu laufen und gleichzeitig ohne Unterbrechung zu reden.

»Die Bonzen erhöhen sich ihre Gehälter monatlich und auch die Politiker greifen ordentlich ab. Und die Renten? Die bleiben stehen. Dabei wird alles teurer. Vierzig Cent für ein Brötchen. Das sind achtzig Pfennig. Das hätte es früher nicht gegeben.«

Endlich erreichten sie die Stickereigasse und damit den Eingang zum Physiotherapie-Zentrum. Hier befand sich auch das Internet-Café, in dem Max Marie Schulze aufgestöbert hatte. Eisenach war halt doch ein Dorf.

Max rief den Fahrstuhl. Es tat sich nichts. Also hämmerte er wiederholt auf den Rufknopf ein.

»Geht wohl nicht? Typisch. Aber horrende Mieten kassieren. Immer das Gleiche. Und niemand tut etwas dagegen. Das hätte ...«

Mit einem lauten *Ping* öffneten sich nun doch die Lifttüren und unterbrachen somit den Redefluss des Rentners.

Der Fahrstuhl brachte sie direkt in das Wartezimmer der Physiotherapie-Praxis. Der Raum war gut gefüllt. Max meldete seinen Begleiter an und ließ ihn auf dem einzig frei verbliebenen Stuhl Platz nehmen. Dann öffnete er den Reißverschluss seiner Jacke, behielt sie aber an. Er steckte die Hände in die Taschen, befühlte den Theater-Werbezettel und spazierte in dem Warteraum auf und ab.

Um diese frühe Uhrzeit an einem Werktag waren vorwiegend ältere Menschen anwesend. Einige unterhielten sich angeregt über ihre Krankheiten und das offensichtliche Unvermögen der behandelnden Ärzte. Hier klinkte sich Horst bereitwillig in die Diskussion ein.

»Das hätte es früher nicht gegeben.«

Max trat an den gut gefüllten Zeitschriftenständer in der Mitte des Zimmers und nahm nacheinander einzelne Exemplare zur Hand, blätterte gelangweilt hindurch, bevor er sie zurücklegte. Früher hatte er viel Zeit mit seiner Mutter in Arztwartezimmern verbracht. Ganz vorsichtig brachte sich seine Narbe wieder ins Bewusstsein.

Ein weiterer *Ping* kündigte das Erscheinen des Fahrstuhls an. Einer geheimnisvollen Choreographie folgend drehten sich alle Köpfe in die Richtung des Geräusches, um die Neuankömmlinge gebührend zu empfangen.

Die Türen glitten geräuschlos auf und eine junge Frau in einem wallenden Wollmantel schwebte herein. Lange, blonde Locken kullerten über ihren Rücken, als sie den Mantel aufknöpfte und mit einem leichten Schütteln aufschlug. Ihr Gesicht war sanft gerötet. Entweder als Folge des kalten Ostwindes oder des vorsichtigen Gebrauchs von Make-up.

Ohne den Blick von der Frau zu nehmen, wollte Max die *Super Illu*, durch die er zuletzt geblättert hatte, zurücklegen, verfehlte aber das Regal. Das Magazin klatschte laut auf den Linoleumboden. Schnell bückte sich Max, um das Missgeschick zu revidieren, dabei warf er jedoch den kompletten Ständer mit seiner Schulter um und sorgte so für noch größeres Chaos.

Aus den Augenwinkeln sah er, wie Horst mit zusammengekniffenem Mund den Kopf schüttelte. Langsam legte sich der Aufruhr wieder, die Wartenden kehrten zu ihren Gesprächen zurück und ließen Max relativ unbeobachtet seine Aufräumaktion beenden. Auch die Blondine wandte sich der Schwester an der Rezeption zu und sagte mit weit tragender, geübter Stimme: »Ich bin Claudia Meißner. Ich habe einen Termin für 10.30 Uhr.«

Die Rezeptionistin fuhr mit ihrem rechten Zeigefinger durch das Terminbuch, bis sie den betreffenden Eintrag gefunden hatte.

»Manuelle Therapie.«

»Genau.«

»Bitte unterschreiben Sie hier und setzen sich für einen Moment.«

Gefolgt von zumindest den männlichen Augen der Wartenden durchschritt die Frau das Wartezimmer und steuerte einen Stuhl in der hinteren Ecke des Zimmers an, von dem sich auch sofort ein beleibter Mann mit schmerzverzerrtem Gesicht erhob und auf einen schweren Holzstock gestützt in Richtung Toilette humpelte.

Max hatte mehr oder minder den Urzustand des Regals wieder hergestellt, als eine Schwester Claudia Meißner zur Behandlung rief. Er kramte den Infozettel aus der Jackentasche und verglich das abgedruckte Foto mit der Person, die sich in einen langen Gang hinein von ihm entfernte. Kein Zweifel. Die nächsten zwei Buchstaben waren zum Greifen nahe.

An der dritten Tür links, direkt gegenüber den Patiententoiletten, bog die Therapeutin ab und Claudia Meißner schwebte hinterher.

Ohne nachzudenken lief Max nun ebenfalls in den Flur. Auf Höhe des Behandlungszimmers wäre er fast mit der Schwester, die die Schauspielerin abgeholt hatte, zusammengestoßen. Sie kam rückwärts aus dem Therapieraum und Max hörte sie sagen: »Machen Sie bitte den Oberkörper frei und legen Sie sich auf die Liege. Ich bin in fünf Minuten bei Ihnen.«

Dann war sie auch schon in einem angrenzenden Raum verschwunden, ohne Max eines Blickes zu würdigen.

Fünf Minuten. Die Tür zum Behandlungszimmer war nur angelehnt, der Flur vom Warteraum und der Rezeption nicht einsehbar. Max war allein. Er schaute sich noch zweimal um, dann trat er ein und blieb kurz hinter der Tür stehen. Der Raum war in vier, durch grüne Vorhänge abgetrennte Segmente unterteilt. Drei davon entblößten offen ihre Behandlungsliegen mit dem charakteristischen Gesichtsloch an einem Ende. Im vierten Separee waren die Vorhänge zugezogen. Max hörte Rascheln und Bewegungen. Der Geruch nach Körperöl mit einer Spur Desinfektionsmittelaroma lag in der Luft. Wie viel Zeit mochte wohl vergangen sein? Langsam schritt Max weiter in den Raum vor und versuchte, sich dabei möglichst geräuschlos zu bewegen. Hinter dem vierten Vorhang war es still geworden. Max kam langsam näher. Dann war er nur noch wenige Zentimeter von der Plastikabdeckung entfernt. Sein Atem brachte den Schleier leicht zum Schwanken. Vorsichtig drang Max mit seinen Fingern in den Spalt zwischen zwei Vorhangteilen ein und spreizte die Enden leicht auseinander. Dann brachte er sein Gesicht ganz nah an die Öffnung und spähte hindurch. Er konnte den Ölgeruch jetzt noch intensiver riechen und auch fühlen, da er sich wie ein Film auf dem Vorhang abgelagert hatte.

Hinter der Abtrennung lag Claudia Meißner auf dem Bauch, hatte ihr Gesicht in die vorgeformte Tasche in der Liege gelegt und bewegte sich nicht. Sie schien komplett nackt zu sein. Ein Handtuch bedeckte ihren Po. Ob sie darunter Unterwäsche trug, konnte Max nicht erkennen. Ihr Rücken hob und senkte sich in einem gleichmäßigen Rhythmus und eine leichte Gänsehaut lief über ihren Körper.

Plötzlich näherten sich Stimmen. Erschrocken schaute sich Max um. Die Türklinke wurde wie in Zeitlupe nach unten gedrückt. Erst als die Tür millimeterweise aufgestoßen wurde, reagierte Max. Blitzschnell zog er den Vorhang um die Liege, neben der er stand, zu, streifte seine Jacke und seinen Pullover ab und legte sich schwer atmend auf die Pritsche. Er hörte Schritte, Gummisohlen, die unangenehm auf dem Linoleum quietschten. Sie gingen an seinem Abteil vorbei. Der Vorhang nebenan wurde auf und wieder zu gezogen.

»Hallo Frau Meißner, entschuldigen Sie, dass Sie warten mussten. Wo tut es denn weh?«

Max atmete tief durch. Er war unentdeckt geblieben. Eine Zeit lang hörte er mit an, wie die Schauspielerin ihre verspannten Stellen beschrieb und wie die Therapeutin daraufhin bestimmte Bewegungen verlangte: »Drehen Sie Ihren Kopf bitte nach links und jetzt nach rechts. Legen Sie Ihre linke Hand auf die rechte Schulter und andersherum.« So ging es einige Minuten. Max setzte sich wieder auf. Die Chance war wohl vertan. Er griff nach seinem Pullover und zog sich wieder an. Gerade wollte er zur Jacke greifen, als ihn ein plötzlicher Tonwechsel zum Innehalten zwang.

»Ooooh ja. Das ist gut. Fester!«

Was war denn nun los?

»Ja, da. Schneller und fester. Nein, nicht aufhören. Nein, ja, nein, jaaaaa.«

Wieder schlich Max an die Trenngardine heran. Das Stöhnen wurde lauter und die Worte abgehackter: »Ja, ja, ja.«

Max schob die aneinandergrenzenden Vorhänge erneut einen Spalt auseinander und spähte hindurch. Claudia Meißner lag immer noch auf dem Bauch. Die Therapeutin hatte sich über sie gebeugt und bearbeitete ihren unteren Rücken mit heftigen Knetbewegungen. Sie drückte ihre Finger in die Muskelgruppen über dem Po der Schauspielerin. Anschließend fuhr sie kräftig drückend die Wirbelsäule hinab und hinauf, drehte ihre Fäuste in verspannte Körperpartien. Dabei nahm sie ihr eigenes Gewicht zu Hilfe, um den Druck zu erhöhen. Als Nächstes bearbeitete sie den Nackenbereich, drückte, rieb und knetete die Muskeln, die zu den Schultern führten und entlockte ihrer Patientin weitere lustvolle Jauchzer. Dann trat sie unvermittelt zurück und stand mit ihrem Rücken ganz dicht vor Max, nahm ihm die Sicht.

»Und jetzt bitte aufsetzen«, sagte sie.

Ganz langsam erhob sich Claudia Meißner. Ihre Brüste schienen noch einen Moment auf der Liege verharren zu wollen, ehe sie dem übrigen Körper folgten. Dann setzte sie sich auf und wandte Max ebenfalls ihren feuerroten Rücken zu.

»Nun bitte den Kopf drehen.«

Die Schwester ließ anscheinend die Bewegungen vom Anfang der Sitzung wiederholen. Dafür hatte Max jedoch keine Augen. Sein Blick hatte sich an dem Handtuch festgesogen, das bis eben noch den Po der Schauspielerin bedeckt hatte. Nun aber war es verrutscht und die beginnende Lücke zwischen den beiden Bäckchen war zu erkennen. Mittendrin prangten zwei Buchstaben. Ein *N* und ein *A*, oder? Max zwinkerte mehrfach und hielt konzentriert die Luft an, um ja keinen Fehler zu machen. Doch, es stimmte. Ein *N* und ein *A*. Max atmete erleichtert aus. Plötzlich drehten sich beide Frauenköpfe um und schauten in seine Richtung. Erschrocken zuckte Max zurück und stieß dabei gegen die hinter ihm stehende Pritsche. Ehe er reagieren oder einen kleinen Schmerzensschrei unterdrücken konnte, wurde sein Vorhang brutal aufgerissen und Claudias Therapeutin funkelte ihn aufgebracht an.

»Was machen Sie denn hier?«, fragte sie mit schriller Stimme.

»Ich warte auf meine Behandlung«, antwortete Max unsicher, zog sich nun doch seine Jacke über und verließ eilig das Zimmer.

»Hey, warten Sie!«

Die Schwester folgte ihm.

»Ich hole die Polizei, verfluchter Spanner. Haltet ihn fest!«

Doch Max war schon zur Tür hinaus. Er wählte die Treppe für seine Flucht, sprang drei Stufen auf einmal nehmend hinunter und noch ehe jemand reagieren konnte, sprintete er die Stickereigasse entlang, bog in den Markscheffelshof ab und reihte sich nur Sekunden später in das mittägliche Gewimmel der Eisenacher Fußgängerzone ein. Das war eng.

20.10.2014, abends

Max saß auf seinem Bett, den Laptop auf den Knien und starrte auf die ergänzte Liste, ohne die einzelnen Worte wirklich zu sehen.

Marie Meier (Schulze)	GG
Claudia Meißner	NA
Lisa Schmitz	LD
Sara Adam	
Eva Zöllner	
Clara Pauli	

Er dachte über den vergangenen Tag nach. Seine Flucht aus der Physiotherapie-Praxis hatte ihn zum Café der Caritas zurückgeführt. Maria hatte nicht auf ihn gewartet. Warum auch? Merkwürdige Vorstellung. Als dann schließlich Horst schimpfend und zeternd die Begegnungsstätte betrat, hatte Max schleunigst das Weite gesucht. Schließlich stand die MZ immer noch an der Schwimmhalle geparkt. Und tatsächlich hatte eine neue Zündkerze genügt, um sie wie ein Kätzchen, ein stark rauchendes Kätzchen, schnurren zu lassen. Er hatte es noch gerade vor einem erneut einsetzenden Regensturm zurück ins Wohnheim geschafft. Kaum in dem schützenden Hausflur angekommen, war die Oberin über Max hergefallen. Sie hatte wohl hinter dem Fenster auf der Lauer gelegen. Die Frau musste viel Freizeit haben.

Sie hatte sofort aufgeregt auf ihn eingeredet und sich dabei so sehr echauffiert, dass sie fast ihre dicke Brille verloren hätte. Während ihrer erzürnten Ansprache rutschte das schwere Horngestell auf der fleischigen Nase der Schwester immer weiter nach vorn und balancierte schließlich nur noch auf der runden Spitze. Max hatte fasziniert zugeschaut und sich kaum auf den Inhalt der Rede konzentrieren können.

Die Bibel hatte sich wiedergefunden. Im Zimmer der Novizin Maria. Unter ihrem Kopfkissen. Wie sie denn dahin gekommen sein könnte? Keine Ahnung. Ob er denn nicht oft genug gesagt bekommen hätte, dass er im Wohntrakt der Schwestern nichts zu suchen hatte. Natürlich. Dass sich so ein Benehmen für einen Mann seines Standes nicht geziemen würde. Was für ein Benehmen denn? Und schließlich, dass dies die letzte Warnung war. Eine gelbe Karte sozusagen. Wenn auch nur noch ein winziger Anlass zur Verärgerung einer der Schwestern führen würde, dann würde man ihn vom Platz stellen.

Max hatte eindringlich versichert, dass er sich nicht erklären konnte, wie denn seine Bibel in das Zimmer der Novizin Maria gekommen war. Was mehr als stimmte. Und ob er denn mit Maria reden könne, um der Sache auf den Grund zu gehen? Nie und nimmer! Am Ende hatte die Mutter Oberin nicht mehr zugehört und Max im Flur stehen lassen. Er hatte nicht einmal fragen können, ob er sie denn wieder bekommen könne, die Bibel.

Was zum Kuckuck ging hier vor? Trotz des Verbotes nahm sich Max vor, ein ernstes und klärendes Wort mit Maria zu wechseln. Wie kam sie an die Bibel? Hatte sie ihn nachts besucht? Aber warum? Was wusste sie von dem Buch, vielleicht sogar von der dort niedergeschriebenen Liste? Und vor allem woher? Fragen über Fragen auf die Max keine Antwort fand. Er musste mit Maria sprechen, am besten außerhalb der Mauern des Wohnheims, weit weg von der Mutter Oberin.

Und jetzt saß er auf dem Bett und starrte auf den Bildschirm. Noch drei weitere Frauen. Wenn er überlegte, in welcher Rekordzeit er die ersten drei Bestandteile des Codewortes gefunden hatte, dann machte ihm das Mut für den Rest. Andererseits hatte Max Angst vor dem Augenblick, in dem er alle Teile des Puzzles in Händen hielt. Würde er in die Schweiz fahren und fünf Millionen gestohlene Euro für sich beanspruchen? Was sollte mit dem Geld geschehen? Die Gemeinde benötigte dringend finanzielle Unterstützung. Aber hatte er auch die Kraft und innere Stärke, Verzicht zu üben? Und wer sagte überhaupt, dass das Geld wirklich auf einem Schweizer Nummernkonto lag? Vielleicht war er einfach nur einem kranken Scherz aufgesessen, den sich ein vom Leben enttäuschter Verbrecher hatte einfallen lassen? Schließlich ließen sich die bis jetzt gefundenen Buchstaben beileibe nicht zu einem sinnvollen Wort zusammenfügen.

Max klappte den Rechner zu, verstaute ihn in seiner Truhe und zog sich an. Sara Adam.

Auf dem Treppenabsatz zu den Schwesternzimmern zögerte Max kurz. Schließlich widerstand er dann aber doch dem Drang, Maria gleich aufzusuchen und zur Rede zu stellen. Das musste warten.

Im Internet-Café blieb ihm wieder nur der undankbare Fensterplatz. Max legte seine Jacke über die Lehne des abgewetzten Bürostuhles und startete Google. Er tippte *Sara + Adam + Eisenach* und drückte auf *Enter*. Und plötzlich brach ein wahres Pop-up-Gewitter los. Unzählige Fenster vermüllten seinen Computerbildschirm und brachten den Prozessor des Mietrechners fast zur Strecke.

Werbung für Datingagenturen, Live-Shows, Erwachsenenunterhaltung und Saunaclubs. Max wurde feuerrot im Gesicht und versuchte fieberhaft, die Fenster nacheinander zu schließen. Aber für jeden abgeschlagenen Kopf schienen zwei neue nachzuwachsen.

»Na Pater, immer noch bei der Projektarbeit?«

Erschrocken fuhr Max herum und blickte in Jimmys grinsendes Gesicht.

»Du solltest dir einen anderen Platz aussuchen, wenn du Bock auf Schmuddelkram hast. Man kann von draußen den Bildschirm einsehen.«

»Ich suche eine Frau«, entgegnete Max genervt.

»Das sehe ich. Als Gott die Frau erschuf, soll er gelächelt haben.«

»Nein, nicht was du denkst. Eine Bekannte eines Freundes.«

»Genau. ›So schwer drückt nichts, wie ein Geheimnis drückt‹.«

Max hackte aggressiv auf der Tastatur herum, um endlich wieder einen sauberen Monitor zu bekommen. Endlich landete er wieder auf der Ausgangsseite, in deren Suchfenster immer noch die Worte *Sara + Adam + Eisenach* standen.

»Die interessiert dich? So einer bist du also.«

»Du kennst sie?«

»Kann man so sagen.«

Jetzt schien Jimmy verlegen zu werden. Trotz seiner sonst so überschwänglichen Art antwortete er nur noch kurz angebunden.

»Ich würde sie gern kennen lernen.«

»Warum?«

»Das ist eine private Sache.«

»Die ist aber schräg drauf.«

»Wie meinst du das?«

»Sie hat einen speziellen Kundenkreis.«

Nun schwiegen beide Männer und vermieden es, sich direkt anzusehen.

»Was für spezielle Kunden sind das?«, fragte Max endlich und rieb an seiner pochenden Stirnnarbe herum.

»Sie hat eine eigene Internetseite.«

»Mit Bildern?«

»Ja, mit Bildern.«

Nun sah Jimmy Max doch direkt an.

»Pater, was ist los mit dir?«, fragte er, wartete aber nicht auf eine Antwort.

Stattdessen zog er sich den mittlerweile frei gewordenen Nachbarstuhl heran, setzte sich und ergriff wie selbstverständlich von der Computertastatur Besitz. Alle zehn Finger nutzend tippte er den ellenlangen Namen einer Internetseite in das Browserfenster. Nur Sekunden später verlangte der schwarz gewordene Bildschirm ein Passwort. Ohne zu überlegen vervollständigte Jimmy die Eingabe. Max konnte weder den über die Buchstaben fliegenden Fingern folgen, noch das Codewort am Monitor mitlesen, da die Tastenbefehle nur durch Sternchen wiedergegeben wurden. Schließlich öffnete sich die eigentliche Internetseite.

Vor einem plüschroten Hintergrund begrüßte sie eine komplett in schwarzes Latex gehüllte Frau, deren Gesicht hinter einer Maske verborgen war und die eine mächtige Peitsche schwang. In den fraufreien Bereichen lockten Schlagwörter zu weiteren Highlights des Internetauftritts. *Schmerz, Wachs, PuK, Haustiere, Aschenputtel, Kerker, Hexenhammer* und viele weitere verlinkte Wörter.

»Ist die Frau irgendwo unbekleidet zu sehen?«, fragte Max weiter, nachdem er die zahlreichen Links schnell überlesen hatte.

Er war inzwischen so weit gegangen, hatte so viel gegenüber Jimmy offenbart, dass ihm nichts mehr peinlich oder auch nur unangenehm war. In diesem Moment war egal, was der junge Mann über ihn dachte. Wichtig waren nur die nächsten beiden Buchstaben, die zur weiteren Vervollständigung des Bankpasswortes fehlten.

»Nein. Das ist Teil ihrer Rolle. Sie behält die Initiative und auch ihre Uniform an.«

Wieder schwiegen beide. Keiner machte Anstalten, eines der sich in die Netzhaut einbrennenden Wörter anzuklicken, um zu schauen, was sich dahinter verbarg.

»Aber ich könnte solche Fotos beschaffen«, sagte Jimmy schließlich leise, ohne seine Augen vom Monitor zu nehmen.

»Wirklich?«

Max versuchte gar nicht erst, die Hoffnung und Freude in seiner Stimme zu unterdrücken.

»Du wirst mir nicht verraten wozu, oder?«

Jimmy tätigte mehr eine Aussage, als dass er eine Frage stellte. Max antwortete auch nicht.

»Gib mir ein paar Tage Zeit.«

Jimmy stand auf, stellte den Stuhl zurück und verließ das Internet-Café. Max sah ihm hinterher.

24.10.2014, früher Vormittag

Und wieder saß Max im Café der Caritas und wartete. Die Woche war quälend langsam vergangen. Und das, obwohl Max im Kindergarten ausgeholfen hatte, eine Tätigkeit, der er sonst mit besonderer Freude und Hingabe nachging. Doch der in sich zusammenfallende Spielplatz hatte ihn nur immer wieder an den Segen erinnert, den eine große Geldzuwendung spenden könnte.

Jimmy hatte sich noch immer nicht gemeldet und Max war inzwischen der festen Überzeugung, dass er den Jungen nicht hätte hineinziehen sollen. Schon am nächsten Morgen war er mit einem unguten Gefühl aufgewacht, mit der Gewissheit, einen Fehler begangen zu haben, der nicht rückgängig zu machen war.

Und so war Max mit hängenden Schultern aus dem Haus geschlichen, hatte verstohlen in den Schwesterntrakt geschaut, sich aber bemüht, nicht aufzufallen. Besonders der Mutter Oberin nicht. Die machte womöglich ihre Drohung war und setzte Max vor die Tür. Und was dann? Ob die Gemeinde ihn weiterhin als Nachfolger für Pater Liebergeld beschäftigen wollte? Der Pater selbst hatte sich in letzter Zeit auch rar gemacht. Üblicherweise traf Max sich mindestens einmal die Woche mit seinem Mentor, um über die bevorstehende Übergabe zu reden. Wenn nicht von Angesicht zu Angesicht, dann telefonierten sie wenigstens. Doch Max hatte den Pater die Woche über nicht erreichen können. Er sei beschäftigt, hatte man ihm im Gemeindesekretariat ausrichten lassen.

Fast jeden Abend hatte Max im Internet-Café verbracht und den Cyberspace nach den zwei übriggebliebenen Namen durchsucht. Aber er hatte keinen passenden Treffer gelandet. Die gefundenen Frauen passten nicht ins Profil. Entweder waren sie zu alt oder viel zu jung. Selbst für einen Jens Müller. Und Jimmy war auch nicht aufgetaucht. Zu allem Übel hatte die stundenlange Aneinanderreihung der bisher gefundenen Buchstaben zu keinem sinnvollen Ergebnis geführt. In seiner Verzweiflung hatte Max die MZ auf Hochglanz poliert und sogar den maroden Auspuff gerichtet. Hoffentlich hielt sich das Wetter noch ein wenig. Aber der Schnee würde kommen, früher oder später. Mit den Millionen wären ein fahrbarer Untersatz mit Dach und Heizung möglich.

Max saß an dem Tisch, an dem er sich mit Maria getroffen hatte. Auch sie ging ihm anscheinend aus dem Weg. Missmutig schlug er die zwischen zwei massive Holzleisten geklemmte Tageszeitung auf und blätterte gleich zum Lokalteil vor. Ohne besonderes Interesse begann er zu lesen. Zuerst einen offenen Brief, der gegen das geplante Parkhaus in der Innenstadt wetterte und die Finanzierung des Projektes anzweifelte, dann den letzten Spielbericht des ThSV. Die Eisenacher Handballer hatten mal wieder knapp verloren. Schon wollte Max die Zeitung zurück an den Haken neben der Garderobe hängen, als ihm ein Artikel unter der Rubrik *Polizeiberichte* ins Auge stach.

»*Prostituiertenmord in Eisenach: Wie erst heute bekannt wurde, ist die 29-jährige Sara Adam Opfer eines brutalen Mordanschlags geworden. Ein Freier fand die Prostituierte am Mittwoch in ihrer Wohnung, deren Tür nur angelehnt war.*

Die junge Frau, die in der Szene als mitleidslose Domina bekannt war, wurde selbst unmenschlich gequält. Ihr nackter Körper wies zahllose Stichverletzungen auf. Zusätzlich entfernten der oder die Täter an mehreren Stellen die Haut des Opfers. Ob es sich hierbei um Fetischhandlungen handelte, wollten die Beamten zum jetzigen Zeitpunkt der Ermittlungen nicht kommentieren.

Nach Zeugenaussagen fahndet die Polizei nach einem Mann mittleren Alters mit ungefähr 1,80 m Körpergröße, der zur Tatzeit in einem dunkelfarbigen Mantel oder Anorak gekleidet war und eine wollene Mütze trug. Hinweise nimmt jede Polizeidienststelle entgegen.

Die Eisenacher Rotlichtszene war bisher nicht ausdrücklich in das Licht der Öffentlichkeit geraten. Trotzdem floriert auch in unserer beschaulichen Kleinstadt das Geschäft mit der Liebe in allen ihren Spielarten. Die Behörden bitten darum, in den nächsten Tagen erhöhte Wachsamkeit walten zu lassen und alle verdächtigen Vorgänge zu melden.«

Verdutzt schlug Max die Zeitung zu und legte sie auf den Tisch. Sara Adam. Ermordet. Verstümmelt. Jimmy verschollen. Nein, das konnte nicht sein. Dazu war der Junge nicht fähig. Oder doch? Je mehr Max über den jungen Mann nachdachte, desto mehr wurde ihm bewusst, dass er so gut wie nichts über dessen Lebensumstände wusste. Wo er wohnte, wie er seinen Lebensunterhalt verdiente, wo er seine Freizeit verbrachte, ob er Hobbys oder besondere Begabungen hatte … Alles unbekannt. Gut, Jimmy kannte sich fantastisch in Philosophie und der menschlichen Kulturgeschichte aus. Und er trug stets und ständig seinen dunklen Bundeswehrparka. Außerdem hatte er ungefähr die angegebene Größe. Nein, das konnte nicht sein. Aber ein weiterer Zufall? Das war genauso unvorstellbar. Gott würfelt nicht. Und die Wege des Herrn waren unergründlich. Aber wie sollte Max jetzt weiter vorgehen. Sollte er die Suche abbrechen? Zwei Buchstaben des Codewortes waren unwiederbringlich verloren. So schien es zumindest. War es möglich, das Wort auch mit dieser Lücke zu vervollständigen? Das käme auf einen Versuch an.

Aber Max steckte auch bei den letzten zwei Frauen auf der Liste in einer Sackgasse. Hatte er die ersten drei in Rekordzeit und ohne nennenswerte Schwierigkeiten gefunden, so hatte sich nun eine Mauer vor ihm aufgebaut, die es zu überwinden oder aber einzureißen galt.

Auf jeden Fall musste er mit Jimmy reden. Max musste Gewissheit erlangen, was den jungen Mann anbetraf. Auf keinen

Fall war der ein Mörder. So viel Menschenkenntnis traute sich Max zu. Er konnte sich nicht so getäuscht haben.

Max stand auf, hängte die Zeitung zurück, zog sich seine Jacke über und verließ das Café. Jimmy verbrachte oft Zeit in der Wandelhalle, einem teilrestaurierten Gebäude in Eisenachs Karthausgarten, das früher dem Flanieren von Trinkkurgästen gedient hatte. Vielleicht hatte Max heute Glück. Außerdem würde ihm ein Spaziergang an der frischen Luft gut tun und ihm weitere Zeit zum Nachdenken verschaffen.

24.10.2014, mittags

Max hielt die gläserne Eingangstür des Café fest gepackt, damit sie ihm der kräftige Wind nicht aus der Hand schlug. Er hatte Mühe, sie gegen die Naturgewalten zu schließen und so bemerkte er die Frau erst, als sie direkt vor ihm stand und ihn ansprach.

»Hallo Herr Hader. Schön, dass ich Sie endlich treffe.«

Max hielt in seinen Bemühungen inne und schaute die Frau einige Sekunden verständnislos an, bis er sie plötzlich wieder erkannte, vordergründig an der charakteristischen Eisenbahnstimme. Die aufdringliche Journalistin.

»Ich habe keine Zeit für Sie«, murmelte Max und versuchte sich an der Frau vorbeizudrängeln.

Doch die wich nicht zur Seite, sondern kramte ein zerknittertes Blatt Papier aus ihrer Manteltasche und hielt es Max direkt vor das Gesicht. Dafür musste sie sich ordentlich strecken, da sie mehr als einen Kopf kleiner war als er.

Trotz seines Unbehagens warf Max einen Blick auf das Foto, das auf der DIN A4-Seite ausgedruckt worden war. Ein Phantombild, darunter eine grobe Personenbeschreibung.

»Mir fallen spontan zwei Männer ein, die sehr gut zu diesem Fahndungsaufruf passen«, sagte die Journalistin, nachdem sie Max einen Moment Zeit gegeben hatte.

»Und einer davon sind Sie.«

»Kommen Sie schon«, sagte Max. »Auf diese Beschreibung passt die Hälfte der männlichen Einwohner von Eisenach.«

Die Tür war immer noch offen und eine Windbö nach der nächsten stürmte in das Café.

»Tür zu, verdammt!«, schrie der Kellner von drinnen, der Max noch nie leiden konnte.

»Lassen Sie uns reingehen. Ich möchte Ihnen noch ein weiteres Foto zeigen.«

Obwohl Max sich nicht wohl in seiner Haut fühlte, ließ er die Frau passieren und folgte ihr zurück an seinen Tisch. Die Journalistin legte ihren Mantel ab. Sie hatte doch einen Hals, wenn auch nicht sehr ausgeprägt. Max versuchte verzweifelt, sich an ihren Namen zu erinnern. Müller? Lehmann? Es war ein typisch deutscher gewesen. Er behielt seine Jacke an, denn er hatte nicht vor, länger als nötig mit der Frau zu reden.

»Ich habe weitere Recherchen angestellt«, sagte sie, nachdem sie sich gesetzt hatte.

Max reagierte nicht. Er lehnte sich auf seinem Stuhl nach hinten und verschränkte die Arme vor der Brust. Von seinem Platz aus konnte er die Passanten auf der Straße beobachten, die sich gegen den Wind stemmten, dick eingewickelt in Schals, Mützen auf dem Kopf. Für das Wochenende war nun doch Schnee vorhergesagt worden.

»Über den *Casanova des Ostens*, meine ich«, fuhr sie fort.

Den Namen hatte Max doch schon mal irgendwo gehört?

»Jens Müller. Eisenach war sein Jagdgebiet. Hat er Ihnen das gebeichtet?«

Die Frau sah Max mit funkelnden Augen an.

»Sicher hat er das. Er prahlte gern. Deswegen hat er bestimmt auch Namen genannt. Die ermordete Prostituierte Sara Adam?«, fuhr sie fort.

Max entschränkte seine Arme und rieb die feuchten Handflächen über seine Oberschenkel. Ihm war nicht klar, wo das Gespräch hinführen sollte.

»Ich weiß, dass Sara zum Bekanntenkreis von Müller gehört hat. Genau wie der zweite Mann, auf den das Fahndungsfoto passt.«

Die Journalistin knallte das Stück Papier auf den Tisch, das sie bis eben noch in der Hand gehalten hatte. Dann öffnete sie ihre Handtasche, holte ein kleines Notizbuch heraus, das eher an ein Poesiealbum erinnerte, wie es in der achten Klasse modern gewesen war. Sie entknotete die Schutzschnur und entnahm dem Buch ein weiteres ausgedrucktes und zusammengefaltetes Foto. Sie legte es ebenfalls auf den Tisch, direkt neben das Phantombild und strich mehrmals über die Knickfalten. Ohne erkennbares Resultat. Als sie aufhörte konnte Max den Ausdruck näher in Augenschein nehmen.

Ein Strandbild. Die Umgebung wirkte vertraut auf Max. Ein sonniger Tag. Drei Personen im Vordergrund. Sie lagen auf einer Decke oder einem großen Handtuch. Zwei Männer und eine Frau. Sie schienen dem Fotografen etwas zuzurufen. Alle lachten oder lächelten. Auf der Decke stand ein Weidenkorb, aus dem eine Flasche Sekt herausschaute. Und ein Baguette. Wie in Frankreich. Aber es war nicht Frankreich. Im Hintergrund, auf einer Halbinsel, die in den See hineinragte, war eine Förderanlage zu erkennen. Eine Kiesförderanlage. Die Männer trugen Badeshorts und hatten kräftige, muskulöse Oberkörper. Jens Müller lag auf der Seite, den Kopf in seine Handfläche gestützt, was seinen Bizeps besonders stark zur Geltung brachte. Sara Adam trug einen hochgeschlossenen schwarzen Badeanzug. In gewisser Weise ähnelte das Kleidungsstück dem Latexkleid, das Max auf der Internetseite an ihr gesehen hatte. Sie saß im Schneidersitz auf der Handtuchdecke, den Rücken gerade durchgestreckt, wie eine Bodenturnerin nach erfolgreich absolvierter Kür.

Der dritte Mann war Jimmy. Ohne Zweifel. Zwar fehlte der kaschierende Parka, aber das Gesicht war unverwechselbar. Er saß auf der Decke, die Beine lang ausgestreckt und stützte sich mit den Armen nach hinten ab. Neben ihm lag ein Buch. Ein dicker Wälzer. Max konnte den Titel nicht erkennen. Von der Aufmachung konnte es sogar die Bibel sein. War das nicht ein Kreuz auf dem Umschlag?

»Sie haben ihn ebenfalls erkannt, nicht wahr? Ihren rüpelhaften Freund. Den, der perfekt auf die Beschreibung des mutmaßlichen Mörders an Sara Adam passt, die er wundersamerweise auch noch kannte. Wann haben Sie ihn zuletzt gesehen?«

Max antwortete nicht. Er griff nach dem Foto, um es genauer betrachten zu können. Die Journalistin ließ ihn gewähren. Sie hieß Schreiber, richtig. Sabine Schreiber. Wie passend. Und der Bürgermeister von Eisenach hieß Schulze.

»Er ist untergetaucht. Ich habe mit dutzenden von Leuten gesprochen, mit denen er sich normalerweise abgibt. Er ist verschwunden. Außerdem weiß niemand, wo er wohnt. Oder, Pater?«

Max blickte von dem Bild hoch und sah die Frau an, die sich nun verschwörerisch über den Tisch gebeugt hatte.

»Sie müssen es mir sagen. Ich glaube, Sie wissen noch viel

mehr über die Geschichte. Und ich denke, dass Müller der Schlüssel ist. Müller und die verschwundenen Millionen.«

Max faltete das Foto wieder zusammen.

»Noch weiß die Polizei nicht, dass Sie ihr Informationen vorenthalten, Pater. Aber ein Anruf kann das schnell ändern.«

Die Frau war noch näher gekommen und flüsterte nur noch. Max konnte ihr Parfüm riechen. Oder war es nur Haarwäsche? Er kannte sich nicht so recht aus damit.

»Mir geht es nur um die Story. Das Geld können Sie behalten. Ich bin Journalistin und ich merke, wenn ich einen dicken Fisch an der Angel habe.«

Max steckte das Foto in seine Jackentasche und stand auf.

»Ich muss jetzt leider los. Auf Wiedersehen«, sagte er schroff und ließ die Frau sitzen.

Nach einer kurzen erschrockenen Pause stand Sabine Schreiber ebenfalls auf und schrie Max hinterher: »Ich war noch nicht fertig! Sie können mich doch nicht einfach hier sitzen lassen. Das wird Ihnen noch leidtun, Sie Mistkerl!«

Doch Max war schon zur Tür hinaus.

Es fing an zu regnen. Erst fielen nur vereinzelte Tröpfchen, wo man sich nicht sicher war, ob es überhaupt Regen oder nur Einbildung, eine Sinnestäuschung, das Vorgaukeln von Nässe war. Doch dann wurden die Tropfen dicker und häufiger, fielen wie ein Vorhang. Der Wind rüttelte an dieser Wassergardine und trieb den Regen waagerecht durch die Straßen. Das war definitiv kein Wetter, um sich länger als nötig im Freien aufzuhalten. Und zum Motorrad fahren war es schon gar nicht geeignet.

Max vertagte die Suche nach Jimmy und machte sich auf den Heimweg. Er hatte die Hände tief in den Taschen seiner

Jacke vergraben und spielte mit dem zusammengefalteten Foto. Was ging hier nur vor sich?

24.10.2014, später Nachmittag

Max war froh, zurück im trockenen Wohnheim zu sein. Er fror erbärmlich und war bis auf die Unterwäsche durchnässt. Eine heiße Dusche und eine Tasse Tee, vielleicht nicht gerade in der Reihenfolge, das brauchte er jetzt.

Sein Minibadezimmer verfügte über keine eigene Heizung. Also beeilte sich Max, in die Duschkabine zu kommen und stellte das Wasser an. Kalt. Eiskalt. Obwohl er den Hebel der Mischbatterie bis auf den roten Anschlag drehte, änderte sich die Wassertemperatur nicht wirklich.

»Ver …«

Da war wohl wieder Luft in der langen Zirkulationsleitung. Die Klempner hatten gepfuscht oder improvisiert, wie sie es nannten. Wütend riss Max die Kunststofftür zur Seite und griff nach einem Handtuch. Nun fror er noch mehr als vorher. Das würde eine schöne Erkältung geben.

»Die Nonnen sind weg.«

Die Erkenntnis traf ihn so plötzlich, dass er sie laut aussprechen musste. Die Mutter Oberin hatte für dieses Wochenende das Feld geräumt und war mit den Schwestern zu einer Partnergemeinde aufgebrochen.

Schnell band sich Max das Handtuch um die Hüfte, schnappte sich Duschbad und Haarwäsche und stieg barfuß die Treppe zum Schwesterntrakt hinunter. Die Aussicht, etwas absolut Verbotenes zu tun, beschleunigte seinen Pulsschlag, konnte Max aber nicht stoppen. Eine heiße Dusche diente der Gesunderhaltung, basta.

Tatsächlich lag der erste Stock verlassen da. Und trotzdem schlich Max so leise wie möglich in den Sanitärbereich und sah sich erst mal um. Direkt gegenüber der Eingangstür waren vier Duschkabinen angeordnet. Ebenso viele Waschbecken waren rechter Hand montiert, nach links zweigte ein Gang zu den Toiletten ab. Alles war klinisch sauber, die blitzenden Fliesen übertrugen eine frostige Kälte auf Max' Füße. Also betrat er die erste Duschkabine.

Drinnen herrschte klaustrophobische Enge. Kein Platz, um das Handtuch trocken zu deponieren. Er wickelte es ab, trat wieder in den Raum hinaus und legte es in eines der Waschbecken. Wie wohl die Nonnen mit dieser Anordnung zurechtkamen? Einige hatten einen ganz formidablen Leibesumfang. Dann kehrte er um und stellte die Dusche an. Herrlich. Das heiße Wasser prasselte wie Regen auf ihn herab. Dampf stieg auf. Im Nu bildeten die von Max' Rücken abprallenden Tropfen einen Wasserteppich auf dem angrenzenden Fliesenboden. Max blieb über eine Minute regungslos stehen, bevor er sich einseifte. Das Wasser ließ er laufen, drehte die Temperatur noch höher. Sein Schulter- und Nackenbereich färbte sich rot, ein angenehmes Rot.

Ob die Journalistin ihre Drohung wahr machte? Aber was hatte er schon zu befürchten? Max hatte nichts verbrochen, jedenfalls nicht im juristischen Sinne. An seine Verpflichtungen gegenüber Gott und seinen Mitmenschen wollte Max im Moment nicht denken. Sara Adam tot. Vielleicht war es trotzdem besser, den Laptop vorerst zu verstecken. Wenn die Polizei doch darin herumschnüffelte, machte das sicherlich keinen guten Eindruck, wenn sie ihren Namen auf einer Liste darin fand. Womöglich hielt man ihn für einen Serientäter. Das fehlte noch, wo die katholische Priesterschaft sich ohnehin Verdächtigungen und Verleumdungen der übelsten Sorte ausgesetzt sah.

Unglaublich, dass ich mir solche Gedanken mache, dachte Max.

Ob Jimmy etwas damit zu tun hatte? Wo steckte er? Warum hatte er sich noch nicht gemeldet? Und woher hatte die Journalistin das Foto? Jimmy hatte nicht erwähnt, dass er Sara Adam gut kannte. Gut genug, um mit ihr auf einem Strandfoto zu erscheinen. Obwohl das Bild schon älter zu sein schien.

»Hallo! Ist da jemand?«

Erschrocken fuhr Max aus seinen Gedanken hoch, stellte schnell das Wasser ab und lauschte.

»Hallo! Ich weiß, dass hier jemand drin ist. Das ganze Bad ist überschwemmt.«

Max sah ein, dass es keinen Zweck hatte, sich zu verstecken.

»Ja, ich bin es. Max Hader. Meine Dusche ist kaputt.«

»Und dann kommen Sie einfach in den Nonnentrakt, obwohl Ihnen das strengstens verboten ist und setzen die ganze Etage unter Wasser?«

»Das tut mir leid. Mir war kalt«, antwortete Max und versuchte, die unsichtbare Stimme einzuordnen.

»Okay, ich werde es nicht weitererzählen.«

Maria, ja, das musste Maria sein.

»Wenn Sie fertig sind, werde ich aufwischen«, schlug die Stimme vor.

»Ich bin fertig. Können Sie mir bitte das Handtuch geben?«

»Das aus dem Waschbecken?«

»Ja, genau.«

»Gut, ich werfe es über die Trennwand.«

Max fing es knapp über dem pitschnassen Fußboden auf und begann, sich abzutrocknen.

»Warum sind Sie noch hier?«, fragte er.

»Die Mutter Oberin wollte keine Novizin mitnehmen. So bin ich alleine zurückgeblieben.«

»Und was machen Sie so heute Abend?«, fragte Max als Nächstes, biss sich aber sofort auf die Zunge.

»Aber Pater, sind Sie auf ein Date aus?«

Genau, diese Antwort musste ja kommen.

»Nein, ich dachte nur, wir könnten vielleicht zusammen etwas essen und reden. Im Café sind wir letztens ja unterbrochen worden. Außerdem muss doch nicht jeder für sich alleine in seinem Zimmer sitzen.«

Stille. Max unterbrach seine Abtrocknungsaktion und lauschte. Hatte er sie verschreckt.

»Gut. Aber wir kochen hier unten in der Gemeinschaftsküche.«

»Einverstanden. Ich gehe mir etwas anziehen«, sagte Max. Er wickelte sich sein Handtuch um die Hüfte und öffnete die Kabinentür.

Maria stand direkt vor ihm. Sie hatte ihre rote Mähne zu einem Zopf zusammengenommen und hielt Wischeimer und Schrubber in der Hand.

»Sie ziehen sich etwas mehr an«, sagte sie und blickte länger als es sich für eine Ordensschwester geziemte, auf Max' nackten Oberkörper. »Und ich beseitige die Sintflut.«

Max nickte nur, hielt das Duschtuch zusätzlich fest und stampfte mit weiten Schritten über die nassen Fliesen. In großen Sprüngen hüpfte er die Treppe zu seiner Kammer hinauf und stellte sich grübelnd vor seinen Kleiderschrank. Was anziehen? Er entschied sich endlich für eine blaue ausgewaschene Jeans und einen wollenen dunkelblauen Pullover. Seine kalten Füße steckte er in dicke Wollsocken und in seine ausgelatschten Lederpantoffeln. Fertig. Dann fiel sein Blick auf den Laptop, der einsam auf seinem Bett lag. Er nahm ihn mit.

24.10.2014, abends

Maria stand schon in der kleinen Küche im Erdgeschoss und schnitt Gurken in eine weiße Plastikschüssel. Sie hatte sich eine der altmodischen Nylonschürzen übergeworfen, welche die Schwestern zur Küchenarbeit trugen. Sie wischte sich gerade mit der Hand, mit der sie auch das Messer hielt, eine rote Haarlocke aus dem Gesicht.

»Seien Sie vorsichtig, das kann ins Auge gehen«, sagte Max und stellte den Rechner auf einen der vier barhockerähnlichen Stühle ab, die entlang der Arbeitsplatte aufgereiht waren.

»Und Sie? Sie bringen sich Arbeit zu unserem ersten offiziellen Date mit?«, entgegnete Maria und bearbeitete die zweite Gurke mit dem Messer. In einer hochprofessionellen Geschwindigkeit trennte sie hauchdünne Scheiben von dem Gemüse. Max konnte gar nicht hinschauen, aus Angst um die Finger der jungen Frau. Aber sie schien das nicht zum ersten Mal zu machen.

Max wurde wieder rot im Gesicht. Er hatte seinen Körper in Gegenwart dieser angehenden Nonne einfach nicht unter Kontrolle. Und Max konnte nicht mal sagen, welcher Reiz ihm diese heftige Schamesröte ins Gesicht getrieben hatte. War es die Tatsache, dass Maria von einem Date sprach, oder aber die Unterstellung, dass er sich vor einem langweiligen Abend fürchtete und deswegen Ablenkung mitgebracht hatte.

»Nein«, antwortete er schnell. »Ich wollte Sie eigentlich im

Anschluss an unser Essen fragen, ob Sie den Laptop eine Weile für mich verwahren könnten.«

»So wie Ihre Bibel?«

»Meine Bibel?«

»Ja, die Bibel, die plötzlich unter meinem Kopfkissen lag und die doch wohl Ihnen gehört oder gehört hat.«

»Ich habe Sie aber nicht dahin gelegt«, entgegnete Max schroff.

»Ich auch nicht«, antwortete Maria kurz angebunden, ohne ihn anzuschauen.

Beide schwiegen. Kein guter Start. Der Abend begann ganz und gar nicht so, wie Max sich das vorgestellt hatte. Er wünschte sich, die Zeit zurückdrehen zu können und noch mal von vorn zu beginnen. Die Bibel hatte er eigentlich schon längst wieder vergessen.

»Wo ist sie jetzt?«, fragte Max.

»Wer?«

»Meine Bibel.«

»Ich weiß nicht. Ich glaube, die Mutter Oberin hat sie noch. Ich hatte sie ihr gleich gegeben, nachdem ich sie unter meinem Kopfkissen entdeckt hatte. Das hat mich ziemlich überrascht.«

Max nickte und schwieg. Maria schnitt weiter, diesmal langsam. Sie trennte Scheibe für Scheibe von der Gurke, als ob sie sich fürchtete, was geschehen würde, wenn sie fertig und ihre Aufmerksamkeit nicht mehr gebunden war.

»Ich habe das Gefühl, jemand durchsucht mein Zimmer, wenn ich nicht da bin«, sagte sie schließlich.

»Ja, das habe ich auch«, antwortete Max schnell.

Er war froh, dass noch jemand seinen Verdacht teilte.

»Ich habe die Mutter Oberin schon mehrfach darauf angesprochen, aber sie hat dies beharrlich abgestritten«, fuhr er fort.

»Ich persönlich glaube, es ist niemand aus unserem Haus«, sagte Maria. »Aber die anderen Schwestern denken, Sie sind es. Und dass Sie sich an unserer Unterwäsche erregen.«

Max wollte empört etwas entgegnen, aber Maria kam ihm lächelnd zuvor.

»Ich denke das nicht«, sagte sie. »Aber auch ich bin der Meinung, dass es ein Mann ist.«

Maria hatte die zweite Gurke in der Zwischenzeit zerhackstückelt und nahm eine Tomate zur Hand.

»Das mach ich.«

Max legte seine Hand auf Marias, ließ sie einen Moment liegen, spürte die warme, weiche Haut und sogar einen zarten Pulsschlag gegen seinen Handballen pochen. Dann griff er nach dem Messer, das sie noch gehalten hatte und bearbeitete seinerseits die Frucht.

Sie deckten den Tisch in der Küche, an dem sechs Personen Platz fanden. Max arrangierte die Gedecke an den Längsseiten, so dass sie sich mit nur kleinem Abstand gegenübersaßen.

Zu dem frischen Salat gab es Nudeln in einer Käsesoße und eine Flasche Rotwein. Beide aßen mit Appetit und sprachen über die verschiedensten Dinge, ohne dass eine peinliche Pause zwischen den einzelnen Themen entstand. Im Gegenteil. Sie ergänzten sich großartig und warfen sich spielerisch geistige Bälle zu.

Maria hatte die Nylonschürze abgelegt und trug statt der üblichen Nonnentracht eine helle Bluse, deren erste vier Knöpfe, beabsichtigt oder aus Versehen, geöffnet waren und tiefe Einblicke gewährten.

Der Alkohol lockerte die Stimmung bis zu dem Punkt, an dem Max zu ihrem Café-Gespräch zurückkehren wollte.

»Sie haben von der Suche nach einem festen Halt in Ihrem Leben gesprochen. Was haben Sie damit gemeint?«

Maria setzte ihr Glas, aus dem sie eben trinken wollte, wieder ab und blickte traurig hinein. Daumen und Zeigefinger glitten an dem langen Stiel nach oben. Langsam, tastend, prüfend, wie zufällig verweilend. Sie umspielten den Übergang zu dem vollen Kelch, strichen über die pralle Rundung und glitten wieder nach unten. Dann begann das Spiel von vorn.

Anschließend nahm Maria einen tiefen Zug aus dem Glas und verschluckte sich fast daran. Ein kleiner roter Tropfen stahl sich aus ihrem Mundwinkel und blieb einen Moment an ihren Lippen hängen. Max sah fasziniert zu, wie er langsam an ihrem Kinn herunterlief. An Marias neckischem Grübchen, das besonders dann keck hervortrat, wenn sie herzhaft lachte oder sich über etwas furchtbar aufregte, legte der Tropfen eine Pause ein. Endlich stürzte er in freiem Fall in ihr Dekolleté.

»Ich habe mich entschlossen, Nonne zu werden, um meinem Leben wieder einen Sinn zu geben«, begann sie schließlich.

»Ich habe schlimme Erfahrungen gemacht, die Zeit brauchen, um verarbeitet zu werden. Erfahrungen, die fast ausschließlich mit Männern zu tun haben. Mit den falschen Männern, wenn Sie verstehen, was ich meine.

Darf ich Max zu Ihnen sagen?«

Max wurde von der plötzlichen Frage überrascht, stimmte jedoch ohne nachzudenken zu. Maria leerte ihr Glas in einem Zug. Max goss nach, während sie fortfuhr.

»Männer haben mich von jeher ausgenutzt. Haben meinen

unschuldigen Geist, meinen Glauben an das Gute im Menschen, mein Bankkonto und natürlich auch meinen Körper missbraucht.«

Jetzt leerte auch Max sein Weinglas und schenkte sich sofort nach. Ihm wurde warm.

»Ein Schlüsselerlebnis hatte ich vor etwa acht Jahren. Ich wurde wach gerüttelt und brach vollständig mit meinem alten Leben. Seitdem bin ich auf der Suche, auf der Suche nach einer erfüllenden Aufgabe.«

Maria beugte sich nach vorn. Ihr Glas, das sie wieder mit zwei Fingern umspielte, bekam eine bedrohliche Schieflage. Der Rotwein wogte bis an den geschliffenen Rand, schwappte dann aber doch nicht darüber hinweg.

Max sah ihr in die funkelnden, unglaublich grünen Augen und wartete darauf, dass sie fortfuhr. Das Schweigen war ihm nicht unangenehm, oder gar peinlich. Keiner von beiden senkte seinen Blick oder zwinkerte vernehmlich. Es war, als ob sie einander in die Gedanken schauen konnten.

»Ich verstehe«, sagte Max endlich. Aber das stimmte nicht. Welch furchtbares Erlebnis hatte Maria mit ihrem alten Leben brechen lassen? Sollte er sie fragen, ihr sozusagen die Beichte abnehmen? Bevor Max einen derartigen Vorschlag machen konnte, setzte sich Maria wieder auf.

»Gut«, sagte sie und atmete hörbar tief durch. »Ich glaube, es ist Zeit fürs Bett.«

Max antwortete zuerst nicht, obwohl ihm diverse Entgegnungen durch den Kopf schossen. Keine davon drückte Zustimmung aus.

»Okay, ich mach den Abwasch«, sagte er dann seufzend, aber auch etwas erleichtert.

24.10.2014, nachts

Maria war schon lange verschwunden und hatte wie selbstverständlich Max' Laptop mitgenommen. Eine merkwürdige, nein, eher geheimnisvolle Person. Von Männern missbraucht, auch körperlich. Der Gedanke kreiselte immer wieder durch Max' Hirn. Und er verspürte das dringende Bedürfnis nach … Liegestützen.

Max schüttelte seinen Kopf und stellte den letzten triefenden Teller in den Abtropfkorb. Dann trocknete er sich die Hände und trank den übrig gebliebenen Schluck Rotwein aus, direkt aus der Flasche. Alles in allem ein schöner Abend. Es lag noch immer Marias Geruch in der Luft. Blumenwiese, jetzt mit einer Nuance Käsesoße.

Ein letzter prüfender Blick überzeugte Max, dass alle Spuren beseitigt waren. Er löschte das Licht und verließ die Küche. Auf halber Höhe im Treppenhaus, auf dem Absatz, der zu den Nonnenzimmern führte, ließ ihn plötzlich lautes Klopfen zusammenzucken.

»Aufmachen, Polizei!«

Verdammt. Was hatte die Journalistin da angerichtet? Ohne Zweifel hatte sie ihre Drohung wahr gemacht und ihn verpfiffen. Aber was hieß hier schon verpfiffen? Max hatte nichts Unrechtes getan. Und am Ende stand das Beichtgeheimnis über allem. Bevor er einen klaren Gedanken fassen konnte, hörte Max, wie sich ein Schlüssel im Schloss drehte. Einmal, zweimal. Erst als die Klinke heruntergedrückt wurde und die Tür aufzuschwingen begann, setzte sich Max in Bewegung und folgte seinem ersten Impuls: Flucht. Ins Treppenhaus konnte er nicht, weder hinauf in seine Kammer, noch nach unten in den Gemeinschaftsbereich. Dort befand er sich sofort im Sichtfeld. Die einzige Alternative waren die Gemächer der Nonnen. Natürlich waren alle Türen abgeschlossen. Bis auf die von Maria. Max zögerte nur einen winzigen Augenblick, lauschte auf die schnellen Schritte, welche die Treppe heraufgepoltert kamen und öffnete dann schnell Marias Tür, schlüpfte hindurch und verschloss sie wieder. Sofort presste er sein Ohr an das Holz und horchte. Stimmen.

»Das ist doch Liebergeld«, sagte er, nahm seinen Kopf von der Tür, nur um ihn kurz darauf wieder dagegen zu pressen.

»Aber sonst ist alles klar«, sagte Maria ironisch, der Max bisher noch keine Aufmerksamkeit geschenkt hatte.

Und auch jetzt presste er nur den Zeigefinger auf seinen Mund, ohne sich zu ihr umzudrehen.

»Sei leise, sie kommen näher.«

Nur Sekunden später klopfte es an der Zimmertür.

»Maria, sind Sie da?«

Eindeutig Pater Liebergelds Stimme.

»Ich kleide mich gerade aus«, antworte Maria.

Max sah sich erstaunt um und wurde sich erst jetzt bewusst, dass Maria im Nachthemd vor ihm stand. Ein altertümliches Modell aus schwerer Baumwolle mit einem Rüschenkragen und bestickt mit Blumen oder Kräutern. Gab es auch eine Nachtwäschevorschrift bei den Schwestern?

»Wir müssen leider reinkommen. Wir sind auf der Suche nach Pater Hader. Er ist nicht in seiner Kammer, hat das Haus aber auch nicht verlassen.«

Woher wollten die das wissen? Wurde er beschattet, das Wohnheim überwacht? Vielleicht hatte sich Max die ständigen Verfolger doch nicht nur eingebildet.

»Pater, ich bin praktisch nackt«, antwortete Maria.

Doch das schien die Gegenseite nicht zu stören. Die Tür

wurde brutal aufgestoßen, so dass sich Max nur mit einem Sprung zur Seite retten konnte. Aber die aufschwingende Tür verdeckte ihn vollständig. Schon erwartete er, dass eine Horde Polizisten das Zimmer stürmte und ihn festnahm. Aus welchen Gründen auch immer. Aber es blieb still. Die Männer blieben wie angewurzelt auf der Türschwelle stehen, nur durch zwei Zentimeter Holzimitat von ihm getrennt. Max konnte hören, wie einige anerkennend leise pfiffen, andere hörbar einatmeten und schließlich Pater Liebergelds Stimme ertönte.

»Gut, Sie haben genug gesehen. Entschuldigung Schwester.«

Schwere Schuhe trampelten und schlurften durcheinander, Stoff raschelte und knisterte. Dann wurde die Tür genauso schnell geschlossen, wie sie aufgestoßen worden war. Und erst jetzt sah Max, was die Polizisten in die Flucht geschlagen hatte. Maria war tatsächlich nackt. Das Nachthemd, das sie getragen hatte, bevor die Tür aufgerissen worden war, lag unschuldig auf ihrem Bett. Erst nach einer langen Schrecksekunde schloss Max die Augen und drehte sich um.

»Entschuldigung«, flüsterte er und lehnte seinen Kopf an die Wand.

Wie bei der Polaroid-Fotografie entwickelte sich in seinem Kopf aus schummrigen Umrissen langsam ein klares Bild von dem, was er eben gesehen hatte: eine aufrecht stehende Maria, die Arme leicht angewinkelt, die Hände zu Fäusten geformt, allerdings nicht wütend geballt, sondern locker an der Hüfte abgestützt. Die Beine ganz leicht gespreizt. Makellose Beine, straff, muskulös, aber nicht zu aufdringlich. Ein flacher Bauch mit gut ausgebildeten Bauchmuskeln. Zwei Brüste. Nicht übermäßig groß, aber fest und rund. Ein sanfter, gestreckter Hals, aus dem eine einzelne Ader keck hervorpochte. Die Schultern nach hinten gespannt, bereit zum Angriff.

»Du kannst dich wieder umdrehen«, sagte Maria nach einer gefühlten Ewigkeit. Sie hatte ihr Nachthemd wieder angezogen.

Dann wurde im Flur wieder gesprochen. Die Worte drangen nur gedämpft durch die Tür und Max musste sich Mühe geben, sie zu verstehen.

»Das sind alle Papiere, die wir finden konnten.«

»Nein, kein Laptop.«

»Ja, auch nicht in der Truhe.«

»Schmidt bleibt im Auto vor der Tür.«

Die letzten Worte waren im Gehen gesprochen worden und Max war sich nicht sicher, ob er sie richtig verstanden hatte. Aber es bestand kein Grund, daran zu zweifeln. Die hatten ihn auf dem Kieker.

»Was geht hier vor sich?«, fragte Maria.

»Eine lange Geschichte. Falsche Verdächtigungen. Erzähle ich dir ein andermal«, antwortete Max und öffnete vorsichtig die Zimmertür und lugte in den Flur. Leer. Er trat hinaus und schlich bis vor ins Treppenhaus. Das Einsatzkommando hatte anscheinend das Gebäude wieder geräumt. Und lag nun davor auf der Lauer. Max kehrte wieder um, ging zu Maria und griff sie an beiden Händen:

»Maria, du musst mir vertrauen. Ich werde mit jemandem verwechselt und auch verleumdet. Alles was du hören wirst, sind wilde Fantasien. Ich werde erst mal verschwinden und dir später alles erklären. Vielen Dank.«

Dann ließ er los und lief wieder in den Flur und die Treppe hinauf. Da der Haupteingang unter Beobachtung stand, blieb nur die Flucht nach hinten. Dummerweise gab es hier keinen Ausgang mehr. Mit der letzten Teilsanierung war der Hintereingang zugemauert worden. Aber Max hatte einen Fluchtplan. In seiner Kammer zog er sich wetterfest an und ignorierte das Chaos, das die Beamten angerichtet hatten. Sogar seine wenigen Toilettenartikel waren durcheinandergeworfen worden.

Der unsanierte, nicht ausgebaute Teil des Dachbodens verfügte über eine kleine quadratische Dachluke, die im rückwärtigen, der Straße abgewandten Dachteil verbaut war. Max kämpfte sich im Halbdunkel durch uralte Spinnweben, stolperte über planlos auf dem Boden platzierte Kisten und Kartons, stieß gegen ein altes Klavier, das einen klagenden Laut von sich gab, bis er endlich den Riegel erreichte, der die Luke verschloss. Zugerostet. Er zog und zerrte. Nichts. Der eiserne Verschluss rührte sich keinen Millimeter.

Das konnte doch nicht sein! Plötzlich packte Max eine ungekannte Wut. Warum wurde er diesen harten Prüfungen unterzogen? Womit hatte er das verdient? Alles war so einfach gewesen, VOR dem Besuch in der JVA. Sein Leben war in geordneten Bahnen verlaufen, der weitere Weg exakt vorgezeichnet. Übernahme des Priesteramtes von Pater Liebergeld, leben und alt werden in der Gemeinde. Was hatte Liebergeld eigentlich hier zu suchen? Wahrscheinlich war er der Einzige, der noch einen Schlüssel zu dem Gebäude hatte. Aber wieso wusste die Polizei das?

Wieder griff Max nach dem Hebel, angetrieben von Zorn und Rage, riss er mit beiden Händen daran und tatsächlich sprang er aus seiner Verriegelung, machte dabei ein Geräusch wie Fingernägel, die über eine Schiefertafel kratzten.

Die Öffnung war schmal und in Schulterhöhe. Max sah sich

nach einer geeigneten Steighilfe um und erspähte im Dämmerlicht einen zerfledderten Pappkarton. Bücher. Gesangbücher. Er nahm einen Stapel heraus und baute eine Plattform. Staub kroch in Max' Nase und er hatte Mühe, den Niesreiz zu unterdrücken. Das Papier war modrig, eine weiche, teigige Masse und angefressen. Hoffentlich nur Mäuse.

Mit Hilfe der künstlichen Erhöhung gelang es Max, sich durch die Luke zu zwängen und sie hinter sich wieder zu schließen. Keuchend lag er auf dem Dach, stützte sich mit den Füßen an dem kleinen Schneezaun ab und atmete durch. Die klare, kalte Luft war eine Erlösung und kühlte sein vor Anstrengung glühendes Gesicht. Nur langsam kamen Max' zitternde Muskeln zur Ruhe. Wie weiter?

Links des Notausstiegs schloss sich das Nachbarhaus an. Wenn sich Max recht erinnerte, dann verfügte die zweite und oberste Etage des Hauses über einen Balkon mit einem hohen Geländer. Mit etwas Geschick müsste er mit den Füßen die Balustrade erreichen und sich dann an den Stützpfeilern weiter nach unten arbeiten können.

Auf dem Rücken liegend schob sich Max Zentimeter für Zentimeter nach links. Seine Handschuhe hatte er wohlweislich nicht angezogen, um ein besseres Gefühl für den Untergrund zu haben. Allerdings kroch nun die Kälte unbarmherzig in seine Finger, machte sie steif und gefühllos. Doch Max gab nicht auf. Jetzt hatte er den Übergang zum Nachbarhaus erreicht. Vorsichtig rutschte er hinunter bis an die Dachkante und klemmte die Hacken seiner Schuhe in die Regenrinne. Und jetzt? Außer dem Nachthimmel und dem spitzen Turm der St. Elisabeth-Kirche konnte Max nicht erkennen, was sich unter ihm befand. Er musste sich umdrehen, um über die Dachkante sehen zu können. Ganz langsam rollte er sich auf den Bauch, so dass sich nun die Fußspitzen in der Dachrinne befanden. Er spreizte die Arme weit von sich und begann, sich bedächtig um seinen Bauchnabel zu drehen. Trotz der eisigen Temperaturen bildeten sich Schweißperlen auf Max' Stirn, rollten ihm über das Gesicht und in die Augen. Direkt hinter seiner Narbe wurde das Pochen unerträglich.

Nach einer gefühlten halben Stunde, die wahrscheinlich nur einen Wimpernschlag dauerte, hatte er es geschafft. Mit zitternden Armen und Beinen lag Max auf dem Bauch, das Kinn bis in die Regenrinne vorgeschoben und spähte in den Abgrund.

Direkt unter ihm befand sich das vermutete Geländer. Zwei Meter. Grob geschätzt. Nicht viel. Eigentlich. Aber es hätten auch hundert sein können. Von der Überwindung her machte dies nicht wirklich einen Unterschied. Konnte er das tatsächlich schaffen?

»Oh Herr gib mir Kraaaaaft.«

Noch während Max das Stoßgebet murmelte, kam er ins Rutschen. Seine müden und überanstrengten Muskeln verweigerte plötzlich die Arbeit. Max schlidderte zur Seite, seine Hände krampften sich um die Kupferdachrinne. Schon schossen Füße und Beine über das Dach hinaus, stürzten in die Tiefe und zogen den Rest des Körpers hinter sich her. Mit einem Ruck mussten die Finger das gesamte Körpergewicht aufnehmen, schafften es aber nicht. Max rutschte ab, seine Hände wurden von dem Kupfer weggerissen und Max fiel.

24.10.2014, kurz vor Mitternacht

Es war nicht Max' bisheriges Leben, das wie im Zeitraffer vor seinem Auge vorüberzog, sondern nur die schmutzige Hauswand. Trotzdem war es bemerkenswert, wie viel Zeit verging, ehe er auf dem gefliesten Betonboden des nachbarlichen Balkons aufschlug, mit den Füßen voran. Von der Wucht des Aufpralls wurde er auf den Rücken geworfen. Max blieb einen Moment liegen, schnappte nach Atem, den ihm der Aufschlag aus den Lungen gedrückt hatte, und lauschte in seinen Körper. Er tastete gedanklich jeden einzelnen Knochen ab, vom Schädel bis zum kleinen Zeh. Als er den linken Fuß erreicht hatte, durchfuhr ihn ein hässlicher stechender Schmerz. Nicht gut! Doch ehe Max sich eingehender mit der Problemstelle befassen konnte, wurde er plötzlich von der aufflammenden Zimmerbeleuchtung des an den Balkon angrenzenden Zimmers abgelenkt. Er war gehört worden. Kein Wunder. Sein Sturz musste geklungen haben wie ein aus einem Flugzeug geworfener und in einer Fußgängerzone einschlagender Sack Kartoffeln.

Den Schmerz ignorierend stand Max auf, schwang sich über das Balkongeländer und rutschte mit den Armen und Beinen den Stützpfeiler umklammernd ins Erdgeschoss hinunter. Dabei riss er einen klimpernden Traumfänger mit sich, dessen musischer Absturz weitere Fenster zum Leuchten brachte. Als er endlich wieder festen Boden unter den Füßen hatte, hörte er, wie über ihm die gläserne Balkontür geöffnet wurde und jemand ins Freie trat. Max verhielt sich ganz still, hörte nur auf seinen eigenen Atem und machte sich im Schatten der St. Elisabeth-Kirche so klein wie möglich. Er blieb unentdeckt. Die Schritte über ihm liefen nach rechts, nach links, wieder zurück und verschwanden schließlich unter fluchendem Gemurmel.

Langsam ebbte das Adrenalin in Max' Blutbahn ab. Der Schmerz verstärkte sich. Und die Kälte. Max begann am ganzen Körper zu zittern. Er steckte seine eiskalten, von der Dachrinne blutig aufgeschrammten Hände in die Jackentasche und stieß auf etwas metallen Hartes. Der mächtige Sakristei-Schlüssel. Ein Hinweis. Sichere Zuflucht.

Max wartete noch gut fünf Minuten und trat dann aus seinem Versteck. Das Licht im ersten Stock war wieder erloschen, genauso wie die übrigen Fenster wieder im Dunkeln lagen. Vorsichtig lief er durch den Vorhof der St. Elisabeth-Kirche und spähte hinaus auf die Straße. Der Bordstein war von unzähligen Autos zugeparkt. Wurde er auch von dieser Seite beschattet? Die frostigen Temperaturen hatten die Scheiben der Fahrzeuge mit einer milchigen Schicht überzogen. Es war eher unwahrscheinlich, dass jemand darin saß und nach nächtlichen Flüchtlingen Ausschau hielt. Zur Sakristei waren es gut zwanzig Minuten auf gesunden Füßen. Sollte er die MZ bemühen? Nach einem Blick auf seine zerschundenen Hände entschied er sich dagegen. Außerdem war es zu kalt. Er atmete nochmals tief durch, blies eine dichte, weiße Wolke in den kalten Nachthimmel und machte sich auf den Weg.

Eisenach war wieder menschenleer. Anscheinend gab es nur ein sehr kleines Zeitfenster, in dem die Straßen und Plätze der Kleinstadt mit Leben gefüllt wurden. Außerhalb diesen Abschnitts herrschte Einöde vor.

Max lief so schnell es ihm der auf- und abebbende Schmerz in seinem Fuß erlaubte. Das Echo seiner Schritte hallte unnatürlich laut durch die engen Häuserschluchten, wurde hundertfach verstärkt zurückgeworfen. Unmöglich, dass die Leute jenseits der Ziegelwände nicht geweckt und aufmerksam gemacht wurden. Klack-klack. Klack-klack. Klick-klick? Max blieb stehen und schaute sich um. War hier ein weiteres

Paar Füße unterwegs? Die Straße hinter ihm war leer. Er ging weiter. Langsamer, konzentriert auf die Umgebungsgeräusche lauschend und dabei seine eigenen Schritte mit bedacht und so leise wie möglich setzend. Klick-klick. Da war es wieder. Ohne Zweifel. Erneut drehte sich Max um. Nichts. Jetzt ging er schneller, ignorierte seinen lädierten Knöchel. Wieder und wieder sah er sich um. War dort ein Schatten in den Hauseingang gesprungen? Nur noch wenige Meter, dann hatte er den *Schwarzen Brunnen* erreicht. Von dort zweigten Straßen in sechs verschiedene Richtungen ab. Vielleicht konnte er hier seinem Verfolger entwischen. Der Polizei? Oder der Journalistin? Wohin? Zum alten Friedhof? Keine gute Idee. Gehetzt blieb Max an der Kreuzung stehen, schaute nach rechts und nach links und hätte fast einen Herzinfarkt bekommen, als sich eine Hand schwer auf seine Schulter legte.

»Jimmy!«, schrie er auf, als er seinen Verfolger erkannt hatte. »Was machst du denn hier?«

»Pater, wir müssen reden. Aber nicht hier auf der Straße«, sagte Jimmy, wobei er sich ebenfalls hastig nach allen Seiten umschaute.

»Komm mit«, antwortete Max und ging zielstrebig in Richtung Sakristei.

Jimmy sah gar nicht gut aus und das lag nicht allein an der gespenstischen Beleuchtung durch die orange schimmernden Straßenlaternen. Er war blass und hatte tiefschwarze Augenringe. Seine Wangen waren eingefallen, die Knochen standen bedrohlich hervor. Und er zitterte, obwohl er seinen Militärparka eng um den Körper gewickelt hatte. Was hatte ihm nur so übel mitgespielt? Schlechtes Gewissen?

»Was ist mit deinem Bein?«, fragte Jimmy.

»Bin vom Dach gefallen.«

Dann liefen sie schweigend nebeneinander her. Und erst als Max die schwere Holztür der Sakristei geöffnet und wieder abgeschlossen und den kleinen Elektroheizkörper auf die höchste Stufe gedreht hatte, kamen sie etwas zur Ruhe. Max entkorkte eine Flasche Messwein und sie setzten sich einander gegenüber. Jimmy begann zu erzählen. Den Wein rührte er nicht an. Er sprach stockend, machte Pausen und drückte sich sehr direkt aus. Kein Vergleich mit dem sonst so eloquenten und gebildeten jungen Mann.

»Wie ich dir versprochen hatte, bin ich zu Sara gegangen, der Fotos wegen«, sagte er. »Die war vielleicht überrascht, mich wiederzusehen. Hatte ich dir erzählt, dass wir uns von früher kennen?«

Max erinnerte sich plötzlich an das Foto, das er der Journalistin abgenommen hatte und noch immer mit sich herumtrug. Sara, Müller und Jimmy an einem Badesee. Nein, Jimmy hatte nicht erwähnt, dass sie sich kannten, aber Max hatte es gewusst. Sollte er Jimmy das Foto zeigen? Er entschied sich, die Geschichte erst bis zum Ende anzuhören.

Von Max' Gedanken unbeeindruckt fuhr Jimmy fort: »Na ja. Jedenfalls hat sie mir eine geknallt. Eine ordentliche Ohrfeige war das. Die hatte ganz schön Saft im Arm. Kein Wunder, bei dem Beruf. Aber dann hat sie mich umarmt und geküsst. Frauen.

Wir haben uns hingesetzt und über alte Zeiten geplaudert. Über alte Bekannte. Da gab es viel zu reden. Wir haben uns nicht stören lassen. Sie hat sogar eine Verabredung platzen lassen. Der Verehrer schien nicht mal groß verärgert. Hat sich regelrecht gefreut, als sie ihn rund gemacht hat. Er sei es nicht wert, dass sie ihm heute ihre Zeit widmet, hat sie gesagt. Und der Kerl hat gegrinst wie ein Honigkuchenpferd und ist von dannen gezogen.

Ja, und dann habe ich sie gebeten, sie fotografieren zu dürfen. Mann, da hat sie sofort auf Geschäftsfrau umgeschaltet und Geld verlangt. Wir haben uns schließlich auf einen Betrag geeinigt.«

Jimmy machte eine Pause, schob sich eine trockene Oblate in den Mund und kaute lustlos darauf herum. Max ließ ihn gewähren und wartete geduldig darauf, dass der junge Mann fortfuhr. Er hatte seinen Fuß hochgelegt und genoss den abebbenden Schmerz.

»Mann, das Zeug klebt ja am Gaumen«, sagte Jimmy und versuchte, das Gebäckstück mit seinem Fingernagel aus seinem Mund zu kratzen.

»Na jedenfalls hat sie dann ihren Mantel geöffnet und sich in ihrer Ledermontur vor mir aufgebaut. Du hast ja ein Bild davon im Internet gesehen. Als ich ihr dann eröffnet habe, dass ich sie ohne Kleidung ablichten wollte, hat sie sofort den Mantel wieder geschlossen und abgewinkt. ›So was mache sie nicht‹, hat sie gesagt.

Ich musste fast zwanzig Minuten reden und den Preis nochmals erhöhen, bis sie am Ende doch zugestimmt hat. Geld und gute Worte. Und dann waren die Batterien meiner Kamera leer. Kannst du dir das vorstellen? Kein Strom. Mann war das peinlich. Ich habe mich tausendmal entschuldigt und sie gebeten, zu warten. Dann bin ich los wie von der Tarantel gestochen und habe am Bahnhof Akkus gekauft. Ich halte nichts von den Fotoapparaten, die ihre Spezialstromspeicher haben und die du am Netz laden musst.

Und als ich endlich zurück war, da habe ich sie gefunden. Nackt, blutig und tot. Hier.«

Jimmy zog einen kleinen silbernen Fotoapparat aus seiner Jackentasche und schob ihn zu Max über den Tisch.

Der zögerte lange, griff dann aber doch zu.

»Zum Einschalten musst du den Hebel umlegen.«

Das kleine Display erwachte zum Leben. Schon das erste Foto traf Max mit unglaublicher Härte. Es zeigte einen nackten, schneeweißen Fuß um den sich eine tiefrote Blutpfütze gebildet hatte. Der Kontrast war selbst auf dem winzigen Bildschirm atemberaubend. Schnell blätterte Max weiter. Mit jedem neuen Foto wurde ein weiterer Teil des toten Körpers freigelegt. Unnatürlich verdrehte Arme, ein von Angst und Entsetzen verzerrtes Gesicht, blutbesudelte Brüste und zum Abschluss: eine Nahaufnahme der Innenseite des Oberschenkels, aus dem ein großes Stück Haut herausgeschnitten worden war.

Urplötzlich musste sich Max übergeben. Der Würgereiz traf ihn unvorbereitet, kündigte sich nicht lang und breit an. Wie ein Tsunami wälzten sich die Magensäfte seine Kehle empor und sprudelten aus ihm heraus.

Jimmy nahm den Fotoapparat wieder an sich. Dicke Tränen liefen unaufhörlich über sein Gesicht. Er schluchzte, wimmerte und nahm sich eine weitere Oblate.

Nein, Max würde Jimmy vorerst nichts von dem Badeseefoto erzählen.

»Warst du bei der Polizei?«, fragte er schließlich, als er sich einigermaßen beruhigt hatte.

»Bist du verrückt? Die behalten mich doch gleich als Tatverdächtigen da«, antwortete Jimmy entsetzt.

Das stimmte wahrscheinlich sogar. Max stand auf und holte Eimer und Scheuerlappen.

»Gut, wir bleiben heute Nacht hier«, sagte er und fing an, das Erbrochene aufzuwischen.

25.10.2014, Morgengrauen

»Wach auf, Pater!«

Max wusste nicht, wie ihm geschah. Erschrocken öffnete er die Augen und blickte in Jimmys nur wenige Zentimeter entferntes Gesicht. Er musste sich orientieren. Wo war er? In der Sakristei auf einem provisorischen, aus drei Stühlen zusammengeschobenem Schlaflager. Zugedeckt mit seiner Jacke.

Jimmy hatte sich über ihn gebeugt, hielt seinen Arm mit einem kräftigen Griff gepackt, schüttelte ihn und wiederholte:

»Wach auf. Du musst es mir sagen. Was wolltest du mit den Fotos von Sara? Und keine Märchen. Von wegen Projektarbeit und so.«

Max bekam Angst. Er erkannte Jimmy nicht wieder. So stellte man sich einen Geisteskranken vor. Die kurzen Haare fettig, durcheinander und an die Kopfhaut geklebt. Dicke Schweißperlen auf der Stirn. Der Blick starr geradeaus gerichtet. Kein Zwinkern. Und Finger, die sich wie Stahlkrallen in Max' Unterarm bohrten.

»Sie war eine Freundin. Eine gute Freundin. Und ich bin schuld an ihrem Tod!«

»Jimmy. Jimmy, beruhige dich«, antwortete Max und versuchte sich, aus dem stählernen Griff zu befreien.

Hatte sich jemals ein Mensch beruhigt, wenn man ihn dazu aufgefordert hatte? Wahrscheinlich nicht.

»Jimmy, was hast du getan?«, fragte Max.

Plötzlich lockerte Jimmy seinen Griff, ließ komplett los, fiel mehr auf den Fußboden als dass er sich setzte und fing an zu weinen.

Max erhob sich schnell von seinem Stuhllager, froh, dem Fesselgriff entkommen zu sein, und setzte sich neben Jimmy auf den Boden. Er legte den Arm um seine Schultern. Max konnte spüren, wie der junge Mann zitterte. Aber er fühlte auch kräftige Muskelstränge, die sich mit jedem Schluchzen spannten und wieder lockerten.

»Ich hätte bei ihr bleiben sollen. Ich war höchstens zwanzig Minuten weg. Zwanzig Minuten. Nur wegen Batterien!«

Dann wurde er plötzlich still und wechselte seinen Tonfall. Aus dem weinerlichen Gewinsel wurden harte, anklagende Worte. Max konnte fast körperlich spüren, wie die Temperatur im Raum um etliche Grad sank.

»Sie wollte die Fotos nicht machen. Schon gar nicht nackt. Was will ein Pfarrer mit Nacktfotos einer Hure?«

Und wieder griff Jimmy blitzschnell nach Max, warf ihn um, packte seinen Arm und nagelte ihn auf dem rohen Holzfußboden fest. Max spürte, wie sich langsam aufgrund des eingeschränkten Blutflusses ein Kribbeln in seinen Fingern ausbreitete und sich auch deren Hautfarbe änderte.

»Ich muss es wissen. Wofür ist sie gestorben?«

Max schwieg. Er starrte auf seine Hand, die sich zögernd seinem übrigen Körper entfremdete. Dann blickte er Jimmy an. Sah so ein Mörder aus? Max wusste es nicht. Er hatte noch nie einen zu Gesicht bekommen. Er griff halb aufgerichtet mit seiner freien Hand nach Jimmys Fingern und versuchte, sie von seinem Arm zu lösen, indem er sie einzeln nach hinten bog. Ohne Erfolg.

»Jimmy. Erleichtere dein Gewissen. Du kannst eine Beichte ablegen. Wir werden beide durch das Beichtgeheimnis geschützt.«

Max sah den Schlag nicht kommen. Eine direkte Gerade mitten ins Gesicht. Der Treffer ließ seinen Kopf hart auf dem Fußboden aufschlagen und wie einen Basketball davon abprallen, um dann erneut auf den Holzdielen aufzutreffen. Max verlor das Bewusstsein.

Er konnte nicht sagen, wie lange er ohnmächtig gewesen war, höchstwahrscheinlich nur Sekunden. Die Zeit hatte für Jimmy ausgereicht, um zu verschwinden. Max rappelte sich auf und musste sich kurz am Tisch festhalten. Ihm war schwindlig, übel und sein linkes Auge schmerzte wie verrückt und fühlte sich doppelt so groß an wie normal. Die alte Pendelstanduhr neben der Tür zeigte 06.30 Uhr.

So konnte es nicht weitergehen. Max war ein Mann Gottes und kein Schwerverbrecher.

»Ich verstecke mich nicht mehr«, sagte er laut.

Dann zog er sich seine Jacke über und verließ die Sakristei. Als Erstes würde er seinen Laptop holen und sämtliche Dateien und Eintragungen vernichten. Die Schatzjagd war zu Ende. Er hätte sie nie aufnehmen dürfen. Es geziemt sich nicht für einen Priester, weltlichen Dingen hinterherzuhetzen. Allein die geistige Erleuchtung und die Liebe des Allmächtigen sollten genug Lohn für die Mühen des Alltags sein. Max vergrub seine Hände tief in den Jackentaschen. Die Hautabschürfungen schmerzten jetzt noch mehr als am Vortag. Außerdem pfiff wieder ein schneidender Ostwind.

Trotz des wahrscheinlich verstauchten Knöchels überquerte Max mit festen, schnellen Schritten den Marktplatz. Nur noch wenige Meter. Max schlug seinen Kragen hoch und sah das Polizistenduo erst, als er kurz vor ihnen stand. Sofort senkte er seinen Kopf, zog ihn tiefer in seine Jacke und machte einen weiten Bogen um die Beamten herum. Diese schienen ihn nicht weiter zu beachten. Erleichtert beschleunigte Max nochmals seine Schritte.

»Hallo Sie, warten Sie bitte mal einen Moment.«

Max sah sich nach links und rechts um, ohne jedoch anzuhalten oder sein Tempo zu verringern. Er war mit den Polizisten allein auf der Straße. Keine Frage, der Anruf galt ihm.

»Stehen bleiben, habe ich gesagt!«

Der Ton wurde schärfer. Obwohl Max das Duo nur kurz voll angesehen hatte, konnte er sich erinnern, dass der linke kleinere Polizist recht drahtig und schnell wirkte. Dem rechten, dicken würde er wahrscheinlich davonrennen können. Doch schnell besann sich Max eines Besseren. Hatte er nicht eben noch den Vorsatz gefasst, das Versteckspiel aufzugeben? Und jetzt kalkulierte er die Sprintqualitäten der Gesetzeshüter in seine Fluchtpläne ein.

Max blieb stehen. Die Polizisten brauchten keine zwanzig Sekunden, bis sie zu ihm aufgeschlossen hatten.

»Guten Tag. Ihren Ausweis bitte.«

Der Kleine hatte das Reden übernommen, da sein Kollege sichtlich außer Atem war. Sein Gesicht war dunkelrot angelaufen und er schnappte hörbar nach Atem.

Max zog den Reißverschluss seiner Jacke nach unten und griff in seine Innentasche. Sofort zuckten die Hände der Beamten an ihre Dienstwaffen.

»Langsam bitte!«

Max fuhr zusammen und gehorchte. Wie in Zeitlupe förderte er seinen Personalausweis aus der abgegriffenen Dokumentenmappe hervor und reichte ihn mit spitzen Fingern weiter. Der Dicke schien soweit wieder hergestellt, dass er weitere Aufgaben übernehmen konnte. Er griff sich den Ausweis, drehte ihn hin und her, als sähe er ein solches Dokument zum ersten Mal und las sich dann den Inhalt sorgfältig durch. Dann zeigte er die Vorderseite seinem Kollegen und tippte dabei auf eine bestimmte Stelle, die Max von seinem Standpunkt aus nicht einsehen konnte. Sofort griff der Kleine nach dem tragbaren Funkgerät, stellte sich etwas abseits und sprach aufgeregt hinein. Der Dicke ließ Max währenddessen nicht aus den Augen, sagte aber kein Wort. Er schaute Max nur offen an, musterte ihn. Max glaubte, so etwas wie Neugierde in seinem Blick zu entdecken. Oder war es Spott?

Der Kleine hatte das Gespräch beendet und kam zurück. Dann ging alles sehr schnell. In einer Geschwindigkeit, die Max dem Dicken nie zugetraut hätte, legte der ihm Handschellen an.

»Sie begleiten uns aufs Revier, Herr Pfarrer«, sagte er breit grinsend.

25.10.2014, später Vormittag

Max konnte nicht genau sagen, wie lange er schon auf der schwer entzündlichen Matratze in der spärlich eingerichteten Zelle lag und die blassblau gestrichene Decke angestarrt hatte. Drei Stunden waren mit Sicherheit verstrichen. Drei lange und langweilige Stunden. Selbst der Blick nach draußen, den das kleine massiv vergitterte Fenster kurz unterhalb der Decke gewährte, war trostlos. Es schneite. Kleine, wirbelnde Flocken bildeten einen dichten Vorhang, der die Umgebung völlig zudeckte. Und außerdem war es still. Kein Ton war zu hören. Kein Geräusch verriet die Anwesenheit von weiteren Personen in dem Polizeigebäude. Gut, es war Samstag. Trotzdem verstärkte die merkwürdige Stille das Gefühl der Einsamkeit.

Die Fahrt durch Eisenach im Streifenwagen war ihm irreal erschienen. Die Beamten hatten keinen Ton über den Grund seiner Verhaftung verlauten lassen. Max wusste nicht einmal, ob er überhaupt verhaftet war. Vielleicht sollte er nur eine Aussage machen.

Auf dem Revier hatte er seine Taschen leeren müssen, wobei ihm wieder das Strandfoto, auf dem Jimmy und Sara posierten, in die Hände gefallen war. Er hatte einen langen Blick darauf geworfen, bis ihn der Beamte angeblafft hatte, fortzufahren.

Und nun hatte Max Hunger und musste außerdem pinkeln. Sollte er rufen? Bevor er sich zu einer Antwort auf diese Frage durchgerungen hatte, hörte er plötzlich eine metallene Mechanik in der Zellentür arbeiten. Max setzte sich erwartungsvoll auf. Endlich Abwechslung.

Die Tür öffnete sich und der dicke Polizist, der Max auf dem Marktplatz dingfest gemacht hatte, steckte seinen Kopf herein.

»Kommen Sie bitte mit!«, sagte er.

Er sprach freundlich, aber bestimmt. Und als Max auf den Flur hinaustrat, bemerkte er, dass der Beamte ständig seine rechte Hand am Schlagstock behielt.

Sie gingen durch ein kahles Treppenhaus zwei Stockwerke höher. Der Zelleneindruck schien sich hier zu bestätigen. Gähnende Leere. Keine Menschenseele sichtbar. Endlich blieben sie vor einer hellgrün gestrichenen Tür, welche die Aufschrift *Verhör I* trug, stehen. Der Dicke schloss auf, schob Max hinein und verriegelte die Tür sofort wieder.

Max blieb kurz hinter dem Eingang stehen und schaute sich um. Genauso hatte er sich ein Verhörzimmer immer vorgestellt. Der Raum war klein, höchstens zwei mal zwei Meter und fensterlos. An einer Wand befand sich ein großer Spiegel. Sicherlich von der anderen Seite durchsichtig. Die übrigen

Wände waren kahl und in dem gleichen Grün wie die Tür gestrichen. Der schmale Tisch in der Mitte und die zwei unbequem aussehenden Stühle waren auf dem Fußboden festgeschraubt.

Max ging zweimal in dem Zimmer auf und ab und setzte sich schließlich. Gar nicht so einfach, wenn sich der Stuhl nicht bewegen ließ. Sein Magen knurrte. Aus dem leichten Harndrang hatte sich mittlerweile ein massives Bedürfnis entwickelt. War das eine von der Genfer Konvention abgedeckte Form der Folter? Warum kam denn niemand? Beobachteten sie ihn durch den Spiegel hindurch? Und was wurde ihm eigentlich vorgeworfen? Konnten allein die Aussagen der Journalistin Schreiber eine solche Jagd auslösen?

Endlich hörte Max wieder Schließgeräusche. Kurz darauf wurde die Tür geöffnet und ein bis dato ihm unbekannter Mann trat ein, setzte sich ohne ein einleitendes Wort Max gegenüber und legte einen dünnen Aktenordner vor sich auf den Tisch.

Der Mann war mittelgroß, höchstwahrscheinlich wenige Zentimeter kleiner als Max und trug im Gegensatz zu den übrigen Beamten, mit denen er es bis jetzt zu tun gehabt hatte, keine Uniform. Trotz der kühlen Temperaturen, auch in dem Verhörzimmer war es nicht besonders warm, hatte der Mann ein kurzärmliges, ausgewaschenes und ehemals wohl olivgrünes Polo-Shirt an und trug eine braune Cordhose. Ein beginnender Bauch wölbte sich über den braunen Ledergürtel. In seinem Alter, Max schätzte ihn auf Mitte dreißig, musste man auf diese Zeichen Acht geben. Noch konnte man ohne großen Aufwand gegensteuern, aber man musste dranbleiben. Dass der Mann Sport trieb, zeigten seine mächtigen Oberarme, die den Stoff des Shirts spannten. Wahrscheinlich trainierte er mit Hanteln, oder aber er war es gewohnt, seine Verdächtigen mit bloßen Händen auszuquetschen.

Mittlerweile hatte der Mann, der immer noch kein Wort gesprochen oder Max auch nur direkt angesehen hatte, den Ordner geöffnet und blätterte durch die einzelnen abgehefteten Seiten. Hier und da verweilte er etwas länger, las einen Absatz konzentriert oder studierte ein Foto. Max beobachtete fasziniert, wie sich eine dunkle Ader auf dem glatt rasierten Schädel des Beamten mit dem Material, das er betrachtete, sichtbar veränderte. Mal schwoll sie an, dann wieder ab.

Endlich schlug der Polizist den Ordner zu und sah Max an.

»Sie sind also Priester?«, fragte er.

Die Stimme klang belegt, als ob ein Frosch im Hals des Mannes steckte. Aber er machte keine Anstalten, sich zu räuspern. Wahrscheinlich hatten sich die beiden schon länger arrangiert.

Max war sich nicht sicher, ob der Beamte eine Frage gestellt oder eine Aussage getroffen hatte. Also schwieg er und wartete ab. Außerdem konnte er kaum dem Drang widerstehen, sich umzuschauen und zu überprüfen, ob hinter ihm eine weitere Person stand. Der Mann hatte einen ausgesprochenen Silberblick. Da aber niemand weiter im Raum war, musste er wohl doch Max ansehen.

»Sie wissen, warum Sie hier sind, Herr Hader?«

»Eigentlich nicht«, antwortete Max wahrheitsgemäß.

Der Mann, der sich noch immer nicht vorgestellt oder erklärt hatte, schlug die Akte wieder auf und blätterte bis an eine bestimmte Stelle.

»Es geht um Mord.«

Max schluckte, entgegnete aber nichts. Schweigen.

»Eine Frau ist gestorben.«

»Die aus der Zeitung?«

Max stellte sich dumm und nahm sich vor, in der Rolle zu bleiben. Seine Karten auf den Tisch zu legen, wie er es noch am Morgen vorgehabt hatte, schien ihm hier, in dem kalten und sterilen Verhörzimmer, keine gute Idee mehr zu sein. Der Streit mit Jimmy kam ihm so lange her vor, als ob die Zeit, seitdem Max die Sakristei verlassen hatte, um einiges langsamer verstrichen war.

»Kaltblütig ermordet. Brutal. Ohne Mitleid. Sie kennen doch die zehn Gebote, Herr Pfarrer.«

Wieder war Max überzeugt, dass das keine Frage war. Im gegenüberliegenden Spiegel konnte er sein Gesicht sehen. Er sah schrecklich aus. Blass, ein tiefer, dunkler Ring um das rechte Auge und auf dem linken schien ein mit moosgrünem und nachtblauem Graffiti beschmierter Schmetterling zu sitzen. Selbst das kurz geschorene Haar wirkte ungepflegt, fettig und strähnig. Barthaare stachen aus der weißen Haut hervor wie verrottende Baumstümpfe aus einem zugefrorenen Stausee.

»Wo waren Sie am 22. Oktober?«

»Brauche ich ein Alibi? Ich kannte die Frau überhaupt nicht. Eine Prostituierte, richtig?«

»Beantworten Sie einfach meine Frage.«

»Fast den ganzen Tag in der katholischen Kindertagesstätte. Basteln.«

»Niedlich. Was haben Sie zwei Tage vorher in der Physiotherapie-Praxis in der Stickereigasse zu schaffen gehabt?«

Der Ton war rauer geworden. Die Fragen kamen kurz und abgehackt, aber ruhig und präzise. Der Polizist sprach in einem gleich bleibenden, ruhigen Tonfall ohne erkennbare Emotionen. Wahrscheinlich wäre er um diese Uhrzeit am

Wochenende auch lieber woanders. Bei seiner Familie womöglich.

Und Max musste in der Zwischenzeit wirklich dringend pinkeln. Trotzdem überraschte ihn die Frage nach der Praxis.

»Physiotherapie?«, fragte er.

»Ja, Physiotherapie.«

Der Beamte lehnte sich, soweit es der verschraubte Stuhl zuließ, zurück und fixierte Max eindringlich. Aufgrund des Silberblicks verfehlte er aber die beabsichtigte Wirkung.

»Ich habe einen Mann begleitet«, antwortete Max wahrheitsgemäß.

»Das wissen wir. Aber warum haben Sie sich in den Behandlungsräumen herumgetrieben?«

Was sollte das Ganze?

»Ich hatte mich auf dem Weg zur Toilette verlaufen.«

»Sie wurden früher schon mal der Unzucht mit Minderjährigen und Schutzbefohlenen verdächtigt, richtig?«

Max spürte, wie ihm das Blut ins Gesicht schoss und sein Puls sich beschleunigte. Ihm wurde heiß und er war plötzlich froh, dass das Zimmer nur sparsam beheizt wurde. Die Stirnnarbe fühlte sich an, als würde sie gleich zerreißen.

»Ich wurde völlig rehabilitiert«, platzte er heraus. »Eine Ministrantin hatte sich in mich verliebt. Und als ich ihre Gefühle nicht erwiderte und es ihr erklärte, da hat sie mich verleumdet. Sämtliche Verdächtigungen wurden später ausgeräumt. Und überhaupt. Woher haben Sie diese Informationen?«

»Das geht Sie gar nichts an.«

Der Polizist schnellte nach vorn, lehnte sich blitzartig über den Tisch und Max befürchtete, dass seine kräftigen Arme gleich nach ihm greifen und sein Gesicht auf die Tischplatte hämmern würden. Er versuchte nach hinten auszuweichen, wurde aber von der fixierten Stuhllehne aufgehalten.

»Sie lieben es, kleine Mädchen und junge Frauen zu beobachten, richtig? Verstecken sich gern, spielen den Unschuldigen. Dabei haben Sie es faustdick hinter den Ohren. Wir kriegen Sie. Bis jetzt haben wir noch jeden erwischt. Und bei so scheinheiligen Subjekten wie Ihnen geben wir uns besonders viel Mühe.«

Max atmete schwer und versuchte, seine Selbstbeherrschung wieder zu erlangen. Er bekam Kopfschmerzen. Sein Herz pochte wild in der Stirnnarbe und in dem Veilchen, das Jimmy ihm verpasst hatte. Nicht provozieren lassen. Der Polizist starrte ihn noch immer über den Tisch gelehnt an.

»Ich muss mal auf die Toilette«, sagte Max schließlich.

»Später. Warum sind Sie aus dem Nonnenwohnheim geflohen?«

»Ich bin nicht geflohen.«

Max dehnte das Verb übertrieben in die Länge.

»Wie würden Sie denn einen Sprung vom Dach bezeichnen?«

Wieder Schweigen.

Der Mann blätterte erneut durch seinen Ordner und ging nicht weiter auf seine letzte Frage ein. Dann packte er plötzlich die Aktenmappe und schleuderte sie zu Max herüber. Die Mappe drehte sich zweimal um ihre eigene Achse und kam schließlich direkt vor Max zu liegen. Ein auf DIN A4-Größe ausgedrucktes Foto war aufgeschlagen. Claudia Meißner. Die Schauspielerin. *NA*. Tot. Die Kehle durchgeschnitten. So viel Blut. Würgereiz kroch in Max hoch. Er schluckte heftig und schnappte nach Luft.

»Sie ist völlig ausgeblutet. Sieben Liter. Die Nachbarn unter ihr haben uns alarmiert, da Blut durch die Decke in ihre Suppe getropft war.«

Das war zu viel für Max. Er übergab sich auf den Linoleum-Fußboden des Verhörzimmers. Da er aber schon eine Ewigkeit nichts gegessen hatte, spuckte er nur Magensaft.

Der Polizist sah unbeeindruckt zu und nahm den Ordner wieder an sich.

»Es gibt merkwürdige Parallelen zu der von Ihnen angesprochen Nutte.«

Immer noch formulierte der Beamte seine Sätze mit einer gleichgültigen Gelassenheit. Den üblen Gestank, den Max' Auswurf verbreitete, schien er einfach zu ignorieren.

»Die selbe Handschrift. Und auch bei ihr fehlen Teile der Haut. Allerdings an anderen Stellen. Seltsam, nicht? Manche Killer behalten Trophäen. Üblicherweise aber bei jedem Opfer ähnliche. Nicht wie hier. Unser Mann scheint die Frauen gezielt zu häuten.«

Max fing an zu zittern. Er fror erbärmlich, ihm war immer noch speiübel und er musste pinkeln, dringender denn je.

»Natürlich beleuchten wir zuerst den Freundes- und Bekanntenkreis. Nicht so einfach bei einer Hure. Sagt Ihnen der Name Björn Ignaz etwas? Nein? Taucht im Tagebuch der toten Nutte auf. Muss wohl ein übler Kerl gewesen sein. Dass Frauen auf solche Typen stehen, werde ich nie kapieren.«

»Ich muss nun wirklich aufs Klo.«

Der Polizist schlug den Ordner zu und stand auf.

27.10.2014, Nachmittag

Endlich wieder Schlüsselgeklapper. Montag. Fast zwei volle Tage war Max in der kleinen Zelle festgehalten worden. Achtundvierzig Stunden, deren einzige Abwechslung genau geplante Toilettenpausen gewesen waren. Die Zelle hatte wohl ursprünglich über ein eigenes Abort verfügt. Eine zentimeterdicke und fest im Boden verankerte Stahlplatte wies auf die Stelle hin, wo die Schüssel mal gestanden hatte. Es herrschte also auch in anderen Institutionen finanzieller Mangel.

Außer den Pausen zum Verrichten der Notdurft gab es drei Mahlzeiten am Tag. Max brauchte dringend eine Dusche und frische Sachen. Und er fror immer noch. Aber er hatte auch viel Zeit und Ruhe zum Nachdenken gehabt, auf der Liege vor sich hingrübelnd.

Claudia Meißner war tot. Bei der Erinnerung an das Foto, das ihm der Verhörpolizist vorgelegt hatte, kam ihm immer noch die Galle hoch. Brutal ermordet und die Haut abgezogen. Genau wie bei Sara. Das konnte unmöglich Zufall sein. Hier jagte jemand den gleichen Namen wie Max hinterher. Aber wer? Und wie war derjenige an die Liste gekommen? Hatte Müller sein Geheimnis einer weiteren Person offenbart? Vielleicht einem Zellengenossen im Knast. Nur ein Schwerverbrecher war zu solchen Taten fähig, oder? Möglicherweise war ein solcher entlassen worden oder einfach nur getürmt. Die Journalistin könnte das bestimmt in Erfahrung bringen. Sollte er noch mal mit ihr reden?

In der Zwischenzeit war Max nicht mehr davon überzeugt, dass sie ihn in den Schlamassel geritten hatte. Sie konnte unmöglich etwas von dem Vorfall in der Physiotherapie-Praxis mitbekommen haben. Aber wie war die Polizei auf ihn aufmerksam geworden? Wahrscheinlich waren sie den letzten Schritten der Claudia Meißner rückwärts gefolgt und dabei in der Praxis gelandet. Und die Damen dort erinnerten sich natürlich noch ganz frisch an den Spanner, den sie auf frischer Tat ertappt hatten. Und über den nörgligen Horst waren sie dann bei Max Hader, dem gutmütigen Trottel gelandet. Das ergab wenigstens ansatzweise einen Sinn.

Aber woher hatten sie die Informationen über Dorothea? Niemand in Eisenach wusste davon. Jedenfalls soweit Max sich bewusst war. Und damals war es auch nicht zu einer polizeilichen Ermittlung gekommen, Gott sei Dank, so dass es auch keine Akte geben dürfte. Er hatte die alte Geschichte, die sich nicht nur zeitlich, sondern auch örtlich weit entfernt zugetragen hatte, nach mehreren erfolglosen Versuchen fast vergessen. Und nun bekam er sie in einer Mordermittlung wieder serviert. Arme, verwirrte Doro.

Damals hatte Max eine katholische Jugendgruppe geleitet. Hatte mit den Kids gebastelt, Ausflüge unternommen, sie beschäftigt. Als junger Priesteranwärter war er besonders bei den Mädels gut angekommen. Er war fit, einigermaßen gutaussehend und machte fast jeden Spaß mit. Das hatte Doro falsch interpretiert. Auf einer Jugendfreizeit hatte sie sich leicht bekleidet in sein Zimmer geschlichen. Er war zu Tode erschrocken gewesen. Natürlich hatte Max sie hinausgeworfen. Relativ brüsk. Das hatte die Kleine nicht sehr gut verdaut. Sie hatte ihrer Mutter die wildesten Geschichten erzählt. Und da man als im Zölibat lebender Mann der Kirche schon von vorneherein unter einem gewissen Verdacht stand, genügte bereits ein noch so kleiner Funke, um einen Flächenbrand auszulösen.

Glücklicherweise hatte eine eingehende Untersuchung die Behauptungen von Dorothea widerlegt. Aber die verbleibende Zeit in der kleinen Gemeinde war für Max kein Zuckerschlecken, sondern ein Spießrutenlauf gewesen. Und so war er auch froh, als sich die Stelle in Eisenach ergab. Weit, weit entfernt.

Fast jeden Gedankengang beendete er mit dem Entschluss, bei der nächsten Unterredung mit dem schielenden Polizisten die ganze Geschichte offen zu legen und reinen Tisch zu machen. Vielleicht kam er ja dann ungeschoren davon. Sollten andere die Puzzleteile zusammentragen und die Millionen aus der Schweiz holen und, was noch viel wichtiger war, die übrigen Frauen retten. Sein Schweigen war unverantwortlich. Was, wenn es noch ein Opfer gab? Andererseits machte Max sich damit auch verdächtig. Er hatte die Liste, auf der bereits zwei tote Frauen notiert waren. Wenn ihm nur jemand einen Ratschlag geben und die Richtung weisen könnte. Und zu guter Letzt hatte er sämtliche Informationen aus einer Beichte. Die konnte er nicht so mir nichts dir nichts ausplaudern!

Die Tür öffnete sich. Für eine Mahlzeit war es noch zu früh. Zwar trug Max keine Uhr, aber er hatte ein relativ gutes Zeitgefühl. Es musste gegen 16.00 Uhr sein. Pinkelpause?

»Sie können gehen«, sagte der Dicke mit dem Knüppel.

Max richtete sich auf.

»Wie, gehen?«, fragte er.

»Sie bekommen Ihre Sachen wieder und können gehen.«

Mit diesen Worten drehte sich der Polizist um und verließ den Raum, ohne sich darum zu kümmern, ob Max ihm folgte oder nicht.

27.10.2014, später Nachmittag

Warum hatten sie ihn so plötzlich freigelassen? Ohne erklärende Worte. Egal. Nichts wie weg hier. Allerdings war damit auch die Gelegenheit verloren, eine umfassende Beichte abzulegen. Dann sollte es wohl so sein. Die Wege des Herrn waren unergründlich.

Max machte sich auf den langen Fußmarsch in die Innenstadt. Die Polizeistation befand sich im Norden Eisenachs. Ehemaliges Kasernengelände der Roten Armee. Wenigstens schneite es nicht mehr. Die Stadt wirkte grau und dreckig. Es schien keinen Unterschied mehr zwischen der düsteren Farbe des vorwinterlichen Himmels und den mit einem Grauschleier überzogenen Häusern zu geben. Auch die in einem kontinuierlichen Strom vorbeiziehenden Autos sahen fast alle identisch aus. Anonym. Bis zu den Scheiben mit einer ungesunden, schmierigen, pappgrauen Paste überzogen. Aus den Auspuffrohren bliesen sie weiße Abgase in die kalte Luft. Selbst die Umgebungsgeräusche klangen schmutzig und verdorben. Kein Vergleich zu einem sonnigen Sommertag.

An der Kreuzung zur Oppenheimstraße wäre Max beinahe in einen abbiegende Corsa gelaufen. *Odin hasst Jesus* stand auf dem Tankdeckel.

Max fror immer noch erbärmlich. Während der letzten zwei Tage war er nie wirklich warm geworden. Und nun kalter Ostwind. Dazu Schneematsch auf der Straße. Es war noch nicht einmal November. Die Nässe kroch in Max' Fußsohlen. Unangenehm. Außerdem bekam er Halsschmerzen. Wenn er schluckte, hatte er das Gefühl, grobes Sandpapier wurde durch seine Kehle gezogen. Unangenehmerweise musste er oft schlucken. Kopf- und Gliederschmerzen. Eine anständige Erkältung war im Anmarsch.

Endlich erreichte Max das Wohnheim. Mit steifen Fingern fummelte er den Schlüssel aus der Jackentasche, der ihm zusammen mit seinen übrigen Sachen kommentarlos wieder ausgehändigt worden war, und steckte ihn ins Schloss. Passte nicht. Noch mal. Er ging nicht rein. Max trat einen Schritt zurück, atmete tief durch und probierte es erneut. Nein. Der Schlüssel passte definitiv nicht zum Schloss. Warum?

Ehe Max einen neuen Anlauf nehmen konnte, wurde die Tür von innen geöffnet.

»Habe ich mir doch gedacht, dass Sie das sind«, schimpfte die Mutter Oberin. »Sie sind die längste Zeit unser Gast gewesen. Von der Polizei gesucht! So etwas hat es in unserer gesamten ehrenvollen Geschichte noch nicht gegeben. Ein Krimineller im geistlichen Schutzmantel. Ich habe von Anfang an gewusst, dass mit Ihnen etwas nicht stimmt. Ich war dagegen, dass Sie hier einziehen. Aber auf mich hat ja niemand gehört. Und nun?«

Max wollte antworten, bekam aber keine Möglichkeit zur Verteidigung.

»Pater Liebergeld ist über alle Maßen enttäuscht. Sie sind suspendiert, hat er gesagt. Mit sofortiger Wirkung.«

Die Alte hatte sich richtig in Rage geredet. Ihre dicke Brille war wieder bis zur Nasenspitze vorgerutscht. Das Gesicht war rot angelaufen, sie spuckte beim Sprechen. Ein kleiner Wassernebel. Winzige Tropfen, die in der kalten Luft der Alexanderstraße zu garstigen Eisgeschossen wurden und sich in Max' Herz bohrten.

Von dem Aufruhr angelockt erschienen nach und nach weitere Nonnen im Treppenhaus. Auch Maria. Sie sah Max traurig an. Dieser Blick schmerzte noch mehr als die Tiraden der Oberin.

»Ich habe nichts getan«, entgegnete Max schließlich in einer der wenigen Pausen, welche die Mutter Oberin brauchte, um Atem für einen neuen Ausbruch zu schöpfen.

»Kommen Sie mir nicht so. Ich habe Ihre Sachen zusammenpacken lassen. Die Taschen stehen schon im Flur.«

Max sah sie tatsächlich in der Ecke liegen und machte einen Schritt darauf zu. Aber die Alte trat dazwischen.

»Nein, nein. Sie betreten unser Heim nicht mehr.

Schwestern, bringt ihm die Taschen.«

Langsam kam Bewegung in die Frauen. Sie stiegen die letzten Stufen hinunter und griffen sich wahllos Taschen und Beutel, in denen Max' wenige Habseligkeiten verstaut waren. Auch Maria kam herunter. Die Schwestern stellten nacheinander die Gepäckstücke vor dem Haus auf dem Fußweg ab, ohne Max ins Gesicht zu sehen. Mitten in den gerade wieder frierenden Schneematsch. Als Letzte trat Maria auf den Bürgersteig. Sie trug nichts in der Hand. Max sah sie um Hilfe bittend an. Aber was konnte sie schon tun? Sie umarmte ihn. Fest und fordernd. Presste ihren Körper an den seinen. Diese Geste zählte mehr als tausend Worte. Sekunden später, die Max wie ein Leben vorkamen, löste sie sich wieder und lief ins Wohnheim zurück. Die Oberin schlug die Tür zu und Max stand mutterseelenallein auf der Straße.

»Ich helfe dir tragen.«

Erschrocken fuhr Max zusammen.

»Jimmy!«

»Du kannst bei mir wohnen. Vorübergehend.«

Jimmy begann, die einzelnen Taschen vom Bürgersteig aufzuheben. Max sah ihm ungläubig zu.

»Jimmy«, wiederholte er.

»Ich habe mich blöde benommen, in der Kirche. Ich weiß. Habe wohl schlecht geträumt. Die Sache mit Sara geht mir sehr an die Nieren.«

Max antwortete nicht. Er hob die übrig gebliebenen zwei Beutel auf. Und er dachte an das mittlerweile zerknüllte Foto, das Jimmy und Sara am Badesee zeigte. Schließlich folgte er ihm.

Schon gut, dachte er, ohne es laut zu sagen.

Sie gingen schweigend. Max hatte keine Idee, wo Jimmy wohnte. Wahrscheinlich in einer alternativen Wohngemeinschaft. Soviel Max wusste, gab es in Eisenach keine besetzten Häuser. Hoffentlich gab es eine Heizung. Oder auch nur eine ordentliche Toilette. Die Übelkeit war zurückgekehrt. Dazu die brennenden Halsschmerzen.

»Können wir an einer Apotheke halten?«

Jedes Wort schmerzte.

»Ich habe alles, was du brauchst«, antwortete Jimmy und schritt weiter forsch aus. Max hatte Mühe, das Tempo mitzugehen. Sein verstauchter Knöchel behinderte ihn noch immer.

Langsam verließen sie die Innenstadt. Es ging in Richtung Südviertel. Die Villengegend. An der Brauerei bogen sie links ab und kämpften sich den Anstieg zum Burschenschaftsdenkmal hinauf. Max bekam kaum Luft. Mit jedem Muskel focht er einen Kampf aus, ehe der ihm gehorchte. In seinem Kopf hämmerte es. So hatte es geklungen, wenn sein Großvater früher die Sense gedengelt hatte. Warum waren die Knochen nur so schwer. Und dazu das anhaltende Kotzgefühl.

Das war es mit Eisenach. Selbst wenn sich die ganze Sache als der Irrtum herausstellte, der er war. Die Gemeinde würde es nicht vergessen oder verzeihen. Max war gebrandmarkt. Er trug ein unsichtbares Mal auf der Stirn. Wieder ein Priester. Natürlich. Alle hatten es gewusst. Wie die Mutter Oberin gesagt hatte. Die Geschichte würde ihm ewig anhängen. Genau wie Doro. Vielleicht sollte er doch das Geld nehmen.

Jimmy wartete ein Stück bergan. Er schien ungeduldig zu

sein. Redete kein Wort. Ging schweigend und meist einige Meter voraus. Als Max ihn erreicht hatte, lief er auch schon weiter.

Kurz vor dem Gipfel zweigte eine Straße im rechten Winkel ab. Jimmy war schon über die Kreuzung hinaus und wartete erneut. Wenigstens ging es jetzt nicht mehr bergauf. Max konnte etwas Atem schöpfen. Die Gliederschmerzen wurden immer schlimmer. Diesmal blieb Jimmy stehen. Als Max zu ihm aufgeschlossen hatte, öffnete er das hüfthohe Gartentor, das sich unauffällig zwischen zwei hohen Hecken tarnte. Der lebende Sichtschutz verbarg das dahinter liegende Anwesen vor allzu neugierigen Blicken. Eine Villa. Sanierter Altbau. Wiedererstandener Glanz. Mit Liebe zum Detail restauriert. Trotz seiner Erschöpfung blieb Max überwältigt vor der Eingangsfassade stehen und bewunderte die kunstvollen Maler- und Stuckateur-Arbeiten. Jagdmotive, pflanzliche Ornamente, mystische Symbole und kryptische Zeichen in perfekter Harmonie.

»Wir sind da«, sagte Jimmy.

27.10.2014, abends

»Wohnst du hier?«, fragte Max ungläubig.

»Nein, mir hat das Gartentor gefallen und da dachte ich: Gehen wir doch rein!«

Max stutzte.

»Ja, ich wohne hier. War ein Spaß.«

»Aber …«

Max wusste nicht, was er sagen, wie er sich ausdrücken sollte.

»Passt nicht zu meiner äußeren Erscheinung?

›Der Schein kann trügen‹, sagte das Glühwürmchen und verbrannte sich an einem Zigarettenstummel. Komm rein Max!«

Jimmy schien kurzfristig zu seiner alten Lockerheit zurückgefunden zu haben. Er hatte die Eingangstür geöffnet und begann schnell aber nicht hastig, einen mehrstelligen Code in ein Terminal neben der Garderobe einzugeben.

»Ich wohne im Moment alleine hier«, sagte Jimmy, nachdem er die Nummernfolge mit *Enter* bestätigt hatte.

»Du kannst ein Gästezimmer mit eigenem Bad haben. Davon gibt es hier zwei im ersten Stock.

Ich wohne im Erdgeschoss. Es gibt eine Terrasse mit Whirlpool.«

Max war in der Zwischenzeit bis zu der riesigen Fensterfront des Wohnzimmers vorgedrungen, vorbei an einer ausladenden Ledersofalandschaft vor einem gigantischen Flachbildfernseher. Durch die bis zum Boden reichenden Glasscheiben konnte er den angesprochenen Jacuzzi sehen. Noch beeindruckender war allerdings der Blick über die Stadt. Es war fast stockdunkel draußen und Eisenach schmückte sich mit glitzerndem und funkelndem Lichtgeschmeide. Und über allem thronte würdevoll, von warmen gelben Strahlern erleuchtet, die Wartburg. Wie eine Großmutter, die am Weihnachtsabend unter dem Baum auf ihre freudig spielenden Enkel herabsieht.

»Hier geht es in den ersten Stock«, sagte Jimmy.

Er ging wieder voraus und Max folgte. Das Gästezimmer war komfortabel eingerichtet und verfügte ebenfalls über die Postkartenaussicht. Max stellte seine Beutel in eine Ecke und zog sich die Jacke aus. Dabei bemerkte er etwas Großes, Sperriges in seiner linken Tasche. Er griff hinein und zog ein Buch heraus. Eine Bibel. SEINE Bibel. Die musste Maria ihm bei ihrer Umarmung in die Jacke gesteckt haben.

»Was ist das?«, fragte Jimmy, der sich ebenfalls von seiner Last befreit hatte.

»Nichts. Ein Buch«, antwortete Max.

Und dann rumorte es plötzlich heftig in seinen Gedärmen.

»Wo ist die Toilette?«, fragte er entsetzt.

Jimmy hatte seinen Arm noch nicht vollständig ausgestreckt, da schoss Max auch schon durch die Tür. Keine Sekunde zu früh. Wässriger Durchfall. Das hatte noch gefehlt. Die Erleichterung wirkte nur kurzzeitig. Dann setzten Bauchkrämpfe ein.

»Alles klar da drin?«, fragte Jimmy durch die Tür.

Max antwortete nicht. Ein Handy klingelte.

»… ist hier. … Bibel …«

Max verstand nur Wortfetzen, da sich Jimmy anscheinend aus dem Gästezimmer entfernte. Erst jetzt wurde ihm bewusst, dass er das Buch noch immer in der Hand hielt. Seine Bibel. Max blieb auf dem Klo sitzen und schlug wahllos eine Seite auf. Das Buch klappte bei Hiob auseinander. Seine Einträge. Die sechs Namen. Und ein kleiner, sauber gefalteter Zettel: *Ich muss dich sehen. Mittwoch 15.00 Uhr. Café am Prinzenteich. Maria.*

Was sie wohl von ihm wollte? Wie passte sie ins Bild? Max musste sich eingestehen, dass er sich auf das Treffen freute. Natürlich würde er hingehen. Ja, er vermisste sie.

Ein Radio spielte. Laut. Popmusik. Max kniffte das Stück Papier wieder zusammen und las sich zum wiederholten Mal die sechs Namen, die er gefühlt vor ewig langer Zeit in die Bibel geschrieben hatte, durch:

Marie Meier
Claudia Meißner
Lisa Schmitz
Sara Adam
Eva Zöllner
Clara Pauli

Drei Buchstabenkombinationen hatte er bis hierher schon zugeordnet. Alle versteckt in seinem Computer. Würde er sie aus dem Gedächtnis zusammenbekommen? Ein erneuter Ausbruch stoppte alle Versuche. Nicht in dem Zustand.

Mit wem hatte Jimmy telefoniert? Hatte er wirklich Bibel gesagt? Was wurde hier gespielt? Endlich schien sein Inneres trocken zu sein. Max zog sich aus, langsam, Kraft sparend. Er war total am Ende. Eine Dusche. Heißes Wasser prickelte belebend über Max' Körper. Neben der Kabine hing ein Bademantel. Die Größe stimmte. Max stieg hinein, steckte die Bibel in eine der geräumigen Taschen und verließ das Bad.

Jimmy war nicht mehr im Gästezimmer. Ein Radiosprecher verkündete, dass Thüringen fest im Griff des Noro-Virus war. Der Brechdurchfall füllte die Wartezimmer der Allgemeinärzte. Keine angenehme Vorstellung. Max legte sich aufs Bett und schloss die Augen. Blei in den Knochen. Aber schlafen konnte er nicht.

Das Radio verstummte. Schon besser. Aber auch nach weiteren zwanzig Minuten kam Max nicht zur Ruhe. Er holte die Bibel und den Maria-Zettel hervor. Hier musste es doch einen Stift geben. Auf einer antik aussehenden Kommode neben der Tür, auf der ein kunstvoll gefalteter Papierblumenstrauß in einer gläsernen Vase stand, lag ein Kugelschreiber. Sparkasse. Der Weg hin und zurück war anstrengender als ein 110-Meter-Hürdenlauf.

Max legte sich auf den Bauch, schlug die Bibel auf, legte Marias Zettel daneben und übertrug die Namen sowie die Kontonummer auf die Rückseite. Dann versuchte er, sich an die Buchstaben zu erinnern.

Zuerst Claudia Meißner. Ermordet. Physiotherapie. Die Tätowierung am Po. Ein *M* und ein A. Nein, ein *N* und ein *A*. Max schrieb die Buchstaben neben den Namen. Weiter. Marie Meier. Der Saunabesuch. Als Max daran zurückdachte, regte sich der Bademantel. Keine Kraft für Liegestütze. Eindeutig zwei *G* an einer höchst delikaten Stelle. Zuletzt Lisa Schmitz, das Playmate. Nichts. Die Erinnerung war wie weggeblasen.

»Ich habe dir eine Hühnerbrühe gemacht.«

Max schrak zusammen und zerknüllte eilig den Zettel in seiner Hand. Jimmy war ohne zu klopfen ins Zimmer getreten und trug eine dampfende Schüssel auf einem Tablett.

»Und Zwiebelsaft mit Zucker. Gut gegen Halsschmerzen.«

Er stellte das Ganze auf einen Stuhl, den er mit seinem Bein neben das Bett geschoben hatte.

»Ich lass dich jetzt allein. Bin unten, wenn du noch was brauchen solltest.«

Max wurde das Gefühl nicht los, dass Jimmy die Bibel und seine zur Faust geballte Hand, das Zettelversteck, länger als nötig fixierte. Mit wem hatte er telefoniert?

»Danke Jimmy. Ich denke, ich werde schlafen.«

Die Suppe war gut und blieb auch drin. Wohin mit dem Zettel? Max sah sich im Zimmer nach einem geeigneten Versteck um. Ja, das konnte funktionieren. Und plötzlich wurde er unendlich müde. Er schaffte es noch, den Zettel zu platzieren, bevor er wie von einem rechten Haken gefällt ins Bett stürzte.

29.10.2014, Vormittag

Der geflieste Fußboden ist kalt, drückt eisig gegen Max' Fußsohlen. Dann kommt das Wasser. Erst nur ein kleines Rinnsal, aber in Bruchteilen einer Sekunde ist alles überschwemmt. Nass und kalt. Die Kälte kriecht wie ein Tier in seinen Körper und wütet in Max' Eingeweiden. Trotzdem laufen Schweißtropfen über seine Stirn. Er bekommt kaum Luft. Seine Brust ist eingequetscht, von einer tonnenschweren Last zerdrückt. Jemand bringt Suppe. Rote Suppe. Blutsuppe. Ist das Jimmy? Er hat das Gesicht der Mutter Oberin. Sie redet auf ihn ein. Max versteht kein Wort. Doch sie hört nicht auf. Die Alte beugt sich über Max, drückt auf seine Schultern, so dass er rücklings zu Boden stürzt. Ihre Brille fällt herunter, fällt in Jimmys Gesicht. Hände streichen und streicheln über seinen Körper. Fest und fordernd. Marias Hände. Sie verwandelt sich. Verwandelt sich in Lisa, Miss Oktober. Er kann ihren Busen deutlich sehen. Unterhalb der rechten Brust prangen zwei Buchstaben. Ein *L* und ein *D*. Sie stehen für einen Exfreund.

Plötzlich schnellte Max hoch.

»Wo bin ich?«, murmelte er und sah sich verwirrt um. In einem Bett. Bei Jimmy. Alles nur geträumt. Max war nass geschwitzt, das Bett zerwühlt. Sein Bademantel hatte sich geöffnet. Die Taschen waren leer. Wo war die Bibel. Auf dem Fußboden.

Max ließ sich wieder nach hinten fallen und atmete rief durch. Er fühlte sich besser. Viel besser. Noch eine Mütze Schlaf …

Bevor Max sein Vorhaben in die Tat umsetzen konnte, klopfte es zaghaft an der Tür.

»Max, bist du wach?«

»Ja, komm rein.«

Max hob schnell die Bibel auf und deckte sich samt Buch zu.

»Endlich. Mann, du hast fast vierundzwanzig Stunden geschlafen!«, sagte Jimmy und schaute Max forschend an.

»Wieso, wie spät ist es denn?«, fragte der verblüfft.

»Mittwoch. Wie geht es dir?«

»Viel besser, danke.«

»Ich mache dir ein ordentliches Frühstück.«

»Okay. Ich geh duschen und mich rasieren.«

Als Jimmy wieder verschwunden war, stand Max erleichtert auf. Vierundzwanzig Stunden geschlafen. Aber es hatte geholfen. Er fühlte sich stark und voller Tatendrang. Als Erstes ging er zu dem Papierblumenstrauß auf der Kommode und pflückte eine verwelkte Blüte. Marias Zettel. Origami war in seiner alten Jugendgruppe sehr beliebt gewesen. Doro war ein Ass darin.

Maria wollte ihn sehen. Heute, um 15.00 Uhr. Er entfaltete das mittlerweile arg ramponierte Stück Papier und schrieb ein *LD* neben Lisas Namen. Damit waren noch drei offen. Ob die Botschaft, welche die bedauernswerte Sara Adam auf dem Körper getragen hatte, für immer verloren war? Max glaubte, etwas übersehen zu haben. Es war nur ein Gefühl. Ähnlich dem, ob man den Herd ausgeschaltet oder das Auto wirklich per Fernbedienung verriegelt hatte. Nicht dass die MZ über eine solch moderne Schließtechnik verfügen würde.

Max duschte ausgiebig und befreite sein Gesicht von den abgestorbenen Baumstümpfen. Besser. Auch der Schmetterling war fast verschwunden. Dann zog er sich frische Sachen an, verstaute die Bibel zwischen den alten und steckte den

Spickzettel in die Hosentasche. Voller Tatendrang tänzelte er die Treppe zur Küche hinunter, immer dem Geruch nach frisch gemahlenem Kaffee hinterher. Ein wundervoller Tag.

Die Küche war doppelt so groß wie Max' Wohnkammer im Nonnenheim. Jimmy hatte ordentlich aufgetafelt: Rühreier mit Speck, frischer Orangensaft, zumindest dem Aussehen nach, dampfende Brötchen vom Bäcker, eine Gourmet-Auswahl an Konfitüre, alles vom Feinsten.

Max ließ sich nicht zweimal bitten. Er hatte ein mächtiges Loch im Magen, das gestopft werden wollte. Seltsamerweise bedrückte ihn seine gegenwärtige Situation überhaupt nicht mehr. Der Stress war abgefallen. Sollten sie ihn doch verdächtigen und einsperren. Nichts konnte ihn mehr aufhalten. Woher der Sinneswandel, die Drehung um 180 Grad kam, wusste Max nicht zu sagen. Vielleicht war das Fass nach dem sprichwörtlichen Tropfen übergelaufen? Max hatte sich schon immer unter- und eingeordnet, hatte es jedem recht gemacht. Seiner Mutter, seiner Schwester, den Lehrern in der Schule. Er konnte sich nicht erinnern, wann er mal eine völlig selbstständige Entscheidung getroffen hatte. Auch der Eintritt ins Priesterseminar war mehr oder weniger auf Drängen seiner Mutter erfolgt, die nach dem Tod ihres Mannes streng religiös geworden war. In der Schule lief es nicht viel anders. Als Jugendlicher hatte Max begeistert Fußball gespielt. Allerdings ohne jedes Talent. So hatte ihn der Trainer in den Schachklub abgeschoben. Auch hier hatte Max nicht unbedingt mit Höchstleistungen geglänzt. Aber wenigstens durfte er bleiben. Unter Umständen war die Zeit nun gekommen, die Dinge selbst in die Hand zu nehmen.

»Darf ich noch ein paar Tage bei dir wohnen bleiben?«, fragte er Jimmy.

»Klar doch, solange du willst. Was hast du als Nächstes vor?«

Jimmy drehte den Porzellan-Salzstreuer wie einen Derwisch in seinen Händen und stierte dabei Löcher in die Tischplatte. Auf dem Tisch hatte sich schon ein kleiner Salzteppich ausgebildet. Er schien nervös, wich jedem direkten Blickkontakt aus. Die zurückgefundene Lockerheit hatte sich offensichtlich wieder verflüchtigt.

»Ich gehe einen Kaffee trinken«, antwortete Max.

Nun schaute Jimmy doch auf, schien eine weitere Frage stellen zu wollen, schwieg dann aber. Max lehnte sich entspannt zurück. Wahrscheinlich hatte er zu viel gegessen. Im Moment jedoch fühlte er sich wohl. Er trank den letzten würzigen Schluck Kaffee, wahrscheinlich ein teurer, importierter und erhob sich schließlich.

»Vielen Dank, Jimmy. Ich geh dann mal.«

»Ist gut.«

Max holte seine Jacke, warf noch einen letzten Blick in die Küche, in der Jimmy am Aufräumen war und verließ dann die Villa. Die frische Luft tat ihm sehr gut. Der eisige Wind hatte sich gelegt. Eine kräftige Sonne verwöhnte Eisenach und ließ die trost-, weil blattlosen Bäume und Sträucher gleich viel freundlicher erscheinen. Der dünne Schneefilm schmolz. Max machte sich auf den Abstieg in die Innenstadt.

Zwanzig Minuten später traf er am Caritas-Café ein. Er hoffte auf ein bekanntes Gesicht, mit dem er die Zeit bis zum Treffen mit Maria am etwas abgelegenen Prinzenteich verbringen konnte. Am liebsten wäre ihm Pater Liebergeld gewesen. Sein Mentor hatte ihn verstoßen. Max sehnte sich nach einer Aussprache.

An einem Mittwochvormittag war das Café üblicherweise

nur mäßig besucht. Auch heute. Ein einziger Gast saß an dem Tisch am Fenster und las eine mitgebrachte Zeitung. Sabine Schreiber. Max setzte sich wie selbstverständlich an ihren Tisch. Die Jacke behielt er an.

»Guten Tag Frau Schreiber, wie geht es Ihnen?«, fragte er gut gelaunt.

Die Journalistin zuckte zusammen und faltete rasch, es war mehr ein Zerknüllen, die *Thüringer Allgemeine* zusammen.

»Herr Hader. Schön, Sie zu sehen«, entgegnete sie sichtlich überrascht.

Ihr Gesichtsausdruck verriet nicht, ob sie es wirklich so meinte. Max bezweifelte es. Zu seiner Verwunderung war der erwartete Hohn ausgeblieben. Mit Sicherheit wusste sie, dass er das Wochenende im Knast verbracht hatte. Wähnte sie Max noch hinter Gittern? Sie nahm einen langen Schluck aus ihrer Tasse, Schwarzer Tee mit Milch, und blickte ihn dabei über den Rand hinweg an.

»Es ist schon eine Weile her«, sagte Max. »Aber ich war kurzfristig verhindert.«

»Ich weiß und es tut mir sehr leid«, antwortete die Schreiber. »Aber ich habe nichts damit zu tun, falls Sie das denken.«

Diesmal schien sie es wirklich ernst zu meinen.

»Im Gegenteil. Ich habe gehofft, Sie nach der Entlassung hier zu treffen«, fuhr sie fort.

»Um sich zu entschuldigen?«

Max öffnete die Jacke. Es war warm hier drin.

»Nein. Ja. Eigentlich, um den Fall mit Ihnen zu besprechen.«

»Welchen Fall?«

»Die Mordserie. Die Mordserie an den Geliebten von Jens Müller.«

»Sie wissen davon?«

»Ich habe eins und eins zusammengezählt.«

»Haben Sie einen Verdacht?«, fragte Max und musterte die Frau intensiv. Sie sah nicht weg.

»Nachdem Sie wieder auf freiem Fuß sind, dachte ich mir, dass Müller noch mit jemand anderem gesprochen haben muss.«

»Einem Mitgefangenen vielleicht. Ist einer geflohen oder in letzter Zeit entlassen worden?«

Max sprach langsam. Er wollte nicht zu euphorisch klingen, obwohl er zu dem gleichen Schluss in der Arrestzelle gekommen war. Und jetzt hatte er eine Verbündete.

»Das muss ich noch prüfen. Ich hatte eher an einen Polizisten gedacht. Das würde auch erklären, warum der Apparat so schnell angelaufen ist. Ein Anruf von mir hätte das bestimmt nicht bewirkt.«

Der letzte Satz war offensichtlich als Beweis gemeint, dass sie nichts mit Max' Verhaftung zu tun gehabt hatte. Ein Polizist, Beamter der Justizvollzugsanstalt. Interessante Theorie.

»Haben Sie jemand Spezielles im Auge?«, fragte Max weiter.

»Ich bin mir nicht sicher«, antwortete Schreiber. »Morgen bekomme ich weitere Informationen, die meinen Verdacht bestätigen könnten. Bis dahin möchte ich vorerst nichts erzählen.«

»Können Sie mich auf dem Laufenden halten?«

»Ich denke, ich bin Ihnen das schuldig«, antwortete die Journalistin. »Hier ist meine Karte.«

Sie reichte Max eine Visitenkarte. Max steckte sie zu Marias Zettel in die Hosentasche, ohne einen Blick darauf zu werfen.

»Denken Sie, es sind noch weitere Frauen in Gefahr?«, fragte sie.

Darauf wusste Max keine Antwort. Wenn es kein Zufall war, dass innerhalb kürzester Zeit zwei Frauen, die auf seiner Bibelliste standen, zu Tode gekommen waren, wovon auszugehen war, dann musste Max die Frage bejahen. Aber damit kam er mit dem Beichtgeheimnis in Konflikt, oder? Seine Narbe fing wieder an zu pulsieren und Max rieb automatisch daran herum.

»Ich muss jetzt leider los. Wir bleiben in Kontakt«, sagte er an Stelle einer Antwort.

Ehe Schreiber etwas erwidern konnte, war Max aufgestanden und hatte das Café verlassen. Bildete er sich nur ein, dass ihn die Kellnerin ängstlich und mit einer gewissen Abscheu angesehen hatte? Wahrscheinlich schon. Noch eine halbe Stunde bis zum Treffen mit Maria.

29.10.2014, Nachmittag

Die heiße Schokolade war gut. Kein mit Wasser angerührtes Fertigprodukt, sondern sie hatte eine dickflüssige, puddingartige Konsistenz. Nicht zu süß und nicht zu bitter. Max setzte die Tasse ab und schaute sich im Gastraum des Cafés am Prinzenteich um. Es war nicht viel los. Zwei Tische weiter saß ein Damenkränzchen, dem Aussehen nach aus dem nicht weit entfernten Seniorenstift entkommen, und unterhielt sich über durchlebte, aktuelle und bevorstehende Krankheiten und über verstorbene Bekannte. Der Raum war relativ klein und die Außenterrasse mit Blick auf den Tümpel, für den man von Mai bis September auch Ruderboote ausleihen konnte, war schon geschlossen. Obwohl heute die Sonne schien. Geschützt vor dem Ostwind hinter dicken Fensterscheiben verbreitete sie eine angenehme Wärme und eine Ahnung von Sommer.

Maria war noch nicht da. Max wartete schon eine Viertelstunde. Neben dem Tresen stand ein Zeitschriftenständer mit Lesezirkel-Magazinen. Gegen die aufkommende Langeweile und zur Ablenkung von den Krankengeschichten, eine der Damen hatte eben ihren Ärmel aufgekrempelt und zeigte die Stelle, an der sie Hautkrebs vermutete, stand Max auf und schlenderte zu dem Regal hinüber. Frauenmagazine. Ganz unten ein *Playboy*. Wie hatte der sich denn hierher verirrt? Max nahm ihn zur Hand. Es war nicht die Ausgabe, in der sich Lisa Schmitz enthüllt hatte. Trotzdem war Max der Artikel sofort wieder präsent. Und plötzlich hatte er eine Interviewzeile fast körperlich vor Augen: *Was bedeuten die beiden Buchstaben? Die Initialen eines Ex-Freundes.* Dann nagte das Gefühl, etwas übersehen zu haben erneut unangenehm an Max' Gehirn. Sein Unterbewusstsein wollte ihm etwas mitteilen.

Er legte das Magazin zurück und setzte sich wieder an seinen Tisch, ohne eine Zeitschrift mitzunehmen. Immer noch keine Spur von Maria. Max griff zur Speisekarte. Das Frühstück ließ langsam nach. Wer zwei Riesenwindbeutel schafft, muss den dritten nicht bezahlen. Er entschied sich für ein Stück Russischen Zupfkuchen. Die Bedienung, dem Vernehmen nach eine Aushilfsstudentin der Berufsakademie, wiederholte seine Bestellung langsam, sprach fast wie mit Zungenlähmung. Aber sie bewegte sich unerwartet schnell. Sobald sie den Kuchen vor Max platziert hatte, kehrte sie an ihren Tresen zurück und blätterte wieder in einer Zeitschrift. War das nicht der *Playboy*?

Mittlerweile war eine halbe Stunde vergangen. Das Damenkränzchen zahlte ihre Kännchen Kaffee und auch Max überlegte zu gehen. Mit dem Zeigefinger tupfte er die letzten Krümel von seinem Teller, als die Tür aufging. Maria. Sie schaute sich mehrmals um, bevor sie die Tür wieder schloss. Anschließend lief sie zum Fenster und spähte nach draußen. Sie erinnerte Max an einen Revolverhelden, der kurz davor stand, die Scheiben mit seinem Colt einzuschlagen und das Feuer auf heranstürmende Indianer zu eröffnen. Schließlich schien sie überzeugt zu sein, dass alles in Ordnung war. Sie kam zu Max an den Tisch, setzte sich, zog sitzend ihren Mantel aus und warf ihn rückwärts über ihre Stuhllehne, was erstaunlich elegant wirkte. Sofort zog der vertraute Blumenwiesenduft in Max' Nase. Ihr Gesicht unterschied sich allerdings ein wenig von dem, das Max unter ihrem Namen abgespeichert hatte. Etwas erinnerte es ihn an sein eigenes Verhörzimmerspiegelbild, bis auf die Bartstoppeln und den Schmetterling natürlich. Auf ihrer Stirn hatten sich drei Fältchen ausgebildet, die Max bisher noch nicht aufgefallen waren.

»Maria, schön dich zu sehen!«, begrüßte Max sie.

Merkwürdigerweise kostete es ihn keine Überwindung, die junge Frau offen anzusehen und direkt anzusprechen.

»Hallo Max. Danke, dass du gekommen bist. Was ist mit deinem Auge?«

Ihre Stimme klang müde und nicht wie das fröhliche Lachen bei ihrem gemeinsamen Kochabend.

»Nichts weiter. Habe mich gestoßen. Möchtest du etwas trinken?«

»Einen schwarzen Tee«, erwiderte sie hastig und fuhr ohne Pause fort.

»Max, ich glaube, ich werde verfolgt. Ich kann kaum noch schlafen. Ich hatte dir ja schon gesagt, dass ich bereits mehrmals das Gefühl hatte, dass jemand in meiner Abwesenheit in meinem Zimmer war. Jetzt glaube ich, dass sie kommen, wenn ich schlafe. Ich bekomme kaum noch ein Auge zu.«

Max wagte nicht, ihren Redefluss zu unterbrechen, obwohl sich einige Fragen auftaten.

»Auch die Mutter Oberin hat sich verändert. Sie spricht kaum noch mit mir und wenn, dann aggressiv. Sie weist mich wegen Kleinigkeiten zurecht, kanzelt mich regelrecht ab.«

Max musste an den Auftritt der Alten bei seinem Rauswurf denken und konnte sich lebhaft vorstellen, was Maria meinte.

»Pater Liebergeld, mit dem ich mich sonst immer aussprechen konnte, ist nur noch selten verfügbar. Er muss wohl viel in Erfurt aushelfen. Und dann noch dein Bann.«

Sie bekam feuchte Augen. Jeden Moment mussten die ersten Tränen fließen. Ein Anblick, den Max kaum ertragen konnte.

Der Tee wurde dampfend gebracht. Maria legte ihre Hände um die Tasse, starrte hinein und schwieg. Was konnte Max sagen, um sie zu trösten, sie aufzubauen? Tatsächlich konnte er ihre Situation sehr gut nachempfinden.

»Außerdem melden sich die Gespenster meiner Vergangenheit«, sagte Maria nach einer kleinen Pause leise. So leise, dass Max sie fast nicht verstehen konnte.

»Welche Gespenster?«, fragte er.

»Ich kannte die ermordete Frau.«

Das überraschte Max nicht besonders. Die Schauspielerin war in Eisenach eine kleine Berühmtheit gewesen. Sie trat oft in der *Alten Mälzerei* auf. Besonders beliebt waren die Märchen für Erwachsene in der Winterzeit.

»Du musst da raus«, sagte Max schließlich. »Ich denke, du kannst mit bei mir wohnen.«

»Wo ist das?«

Sie hatte ihre Tränen bis jetzt zurückgehalten und Max glaubte, ein Fünkchen Hoffnung in ihren müden Augen erkennen zu können. Auch die kleinen Stirnfalten glätteten sich etwas.

»Das sage ich dir, wenn ich mich vergewissert habe, dass es okay ist. Schaffst du noch eine Nacht im Wohnheim?«

»Ich denke schon«, antwortete Maria zögernd.

»Dann treffen wir uns morgen Vormittag, gegen zehn Uhr, im Caritas-Café. Bring deine Sachen mit«

»Danke Max!«

29.10.2014, früher Abend

Max entschied sich für den Rückweg durch den Karthausgarten. Im Sommer war der schöne Park eine wahre Augenfreude, hatte aber auch im Herbst, ohne blühende Blumen und grünende Bäume und Sträucher seine Reize.

Die Sonne war hinter der Wartburg in einem malerisch roten Feuerspektakel untergegangen und mit ihr waren auch die Temperaturen spürbar gefallen. Jetzt war Max froh, dass seine vorläufige Bleibe auf einer Anhöhe lag und er sich anstrengen musste, um dorthin zu gelangen. Das brachte sein Blut in Wallung und half, die Kälte zu vertreiben. Doch mitten im Anstieg blieb er stehen. Die MZ. Er sollte sie holen. Notfalls konnte er damit schnell das Weite suchen. Helm und Handschuhe steckten in den Koffern. Das Motorrad war einsatzbereit. Max machte kehrt.

Ob Jimmy etwas dagegen hatte, dass Maria vorübergehend

mit einzog, so lange, bis eine Alternative gefunden war? Wahrscheinlich nicht. Aber wo sollte sie hin? Und wo sollte er selbst hin? Was war die Alternative? Nach seiner Entlassung aus dem Gefängnis hatte Max nur von einem Tag zum nächsten gedacht. Aber das musste aufhören. Er brauchte einen Plan. Mit fünf Millionen Euro in der Tasche sah die Zukunft um einiges rosiger aus. Und mit Maria an seiner Seite? Max schob den Gedanken schnell wieder beiseite. Er kannte die junge Frau praktisch gar nicht. Wer mochte sie wohl verfolgen und vor allem warum? Oder bildete sie sich das alles nur ein? Vielleicht war es auch ein Trick von Max' unsichtbaren Gegnern. Eventuell war sie Teil der Verschwörung. Schließlich war er ihr zum ersten Mal begegnet, als er aus Tonna von Müllers Beichte zurückkam. Und wie eine Nonne sah sie nun wirklich nicht aus. Seine Bibel war bei ihr gefunden worden. Dann der Ausflug der Schwestern. Nur Maria war zurückgeblieben. Ein Zufall? Und wenn der Rauswurf aus dem Wohnheim nicht in den Plan seiner Widersacher passte, was war dann naheliegender, als über einen mysteriösen Zettel in seiner Bibel in der Jackentasche in Kontakt zu bleiben. Außerdem kannte Maria nach eigenen Angaben die tote Schauspielerin sehr gut. Ihr Ableben machte ihr zu schaffen. Was, wenn sie Kolleginnen waren. Die Darstellung einer verängstigten Frau, die sie eben im Café gegeben hatte, war auf jeden Fall preisverdächtig. Eine Schauspielerin, engagiert, um ihn zu überwachen.

Langsam setzte sich in Max' Kopf ein Puzzle zusammen, das ein stimmiges Bild ergab. Sie waren hinter ihm her. Nicht hinter ihm persönlich, aber hinter seinem Wissen um die fünf Millionen Euro. Max war regelrecht erleichtert, als er zu dieser Erkenntnis kam. War es mit dieser Erleuchtung eine gute

Idee, Maria in seine vorübergehende Bleibe zu holen? Halte dir deine Freunde nah, aber deine Feinde noch näher.

Max ließ die MZ eine Straße weiter stehen. Das Gartentor zu Jimmys Villa war verschlossen. Der Griff ließ sich nicht drehen. Also probierte Max den Klingelknopf, der im Maul eines bronzenen Löwen steckte. Als sich nach einer gefühlten Minute nichts rührte, versuchte es Max erneut. Wieder nichts. Er schaute sich um. Die Straße lag verlassen da. Die Dämmerung hatte eingesetzt und nach und nach flammten die Straßenlaternen gelblich auf. Okay. Max stützte sich mit beiden Händen auf das hüfthohe Tor und wollte eben seine Beine drüberwuchten, als ein elektrischer Summer ertönte und die Pforte, mit Max darauf gestützt, die Füße in der Luft, aufschwang.

Jimmy empfing ihn an der Haustür. Er trug ein großes Whiskyglas, der Farbe nach zu schließen mit passendem Inhalt, mit einem unüblich hohen Pegelstand und ein feuerrotes Gesicht. Er hielt sich mit der freien Hand an der Tür fest und Max hatte den Eindruck, dass dies auch dringend notwendig war. Im Hintergrund dudelte Fahrstuhlmusik.

»Na Herr Pfarrer, warst du bei dieser Marie?«, lallte er.

»Maria«, verbesserte Max. So hatte er seinen Freund noch nicht erlebt. Normalerweise rührte Jimmy keinen Tropfen Alkohol an.

»Oh, Entschuldigung«, antwortete Jimmy.

Seine Worte waren nur schwer zu verstehen, da er die Hälfte verschluckte. Dann schoss die bis dato türumklammernde Hand plötzlich nach vorn und packte Max an der Schulter. Jimmy brachte sein Gesicht ganz nah vor das von Max und starrte ihn an. Max konnte den Alkoholgeruch fast greifen.

»Sie ist nicht das, was sie scheint«, sagte er plötzlich schneidend deutlich.

Was du nicht sagst, dachte Max, schwieg aber.

Stattdessen schob er seinen Gastgeber rückwärts in den Raum und half ihm, sich auf das riesige Sofa zu setzen. Dann schloss Max die Haustür, stellte die Schuhe ordentlich auf den Abtreter und hängte seine Jacke an die Garderobe.

Jimmy hatte sich in der Zwischenzeit nachgeschenkt und betrachtete die bernsteinfarbene Flüssigkeit im Licht des gedimmten Deckenfluters, der die einzige Lichtquelle im Wohnzimmer darstellte.

»Du weißt nicht, auf was du dich eingelassen hast.«

Max war erstaunt, dass Jimmy noch solch lange Sätze zustande brachte. Er lallte jetzt wieder extrem.

»Und du solltest weniger trinken«, antwortete Max.

»Alkohol gibt keine Antworten, aber man vergisst die Frage.«

Max setzte sich auf einen Sessel schräg gegenüber und beobachtete seinen Freund. War er das, ein Freund? Oder gehörte er dazu, war Teil des Spieles? Machte er womöglich mit Maria gemeinsame Sache? War es somit eine gute Idee, beide um sich zu haben? Wie ging der Spruch mit den Freunden und Feinden und sich umgeben noch mal? Halte dir deine Freunde nah, aber deine Feinde noch näher.

»Kann Sie hier wohnen?«

Jimmy hatte die Augen geschlossen und riss sie nun wieder weit auf, so dass Max befürchtete, die Augäpfel könnten herausfallen.

»Wer?«, fragte er.

»Na Maria.«

»Ich muss aufs Klo.«

Jimmy sprang auf und hüpfte wie eine Flipperkugel durch das Wohnzimmer. Zehn Minuten vergingen. Max starrte aus der Fensterfront auf das einschlafende Eisenach und versuchte, seinen Kopf leer zu räumen. Vielleicht half der Whisky ja wirklich. Er goss sich ebenfalls ein Glas voll ein, stand auf und ging durch den Salon. Eine Wand wurde von einem bis zur Decke reichenden Bücherschrank eingenommen. Max las einige Buchrücken. Viele religiöse Themen. Dann war die Musik zu Ende und Gemurmel aus Richtung Badezimmer zu hören. Was machte Jimmy da? Max ging näher heran.

»Das kann ich nicht. Nicht noch einmal«, glaubte Max durch die geschlossene Tür verstehen zu können. Dann Stille. Schnell kehrte Max zu seinem Sessel zurück und setzte sich gerade in dem Moment, in dem Jimmy aus dem Bad herausgestürmt kam. Zielstrebig steuerte der die Whisky-Flasche an, kippte den beachtlichen Rest in sein Glas und leerte es in einem Zug. Sekunden später fiel er nach hinten in die Sofalandschaft und gleichzeitig in einen komaähnlichen Schlaf. Max hatte fasziniert zugesehen. Jetzt stand er auf, deckte Jimmy mit einer Dekodecke zu, öffnete die Terrassentür und trat ins Freie, sein Glas in der Hand.

Eisenach ähnelte aus dieser Perspektive einer Modelleisenbahnlandschaft. Ein Diorama mit lebenden Bestandteilen. So viele Menschen, alle mit Problemen und Sorgen behaftet. Zukunftsängsten, Stress in der Familie, mit Freunden und Partnern. Plötzlich schlug ein Geistesblitz in Max' Hirn ein. Freunde und Partner. Was hatte der schielende Polizist Max kurz vor Schluss gefragt, ob er den Namen kenne, der so oft in Saras Tagebuch aufgetaucht war. Ein Exfreund, mit dem sie schlechte Erfahrungen gemacht hatte. Und was war in dem Interview des Playmates zu lesen? *Was bedeuten die beiden Buchstaben? Die Initialen eines Exfreundes.* Wie lautete der Name von Saras Freund noch mal? Etwas mit *B*. Bernd? Benny? Björn! Björn Ignaz. *BI*. So musste es sein. Auf jeden Fall kam es auf einen Versuch an.

Aufgeregt kramte Max mit der freien Hand in der hinteren Hosentasche seiner Jeans nach dem Schmierzettel und schüttete dabei einen großen Schwapp Alkohol auf seine Socken. Er versuchte, den Zettel einhändig zu entfalten, ließ ihn dabei fallen und konnte mit einem großen Ausfallschritt gerade noch drauftreten, bevor eine Windbö ihn zum Nachbarn wehte. Ausreichend gewarnt trat Max den Rückzug in die Villa an. Als er sich vergewissert hatte, dass Jimmy noch außer Gefecht, sonst aber nicht in Gefahr war, ging Max in sein Zimmer in den ersten Stock. Er setzte sich auf das Bett, nahm den Stift von der Kommode und schrieb die eben gefundenen zwei Buchstaben auf seine Liste:

Marie Meier (Schulze)	GG
Claudia Meißner	NA
Lisa Schmitz	LD
Sara Adam	BI
Eva Zöllner	
Clara Pauli	

Was sollte das für ein Wort ergeben? Max schrieb jede noch freie Stelle auf seinem Zettel mit möglichen Buchstabenkombinationen voll. Nichts ergab einen Sinn. BINA? NABI? NALD? BIGG? BILD? Ein zusammengesetztes Substantiv mit BILD? Anscheinend war das Rätsel ohne die letzten zwei Buchstabenpaarungen nicht zu lösen. Vielleicht war *BI* doch nicht richtig? Eva Zöllner und Clara Pauli. Ohne die Tätowierungen dieser beiden Frauen ließ sich das nicht klären. Jimmy hatte doch sicherlich einen PC mit Internetanschluss im Haus. Wahrscheinlich gab es ein Arbeitszimmer. Angrenzend an den Salon hatte Max eine Tür bemerkt. Einen Versuch war es wert. Er stand auf und schlich auf leisen Sohlen die Treppe hinunter. Aus dem Wohnzimmer kamen gleichmäßige Schnarchlaute. Max warf einen kurzen Blick hinein. Jimmy lag noch genauso da, wie Max ihn verlassen hatte, beleuchtet von der einsamen Stehlampe. Max ging zufrieden langsam weiter bis vor die unbekannte Tür. Vorsichtig griff er nach der Klinke, fast erwartend, dass sie unter Strom stand oder glühend heiß war. Aber zu seiner Überraschung war sie weder das eine noch das andere. Im Gegenteil, die Tür war nicht einmal verschlossen. Max öffnete sie erst einen Spalt, lugte hindurch und als er im Dämmerlicht einen Schreibtisch erkannte, schlüpfte er hinein.

Auf dem Tisch stand eine Lampe, ähnlich der im Nonnenwohnheim. Wie lange war es her, dass Max dort hinausgeflogen war? Er schaltete die Lampe ein und sah sich in dem Raum um. Ein typisches Arbeitszimmer. Regale an drei Wänden, vollgestopft mit Büchern und Akten und an der einzigen freien Wand eine großformatige Reproduktion des letzten Abendmahls. Aber Max hatte es eilig. Er räumte das aufgeschlagene Buch, das einen Großteil des Schreibtisches einnahm, beiseite. Ein Fachbuch zum Thema Finanzwesen mit handschriftlichen Bemerkungen und Unterstreichungen beim Kapitel Schweiz. Max zog die Tastatur zu sich heran. Der Rechner war noch eingeschaltet und als Max an die Maus kam, erwachte der Flachbildmonitor zum Leben. Natürlich wurde ein Passwort gefordert. Enttäuscht lehnte sich Max in dem bequemen Drehstuhl zurück und starrte den ihm gegenüber sitzenden Jesus an. Warum nicht? Er tippte *Abendmahl* und die Eingabemaske verschwand. Er war drin.

Auf dem Desktop waren unzählige Verknüpfungen platziert. Zu Programmen, von denen Max noch nie etwas gehört hatte, aber auch zu Dateien. Doch er wollte nicht schnüffeln, sondern startete den Internetexplorer und wählte die Google-Seite. Eva Zöllner und Clara Pauli. Erneut keine Treffer.

30.10.2014, morgens

Das Tageslicht fiel wie das Negativ eines Sonnenuhrzeigers in Max' Zimmer und wanderte als scharfer Streifen über den Fußboden, das Bett hinauf bis schließlich in Max' Gesicht. Er hatte erstaunlich gut geschlafen und nach einer belebenden, heißen Dusche stieg er ins Erdgeschoss hinab auf der Suche nach seinem Gastgeber. Jimmy hatte gestern die Frage nicht beantwortet, ob Maria ebenfalls vorübergehend hier wohnen durfte. Bis zum vereinbarten Treffpunkt waren es nur noch zwei Stunden. Bis dahin brauchte Max Gewissheit.

Das Sofa, das Jimmy gestern Abend noch fast vollständig umschlossen hatte, sowie Wohnzimmer und Küche waren verlassen. Abgestandener Alkoholdunst hing in der Luft, ein Aroma, wie es kleine Dorfkneipen zum Frühschoppen verströmten. Max öffnete die Terrassentür, um etwas frische Luft hereinzulassen und strich weiter durch die ausgedehnte Villa. Die Tür zum Arbeitszimmer war nur angelehnt und Max lugte hinein. Der Computermonitor war diesmal schwarz und auch das Finanzbuch war verschwunden, aber kein Jimmy anwesend.

Enttäuscht machte Max sich ein schnelles Frühstück zurecht. Nachdem er das benutzte Geschirr pflichtbewusst per Hand abgewaschen hatte, zog er sich seine Jacke über, vergewisserte sich, dass der Notizzettel noch in seiner Tasche steckte, nahm wie selbstverständlich einen Zweitschlüssel aus der Flurkommode, wie er es bei Jimmy beobachtet hatte und machte sich auf den Weg ins Café zum Treffen mit Maria. Die Alarmanlage blieb ungesichert, da Jimmy ihm den Code bisher noch nicht mitgeteilt hatte.

Die Luft war frisch, aber starr. Der Wind der vergangenen Tage hatte sich vollständig gelegt und auch die geschlossene Wolkendecke in den oberen Luftschichten bewegte sich keinen Millimeter. Dadurch hatte die Sonne auch keine Chance, einen Blick auf Eisenach zu werfen. Die Stadt blieb grau und wirkte schmutzig. Max ließ die MZ stehen. Etwas Bewegung an der frischen Luft kam ihm jetzt eher gelegen.

Das Café war leer. Der Kellner, dessen Namen Max immer wieder vergaß, stand hinter dem Tresen und schwatzte mit dem Koch. Als sie Max sahen und womöglich erkannten, stoppten sie mitten im Satz und schauten misstrauisch herüber. Max ging zu seinem Lieblingstisch am Fenster und warf seine Jacke über die Stuhllehne. Als sie glaubten, dass er sie nicht mehr sehen konnte, steckten sie die Köpfe zusammen und führten eine aufgeregte Diskussion. Max hatte diese Verhaltensweisen schon einmal erlebt. Damals, als ihn Doro beschuldigt hatte, sich ihr unsittlich genähert zu haben. Es würde auch diesmal kein glückliches Ende nehmen wenn er hier blieb, da war sich Max sicher.

Er musste gute zehn Minuten warten, ehe sich der Kellner, Paul oder Philip, bequemte, die Bestellung, ein Kännchen Kaffee, aufzunehmen. Dann dauerte es noch einmal solange, ehe er das dampfende Getränk an den Tisch brachte. Trotzdem ließ Maria weiterhin auf sich warten. Hatte sie es sich anders überlegt und wollte doch im Wohnheim bleiben? So wie sie gestern ausgesehen hatte, glaubte Max das nicht. Oder war ihr etwas zugestoßen? Max zwang sich, ruhig zu bleiben, trank in kleinen Schlucken und blätterte durch die *Thüringer Allgemeine*, die als Service für die Gäste auslag. Wie früher üblich, waren ihre Seiten zwischen zwei dicke Holzleisten geklemmt.

Schließlich war eine Stunde vergangen und das Kännchen leer. Max stand auf und ging vor zum Tresen, hinter dem Peter oder Pjotr übertrieben sorgfältig mit einem Wischtuch das Spülbecken trocknete.

»Ich bin hier verabredet«, sagte Max. »Mit Maria. Ich muss nur mal zehn Minuten weg. Sie soll bitte warten, falls sie in der Zwischenzeit auftaucht.«

»Erst bezahlen«, antwortete der Kellner schroff ohne aufzusehen.

Max stutzte, zählte dann aber Kleingeld klappernd auf den Rand des Edelstahlspülbeckens und verließ das Café. Er hatte sich überlegt, Sabine Schreiber anzurufen und zu hören, wie sie mit den Ermittlungen über eventuelle Kumpane Müllers in der JVA vorangekommen war. Die nächste Telefonsäule war nur wenige Minuten entfernt. Aber sie funktionierte nicht. Jemand hatte wohl einen Hörer benötigt und diesen herausgerissen. Bei der nächsten Säule hatte Max mehr Glück. Dummerweise stand sie an einer gut befahrenen und auch belaufenen Straße. Die gelben Kabinen abzuräumen und stattdessen seelenlose Pfosten aufzustellen, war keine kundenfreundliche Entscheidung der Telekom gewesen.

Max kramte die Visitenkarte aus seiner Hosentasche und

wählte die Eisenacher Nummer. Hoffentlich fasste sich die Journalistin kurz. Sein Kleingeld reichte höchstens für zwei Minuten Sprechzeit. Beim Abnehmen war sie auf jeden Fall schnell. Schon nach dem ersten Klingeln meldete sich die mittlerweile vertraute Quietschstimme.

»Schreiber.«

»Ich bin es, Max Hader.«

»Wer spricht da? Ich verstehe sie kaum.«

»Hader, Max Hader.«

»Sind Sie auf einem Flughafen? Keine gute Idee, das Land jetzt zu verlassen.«

»Nein. Haben Sie etwas herausbekommen?«

Max schrie in den Hörer, um sich verständlich zu machen und zog damit die Blicke der Passanten auf sich.

»Keine Ausbrüche«, fasste Schreiber knapp zusammen. Und Max stellte sich vor, wie sie an einem unordentlichen Schreibtisch saß, einen Bleistift hinter dem Ohr, den Telefonhörer zwischen Wange und Schulter eingeklemmt und beidhändig nach ihren Notizen suchte.

»Zwei Wärter haben planmäßig Urlaub genommen. Einer ist wie gewöhnlich mit der gesamten Familie auf Mallorca, der andere gilt als Einzelgänger und die Kollegen und Vorgesetzten konnten mir nichts über seine Pläne sagen. Sie waren generell nicht sehr gesprächig. Haben Angst vor der Journaille. Erst als ich sagte, dass ich gemeinsam mit einem katholischen Pfarrer über das schwere Los der Angestellten schreiben möchte, haben sie sich ein wenig geöffnet. Ich haben ihren Namen genannt.«

Max seufzte, sagte aber nichts. So fuhr die Journalistin fort: »Er ist wahrscheinlich bei seiner Mutter in Thal, also ganz in der Nähe. Aktuell ist das unser heißester Kandidat.«

»Danke Frau Schreiber. Ich muss jetzt Schluss machen. Mein Kleingeld ist alle. Ich rufe wieder …«

Die Verbindung brach plötzlich ab und Max hörte, wie sein Geld in die Tiefen der Edelstahlsäule hinabkullerte. Er legte auf und kehrte in das Café zurück.

Das hatte sich in der Zwischenzeit zwar gefüllt, von Maria war allerdings immer noch nichts zu sehen. Max wandte sich erneut an den Kellner:

»War sie hier?«, fragte er.

»Wer?«

»Maria.«

»Ich habe sie nicht gesehen.«

Das war zwar keine eindeutige Antwort auf die Frage, aber Max bezweifelte, dass er noch mehr würde in Erfahrung bringen können. Und außerdem hätte sie wahrscheinlich gewartet oder zumindest eine Nachricht hinterlassen. Das setzte voraus, das Pascal oder Pepe diese auch übermittelt hätte.

Also beschloss Max, es direkt am Wohnheim zu versuchen. Der Blick zum Himmel verhieß nichts Gutes. Die Wolkendecke lag immer noch dunkelgrau und drohend über der Stadt und schien von Minute zu Minute weiter herabzusinken, um Eisenach komplett unter sich zu begraben.

Eine Viertelstunde später hatte Max sein ehemaliges Zuhause erreicht. Den Schlüssel probierte er erst gar nicht, sondern drückte ausdauernd auf den ehemals weißen Plastikklingelknopf, dessen Farbe zu einem schmutzigen Grau mutiert war. Nichts rührte sich. Normalerweise waren die Schwestern um diese Zeit ausgeschwärmt, halfen in diversen kirchlichen Einrichtungen der Stadt. Doch Max ließ nicht locker. Er klingelte erneut und hämmerte schließlich mit beiden Fäusten gegen die massive hölzerne Eingangstür. Einige Passanten drehten sich zu ihm um, schüttelten den Kopf, murmelten irgendetwas und gingen weiter.

Endlich öffnete sich die Tür einen Spalt und ein Teil des Gesichtes der Mutter Oberin erschien dahinter. Schnell versuchte Max seinen Schuh in die Lücke zu zwängen, aber die Schwester war erstaunlich kräftig.

»Sie schon wieder. Was wollen Sie?«, fragte sie barsch.

Der Empfang war genauso frostig wie der letzte Abschied.

»Ich möchte mit Maria sprechen.«

»Die ist nicht hier. Hat sowieso nicht in unser Haus gepasst. Genau wie sie, Herr Hader. Aber jetzt kommt alles wieder in Ordnung. Wir sind sie beide los. Ruhe wird wieder einkehren. Eine Schwester mit Herrenbesuch. Das ist gegen unsere Hausregeln.«

Die Nonne sprach schnell und abgehackt.

»Wer hat sie besucht?«

»Verschwinden Sie, oder ich rufe die Polizei. Denen sind Sie ja mittlerweile bekannt. Ich habe es von Anfang an gesagt.«

Plötzlich drückte die Oberin mit all ihrer Kraft und schaffte es, Max' Schuhwiderstand zu brechen und die Tür zu schließen. Max hörte, wie sie den großen Schlüssel drehte und den Eingang verriegelte. Er war versucht, erneut zu klingeln und zu klopfen, ließ es dann aber doch bleiben. Auf einen nochmaligen Kontakt mit der Polizei konnte er gut verzichten. Wie jetzt weiter? Max brauchte einen guten und verlässlichen Ratgeber. Einen Menschen, mit dem er offen reden konnte und der ihn nicht anhand von Gerüchten vorverurteilte. Er brauchte einen väterlichen Freund. Max atmete tief durch und machte sich auf den Weg zu dem Menschen, den er schon viel früher hätte aufsuchen und dem er die ganze Geschichte hätte beichten sollen.

30.10.2014, früher Nachmittag

Auch die Wohnung von Pater Liebergeld war bequem zu Fuß zu erreichen. Und da die Regentropfen beschlossen hatten, noch einen Moment in der schützenden Wolkenumhüllung zu verweilen, war der Spaziergang recht angenehm. Liebergeld wohnte nicht im Pfarrhaus, wie sonst für einen Priester üblich. Das Gebäude wurde schon seit Jahren saniert, immer Stückchen für Stückchen. Doch aufgrund des chronischen Geldmangels der Gemeinde gingen die Arbeiten in letzter Zeit noch schleppender als gewöhnlich voran. Im Moment wartete der Fensterbauer auf die Zahlung der ausstehenden Rechnung. Erst dann würde er liefern und auch erst dann würden die Löcher in den Wänden, die jetzt durch blaue Plastikplanen notdürftig verschlossen waren, in neuem Glanz erstrahlen.

Pater Liebergeld wohnte stattdessen in einem großen sanierten Altbaumietshaus in der Innenstadt. Clemdastraße. Zum Eingang führte ein überdachtes Portal hinauf. Sehr mondän. Wie üblich war die hohe Eingangstür tagsüber unverschlossen und ließ sich mit einigem Kraftaufwand aufdrücken. Wie schon damals, bei seinem ersten Besuch, als Max frisch in der Gemeinde eingetroffen war, bewunderte er die verschnörkelten und aufwendig restaurierten Wandmalereien des Hausflurs. Seinerzeit hatte Liebergeld Max mit einer Wärme und Freundlichkeit empfangen, welche die Befürchtungen, dass die Gerüchte aus seinem alten Wirkungskreis ihm hier in Eisenach einen miserablen Start bescheren würden, sofort zerstreut hatten. Sie hatten sich im Arbeitszimmer des Paters, das jetzt, wo Max darüber nachdachte, verblüffend dem von Jimmy ähnelte, lange und ausführlich unterhalten. Sogar ein letztes Abendmahl hing auch hier an der Wand.

Liebergeld wohnte im dritten Stock. Die Holzstufen der Treppe knarrten bei jedem Schritt und Max war ein wenig außer Puste, als er die Wohnung endlich erreicht hatte. Die doppelflügelige Eingangstür mit eingesetzten Glasfenstern und einer normalen, auch von außen zu betätigenden Klinke war sicherlich ein Alptraum für jede Versicherung, wenn sie davon wusste. Sah aber auch sehr edel aus.

Max war kurz davor, den Klingelknopf unter dem eleganten gravierten Namensschild zu drücken, als er Stimmen aus dem Inneren der Wohnung hörte. Sie stritten sich. Mindestens zwei Personen. Er konnte zwar kein Wort verstehen, aber die Modulation kam ihm merkwürdig vertraut vor. Dann schrie eine Frau, laut, schrill und in Panik.

Ohne zu zögern drückte Max die Klinke herunter. Die Tür war nicht abgeschlossen und schwang lautlos auf. Max betrat den kurzen Flur und versuchte, sich den Grundriss der Wohnung von seinem letzten Besuch her in Erinnerung zu rufen. Gleich rechts war das Bad, links die Küche. Anschließend daran eine kleine Kammer, die früher als Vorratsraum gedient hatte und in der jetzt eine Hantelbank stand. Dann ein Wohnzimmer und am Ende des Flures das Arbeitszimmer. Von dort kam der Lärm. Der verbale Streit hatte sich in Stöhnen und das unheilvolle Schieben, Anschlagen und Umfallen von Möbelstücken gewandelt, das eine handfeste Auseinandersetzung begleitete.

Max steuerte zielstrebig darauf zu. Die Tür stand weit offen. Das Zimmer öffnete sich nach links, so dass Max erst um die Ecke sehen musste, bis er das Geschehen erfassen konnte. Zwei Stühle lagen auf dem Boden, ein Tisch hatte sich aus seiner angestammten Lage bewegt und mitten in dem so geschaffenen Freiraum lag Maria auf dem Boden, Liebergeld und Jimmy zerrten an ihr. Der Pater hatte ihren linken Arm gegriffen und versuchte ihn mit seinem Knie über ihrem Kopf auf dem Fußboden zu fixieren. Jimmy war krampfhaft damit beschäftigt, Marias anderen Arm zu fassen zu kriegen. Doch sie wehrte sich geschickt und mit dem Mut der Verzweiflung. Immer wieder stieß sie ihre Knie in Jimmys Rippen. Die ganze Rangelei ging in erstaunlicher Stille von statten. Nur hin und wieder war ein schmerzvolles Stöhnen zu hören, wenn Maria eines ihrer Knie ins Ziel gebracht hatte.

Jetzt holte sie mit ihrer noch freien Hand aus und fuhr Jimmy heftig durch das Gesicht. Ihre Fingernägel hinterließen eine tiefe Blutspur. Jimmy zuckte zurück, griff sich an die Wange. Den Moment nutzte Maria und trat ihrem Peiniger mit voller Wucht in die Weichteile. Jimmy gab ein Grunzen von sich, griff sich in den Schritt und fiel nach hinten auf den Hosenboden. Maria schien selbst von dem Erfolg ihres Tritts überrascht, hielt kurz inne. Das nutzte Liebergeld, um ihren noch freien Arm zu greifen und ihn ebenfalls über ihrem Kopf festzupinnen.

»Nimm ihre Beine«, schrie er Jimmy an.

Dabei hatte das Gesicht des Paters seinen gütigen und mitfühlenden Ausdruck verloren. Seine Augen wirkten schwarz und dunkel und um seine Mundwinkel spielte ein scharfer, grausamer Zug. Er sah aus wie Liebergelds böser Zwillingsbruder. Der Liebergeld-Hyde.

Max hatte bis hierher wie versteinert zugesehen, unfähig einzugreifen. Liebergelds Ruf, seine Stimme, die so gar nichts mit dem sonoren Gottesdienstbass zu tun hatte, den sein

Mentor sonst gerne und freigiebig ertönen ließ, riss Max aber aus seiner Lethargie.

Als Jimmy sich wieder aufrappelte, um dem Festhaltebefehl nachzukommen, beugte sich Max nach vorn und rannte los. Wie ein wütend angreifender Rugbyspieler traf er Jimmy mit seiner Schulter am Brustkorb, hob ihn von den Beinen und warf ihn nach hinten um. Jimmy schlug hart auf dem Boden auf. Sein Kopf traf den massiven Fuß einer gusseisernen Stehlampe mit voller Wucht. Er blieb regungslos liegen. Max war ebenfalls zu Boden gegangen, aber Jimmy hatte seinen Sturz abgefedert. Sofort versuchte er, wieder auf die Füße zu kommen, um es mit Liebergeld aufzunehmen. Leicht benommen drehte er sich um, ballte die Fäuste wie ein angeschlagener Boxkämpfer, doch der Pater war verschwunden.

Maria saß auf dem Teppich mit dem Rücken an den protzigen Echtholzschreibtisch gelehnt. Sie hatte ihre Beine angehockt und ihre Arme drumgeschlungen und sie weinte. Ihre Bluse hing in Fetzen und auf ihren nackten Armen und Handgelenken zeichneten sich bereits erste blaue Flecken ab.

Nachdem Max sie einen Wimpernschlag lang fassungslos angestarrt hatte, setzte er sich neben sie auf den Boden und legte seine Arm um sie. Maria zitterte und weinte. Dann kuschelte sie ihren Kopf an Max' Schulter und Max spürte, wie sie immer wieder heftige Krämpfe durchschüttelten.

»Was ist hier passiert?«, fragte er schließlich leise.

»Ich weiß es nicht«, schluchzte Maria.

»Wie bist du hierhergekommen?«

»Als du im Café gesagt hast, ich müsste noch eine Nacht bei den Schwestern aushalten, dachte ich zuerst, dass ich es schaffen könnte. Doch dann wurde es immer schlimmer. Ich habe wieder kein Auge zugetan, bin aufgestanden. Im Aufenthaltsraum traf ich Liebergeld und die Mutter Oberin. Sie taten erstaunt und überrascht und stellten mich zur Rede, warum ich zu solch unchristlichen Zeiten noch nicht im Bett sei. Ich habe mir meine Last von der Seele geredet. Und Pater Liebergeld hat angeboten, dass ich eine Nacht bei ihm bleiben könnte. Das habe ich dankend angenommen. Auch die Mutter Oberin schien froh zu sein, mich nicht mehr im Haus zu haben.«

»Sie erwähnte so etwas«, bestätigte Max.

»Der Pater war sehr reizend zu mir. Er stellte mir sein Schlafzimmer zur Verfügung und zog sich in sein Büro zurück. Aber auch hier konnte ich keinen Schlaf finden. Ich hatte das Gefühl, ebenso wie in meinem Schwesternzimmer unter Beobachtung zu stehen.«

Maria machte eine Pause, nahm ihren Kopf wieder von Max' Schulter und setzte sich aufrecht hin.

»Hast du ein Taschentuch?«, fragte sie.

Max kramte eines aus seiner Hosentasche und Maria schnäuzte sich ausgiebig.

»Und dann?«, fragte Max.

»Heute Morgen frühstückten wir zusammen, sprachen über dies und das. Liebergeld sagte, er müsste etwas erledigen, wäre aber gegen Mittag zurück und ich könnte so lange in seiner Wohnung bleiben. Ich willigte ein. Nach zwei Stunden wollte ich an die frische Luft, aber der Pater hatte mich eingeschlossen. Sicher ein Versehen, Macht der Gewohnheit, dachte ich. Aber er kam mit Jimmy zurück und sie fielen sofort über mich her.«

»Aber was wollten sie?«

»Ich weiß es nicht. Vielleicht wollten sie mich vergewaltigen«, sagte Maria zögernd und versuchte mit den Resten ihrer Bluse ihren Körper zu bedecken.

Vergewaltigung? Das konnte sich Max nicht vorstellen, weder bei Jimmy noch bei Pater Liebergeld. Er stand auf und ging im Zimmer auf und ab. Jimmy lag immer noch unter der Lampe. Wenigstens blutete er nicht, von den Kratzern im Gesicht abgesehen. Und auch sein Brustkorb hob und senkte sich gleichmäßig. Max ging um den Schreibtisch herum und schaute aus dem Fenster. Draußen ging das Leben seinen gewohnten Gang, unbeeindruckt von der Tragödie, die sich hier eben abgespielt hatte. Als Max sich wieder umdrehte, fiel sein Blick auf den Schreibtisch. Eine der seitlichen Türen stand offen. Dahinter war ein kleiner Monitor zu sehen. Ein Bildschirm, der den Eingangsbereich des Mietshauses zeigte. Jeder der ein- und ausging wurde erfasst.

Nun war auch Maria aufgestanden.

»Lass uns bitte hier verschwinden«, sagte sie. »Ich glaube, Jimmy kommt wieder zu sich.«

»Okay«, sagte Max. »Aber an der nächsten Telefonzelle rufen wir die Polizei. Die sollen sich um unseren Freund kümmern.«

30.10.2014, abends

Max und Maria hatten lange gestritten, ob sie die Polizei oder einen Krankenwagen rufen sollten. Max vertrat die Position mit einer ihm selbst unbekannten Vehemenz, dass es sich eindeutig um einen Überfall gehandelt hatte. Freiheitsberaubung. Körperverletzung. Ein Fall für die Männer in Blau. Maria allerdings meinte, dass ja nichts passiert sei und medizinische Hilfe für Jimmy eher angebracht war. Sie hatten in strömendem Regen um die Telefonsäule herumgestanden, von der aus Max früher am Tag Sabine Schreiber angerufen hatte. Schließlich hatte er nachgegeben, wie immer, und sie hatten den Rettungsdienst verständigt, anonym natürlich.

Erst als die Sirene eines Krankenwagens zu hören war, verließen sie ihren Beobachtungsposten und machten sich aus dem Staub. Max hatte noch den Zweitschlüssel von Jimmys Villa in der Tasche und hoffte, dass die Alarmanlage nicht aktiviert war. Aber da er der Letzte war, der das Haus verlassen hatte, sollte das so sein. Also wandten sie sich zielstrebig dem Eisenacher Südviertel zu.

Es regnete immer noch. Dicke, schwere Tropfen prasselten auf den Betonboden und spritzten kleine Wasserfontänen in die Höhe. Beide waren bis auf die Haut durchnässt und froren erbärmlich. Die Sachen klebten am Körper wie Frischhaltefolie an Eisbein. Wasser schmatzte bei jedem Schritt in ihren Schuhen.

Sie gingen schweigend nebeneinander und jeder hing seinen eigenen Gedanken nach. Max versuchte, sich einen Reim auf die Geschichte zu machen. Und so langsam formte sich das Puzzlebild in seinem Kopf. Es fehlten nur noch wenige Teile.

Wie vermutet bereitete die Alarmanlage keine Schwierigkeiten. Die große Villa schien Maria nur wenig zu beeindrucken. Im Gegenteil. Sie bewegte sich mit einer Sicherheit durch die verschiedenen Räume, die Max vermuten ließ, dass sie nicht zum ersten Mal hier war.

»Ich geh duschen«, sagte sie.

»Okay.«

Nachdem Maria im Hauptbad verschwunden war, folgte Max ihrem Beispiel im Gästetrakt. Das heiße, massierende Wasser war eine Wohltat. Nachdem er sich frische Sachen übergezogen hatte und von Maria noch nichts zu sehen war, ging Max in Jimmys Arbeitszimmer. Von dessen Telefon wählte er die Nummer der Journalistin Schreiber. Zwar bezweifelte er, dass sie noch im Büro war, aber man konnte ja nie wissen. Und tatsächlich. Nach einem elektronischen Knacken meldete sie sich:

»Schreiber.«

»Sie machen wohl nie Feierabend?«, fragte Max.

»Ist eine Rufumleitung auf mein Handy. Sind Sie das, Herr Hader.«

»Ja. Haben Sie mit der Mutter des Polizisten gesprochen?«

»Allerdings. Sie hat sich lang und breit bei mir beschwert, über ihren Filius. Er schläft lange, geht oft aus dem Haus und sagt nicht wohin, kommt mitten in der Nacht wieder. Lässt seine Wäsche da, isst den Kühlschrank leer.

Alles Sachen, die man von einem pubertierenden Teenager erwarten würde, nicht aber von einem gestandenen Justizvollzugsbeamten.«

»Freundinnen oder Hobbys?«, hakte Max ein.

»Er hat wohl früher mit Begeisterung bei einem Schlachter ausgeholfen. So einem, den man zu sich nach Hause holen konnte und der dann ein eigenes Schwein oder eine mitgebrachte Schweinehälfte zerlegt hat.«

»Ist das ein Kandidat?«

»Ich bin mir nicht sicher«, antwortete die Journalistin. »Aber er scheint Geld zu haben. Die Kollegen munkeln etwas in dieser Richtung. Keiner weiß es genau. Manche meinen, er habe schon vor langer Zeit im Lotto gewonnen. Andere behaupten, er hätte was mit einer vermögenden Frau gehabt, die dann gestorben sei und ihm eine Erbschaft hinterlassen habe. Kann ich mir nicht vorstellen, wenn ich ihn auf Fotos betrachte.«

Dann öffnete sich die Tür des Arbeitszimmers und Maria schaute herein.

»Ich habe Stimmen gehört und dachte, es wäre jemand hier«, sagte sie.

Sie hatte sich in einen zu großen Bademantel gewickelt und trug einen Handtuchturban auf dem Kopf, aus der eine einzelne feuchte rote Locke hervorlugte.

»Ich muss jetzt Schluss machen«, sagte Max und legte auf.

»Mit wem hast du gesprochen?«, fragte Maria und sah Max dabei mit starrem Blick an.

»Nur eine Bekannte.«

»Kenne ich sie?«

»Ich denke nicht, warum?«

Maria reagierte nicht sofort, schien sich eine Antwort zurechtzulegen, während sie Max unentwegt fixierte, schwieg dann aber doch. Max hielt ihrem Blick stand.

Sie ist nicht, was sie scheint, hatte Jimmy gesagt. Und wenige Stunden später hatte er sie überfallen.

»Ich mag die Geheimnisse nicht. Jeder verbirgt irgendetwas. Wir sollten uns vertrauen. Aber niemand hat den Mut dazu. Auch du nicht.«

Maria sprach anklagend und schnell. Sie hatte ihre Fäuste geballt, soweit das Max unter den zu langen Ärmeln des Bademantels sehen konnte und zitterte am ganzen Körper.

»Ich dachte, wir kennen uns mittlerweile gut genug«, antwortet Max gepresst.

Jetzt geriet auch er in Rage. Er konnte nicht sagen, warum ihn Marias Worte so sehr aufregten, aber sie taten es. Sein Puls beschleunigte sich, Blut schoss ihm ins Gesicht. Die Narbe pochte so intensiv wie lange nicht mehr. Max stand ruckartig auf, warf dabei den Drehstuhl um und begann zu reden. Er fasste in Worte, was sich schon länger in seinem Kopf festgesetzt hatte.

»Du redest von Vertrauen? Gerade du? Maria, ich glaube, du vertauscht die Realitäten. Wer hat mich denn von Anfang an beschattet? Das warst doch du. Und Jimmy. Im Auftrag von Pater Liebergeld, wenn ich mich nicht irre. Er wollte seinen Nachfolger testen, oder? Herausfinden, was an den Gerüchten dran ist, dass ich mit Minderjährigen rumgemacht hätte. Und ich Blödmann habe geglaubt, die Geschichte wäre nicht bis nach Eisenach gedrungen. Als ich dann aus dem Wohnheim raus musste, hat das absolut nicht in euren Plan gepasst. Ja, und dann bin ich direkt Jimmy in die Arme gelaufen. Habe mich bei ihm einquartiert. Was für eine Ironie.«

Maria antwortete nicht. Sie stand nur da und starrte Max an. Er war sich nicht sicher, ob sie überhaupt zuhörte oder verstand, was er sagte. Trotzdem fuhr er fort.

»Der Zettel bei meinem Rauswurf aus dem Heim passt ganz gut ins Bild. Nur den Kerl nicht aus den Augen verlieren. Ein Treffen vereinbaren. Sehen, was er als Nächstes vorhat. Und am besten mit doppelter Sicherheit. Also kam Jimmy zufällig vorbei.

Nur wir drei in einem Haus. Das passte nicht ins Konzept. Also musstest du untertauchen. Konnte ja keiner ahnen, dass ich so dumm war und nach dir suchte. Als ich dann bei Liebergeld aufgetaucht bin, habt ihr mich über die Kamera im Hausflur kommen sehen und dieses kleine Laienspiel inszeniert. Überfall. Hilfe. Was für ein Blödsinn!

Deswegen warst du auch dagegen, die Polizei zu rufen. Dich hat nämlich niemand angegriffen. Alles nur gespielt. Theater, um mich reinzulegen. Dass Jimmy dabei verletzt wird, war nicht geplant. Aber halb so schlimm. Der große Fädenzieher kam ja unbehelligt davon.«

Maria hatte angefangen zu weinen. Sie stand einfach nur da und Tränen liefen über ihr Gesicht. Die Arme hingen schlapp neben ihrem Körper herab. Sie schaute Max an und weinte. Es war kein heftiges Schluchzen oder aggressives Klagen. Sie stand einfach nur da und ein unaufhörlicher Tränenstrom ergoss sich aus ihren grünen Augen.

Diese Passivität verunsicherte Max. Sein Ärger war verflogen. Er hatte seiner Seele Luft gemacht, ausgesprochen, was an seinem Inneren nagte. Nun sollte er sich eigentlich besser fühlen. Tat er aber nicht. Er schaute auf die weinende Maria, die zerbrechlich wie eine Porzellanpuppe wirkte und hätte sie am liebsten fest in den Arm genommen. Aber nein. Auch dieser Auftritt war Theater, oder?

30.10.2014, später Abend

Endlich schienen Marias Tränen zu versiegen. Aus Verlegenheit bückte sich Max und stellte den umgeworfenen Schreibtischstuhl wieder an seinen Platz. Was konnte er jetzt noch sagen? Wie sollte es weitergehen? Dass sie beide hier in Jimmys Haus blieben, war mit Sicherheit keine gute Idee.

»Du verstehst gar nichts«, sagte Maria schließlich. Sie sprach leise, war kaum zu hören und auch seltsam emotionslos, wenn man den vorangegangenen Ausbruch bedachte.

»Dabei bist du der Auslöser für all das Leid.«

»All das Leid?«, wiederholte Max fragend. »Ich habe doch am meisten gelitten.«

Plötzlich lachte Maria trocken auf.

»Du und gelitten? Was ist dir schon passiert? Du hast deine Wohnung verloren und vielleicht deinen Job.

Dabei sind Menschen gestorben, grausam und qualvoll. Liebe Menschen. Sara …«

Der Name kam noch langsamer über ihre Lippen. Mehr ein Hauch, denn ein gesprochenes Wort. Und mit ihm kamen auch die Tränen zurück.

Max verstand nun wirklich gar nichts mehr. Wieso sollte er an den Morden Schuld haben? Er hatte niemandem etwas zu Leide getan. Er kannte die toten Frauen nicht einmal. Nur ihre Namen. Von einer Liste. Einer Liste, die niemand zu Gesicht bekommen hatte. Instinktiv fasste er an seine Hosentasche.

Dann klingelte das Telefon und Max griff automatisch nach dem Hörer, meldete sich nur mit einem kurzen: »Ja.«

»Ich bin es. Sabine Schreiber.«

»Woher haben Sie diese Nummer?«

»Rückruftaste.«

»Oh.«

»Ich habe mich vor dem Haus der Polizistenmutter auf die Lauer gelegt und als er raus kam und wegfuhr, bin ich ihm gefolgt.«

Max war sich nicht sicher, ob er im Moment in der Stimmung war, mit der Journalistin zu reden.

Maria drehte sich um und verließ das Arbeitszimmer. Max versuchte, sie mit einem Handzeichen zum Bleiben zu bewegen, aber sie ignorierte ihn.

»Er ist zu dem Puff gefahren, in dem die Prostituierte zu Tode gekommen ist«, fuhr Schreiber fort.

Schon wieder Sara Adam.

»Hat nur davor im Auto gesessen. Zwanzig Minuten lang.

Dann fuhr er weiter ins Südviertel. Jetzt steht er auf dem Parkplatz unterhalb des Burschenschaftsdenkmals. Ich habe in einer Seitenstraße gehalten und beobachte ihn.«

Max stöhnte leicht auf. Er wäre jetzt lieber Maria hinterhergegangen und hätte gern das abgebrochene Gespräch beendet.

»Die Tür geht auf. Er steigt aus.«

Die Journalistin klang jetzt ziemlich aufgeregt. Atmete schnell und schwer in ihr Telefon.

»Er geht den Berg hinunter. Ich muss Schluss machen.«

Dann klickte es in der Leitung. Max starrte noch einen Moment auf den stummen Telefonhörer in seiner Hand, bis sich die Informationen in seinem Kopf zusammenfügten. Burschenschaftsdenkmal. Das war ganz in der Nähe. Verdammt nah sogar. Hatte er die Eingangstür abgeschlossen? Auf einmal hatte Max es eilig. Er rannte aus dem Zimmer in den Flur. Der Haustürschlüssel steckte nicht mehr im Schloss. Hatte er ihn abgezogen? Max war sich sicher, dass er es nicht getan hatte. Trotzdem tastete er seine Hosentaschen ab. Nichts. Er hatte sich nach dem Duschen eine trockene Hose angezogen! Die Erkenntnis kam reichlich spät. Somit war der Notizzettel ebenfalls nicht hier. Vielleicht gab es einen weiteren Ersatzschlüssel? Und wo steckte Maria?

Oberes Schubfach der Flurkommode. Tatsächlich. Der Schlüssel sah passend aus. Mit zittrigen Fingern fischte Max ihn aus der Lade und versuchte, ihn ins Schloss zu stecken. Er klemmte, ging nicht ganz hinein.

Und plötzlich wurde die Haustür krachend aufgestoßen und Max fiel nach hinten auf den Boden. Im Krebsgang lief er rückwärts, um so schnell wie möglich den Abstand zwischen sich und dem noch unbekannten Eindringling zu vergrößern. Doch der Mann schien gar nicht daran zu denken, die Verfolgung aufzunehmen. Nachdem er hereingeschlüpft war, schloss er die Haustür sofort wieder und verriegelte sie. Dann drehte er sich um.

»Jimmy!«, entfuhr es Max. »Was machst du denn hier?«

Jimmy antwortete nicht. Er ging an Max, der immer noch auf dem Fußboden saß, vorbei ins Wohnzimmer. Dort lief er auf und ab, wie ein Tiger in einem Käfig. Schließlich machte er vor der Bar Halt und goss sich ein Saftglas voll Whisky ein, nahm einen großen Schluck und setzte dann seine unruhige Wanderung fort.

Endlich war auch Max wieder auf den Beinen, blieb aber im Durchgang zum Wohnzimmer stehen und beobachtete seinen ehemaligen Freund.

»Jimmy, Grundgütiger. Was ist denn nur passiert?«, fragte er.

»Er ist außer Kontrolle«, antwortete Jimmy, ohne stehen zu bleiben.

»Wer?«

»Jimmys Vater.«

Es war Maria, die antwortete. Max schaute sich erschrocken um, da er sie nicht hatte kommen hören. Und auch Jimmy blieb stehen und starrte sie an. Maria hatte sich in der Zwischenzeit trockene Sachen angezogen. Obwohl es zweifellos Kleidungsstücke des Hauseigentümers waren, wirkten sie nicht fremd an ihr. Die Hose saß locker, ebenso wie das Sweatshirt. Sie stand auf der ersten Stufe der Treppe, die nach oben führte und schaute auf die unwirkliche Wohnzimmerszene hinab.

»Jimmys Vater«, wiederholte Max, war aber dadurch auch nicht schlauer. Die Journalistin hatte nicht erwähnt, dass der

Polizist Kinder hatte. Vielleicht von der vermögenden Geliebten? Zur Villa würde das auf jeden Fall passen.

Jimmy nahm einen weiteren Schluck und leerte damit sein Glas. Dann setzte er sich aufs Sofa und begann zu erzählen:

»Er kam mit einer Liste von Frauennamen zu mir. Ich sollte Kontakt mit ihnen aufnehmen, sie verführen und mir Teile ihres Körpers ganz genau ansehen.«

»Und weiter?«, fragte Max ungläubig, als Jimmy ins Stocken kam.

»Ich kannte zwei Namen von der Liste.«

»Sara Adam.«

»Ja, Sara und ...«

»Aber er konnte es nicht«, unterbrach Maria. »Er konnte sie nicht dazu bringen, sich auszuziehen.«

»Und außerdem hast du plötzlich nach denselben Frauen gesucht.«

Jimmy richtete anklagend seinen Finger auf Max.

»Das hat mich verrückt gemacht. Und da ich nach Papas Meinung versagt hatte, hat er sein Vorgehen umgestellt.«

Grausiges Schweigen. Max fand zuerst seine Sprache wieder.

»Aber wie passt du hier ins Spiel?«, fragte er Maria.

»Er hat mich erpresst. Ich wollte bei den Nonnen einen Neuanfang. Genau wie ich es dir gesagt hatte. Aber er kannte meine Vergangenheit und drohte damit, die Mutter Oberin zu informieren. Sie hätte mich nie und nimmer im Konvent aufgenommen, wenn sie von den Dingen gehört hätte, die ich früher getan habe. So habe ich akzeptiert, Informationen über dich zu sammeln.«

»Dann warst du also in meinem Zimmer und hast meine Bibel genommen.«

»Ja. Dummerweise habe ich kurz darauf die Mutter Oberin meine Kammer verlassen sehen. Da ich nicht sicher sein konnte, ob sie die Bibel unter meinem Kopfkissen bemerkt hatte, musste ich meinen *zufälligen* Fund natürlich sofort melden.«

In Max' Kopf herrschte totales Durcheinander.

»Aber woher wusste Jimmys Vater denn von deiner Vergangenheit?«, fragte er schließlich unsicher.

»Ich weiß eben über alle meine Schäfchen und ihre Verfehlungen Bescheid. Das bringt die Beichte so mit sich. Vor allem auch, wenn sie von mir nicht nur in Eisenach abgenommen wird.«

Alle fuhren erschrocken zusammen und blickten auf den Sprecher, der unbemerkt die Villa betreten hatte.

»Pater Liebergeld!«, entfuhr es Max.

»Eben der«, sagte Liebergeld grinsend. Nicht zu übersehen war das große Messer, das er wie eine Machete in der rechten Hand hielt und der grausame Ausdruck seiner schwarzen Augen.

»So Jimmy. Ich denke Pater Hader hat genug gehört. Es ist an der Zeit, dass wir es zu Ende bringen. Würdest du ihn für mich festhalten?«

Niemand rührte sich. Das Telefon klingelte. Nach dem fünften Rufton verstummte es wieder.

30.10.2014, Mitternacht

Jimmy stand ganz bedächtig auf. Er schwankte, wirkte wacklig auf seinen Beinen. Langsam begann der Whisky seine Wirkung zu tun. Maria stand immer noch auf dem Treppenabsatz und klammerte sich mit beiden Händen am Geländer fest.

»Tu es nicht!«, rief sie Jimmy zu. »Es ist schon genug gesch …«

Mit einer überraschenden Schnelligkeit war Liebergeld blitzartig nach vorn gesprungen und hatte Marias Ruf durch eine schallende Ohrfeige unterbrochen. Von der Wucht des Schlages wurde ihr Kopf brutal nach hinten gerissen, sie verlor das Gleichgewicht und schlug hart an der Flurwand an. Dann sackte sie in sich zusammen und blieb besinnungslos auf der Treppe liegen.

Jimmy hatte währenddessen Max erreicht, machte aber keine Anstalten, Liebergelds Aufforderung nachzukommen.

»Los Jimmy. Halt ihn fest«, sagte der mit Eiseskälte in der Stimme.

»Du sollst nicht töten. Du sollst nicht töten. Du sollst nicht töten.«

Max wiederholte das Gebot wie eine heidnische Beschwörungsformel.

»Du sollst nicht töten«, äffte Liebergeld ihm nach. »Denkst du nicht, dass wir über dieses Stadium längst hinaus sind?«

Weder die Stimme noch der Gesichtsausdruck des Paters hatten noch entfernt Ähnlichkeit mit dem gutmütigen Priester, den Max hier in Eisenach kennengelernt hatte.

Langsam kam Pater Liebergeld näher. Jimmy hatte sich nun umgedreht und stand schützend zwischen Max und dem offensichtlich verrückt gewordenen Liebergeld. Max ging rückwärts, bis er an die Wohnzimmerwand stieß. Endstation. Keine weitere Flucht möglich.

»Es ist genug«, sagte Jimmy mit schwerer Zunge. Er schien Mühe zu haben, auf den Beinen zu bleiben.

»Es ist nie genug«, entgegnete Liebergeld. »Überall fehlen die finanziellen Mittel. Gemeindearbeit ist praktisch nicht mehr möglich. Das Pfarrhaus verfällt, der Kinderspielplatz verrottet. Es regnet in die Kirche hinein. Zudem muss ich noch deinen kostspieligen Lebensstil finanzieren.« Liebergeld deutete mit einer ausladenden Handbewegung auf die Wohnzimmereinrichtung. »Und dann kommt Hader mit der Millionenbeichte zu mir. Ein Zeichen. Ein Wink Gottes.«

»Aber zu welchem Preis?«, fuhr Max dazwischen.

»Ja, zu welchem Preis.«

Liebergeld wirkte kurz in Gedanken versunken, bevor er wieder zu reden anfing.

»Ja, zu welchem Preis«, wiederholte er. »Zu einem Schnäppchenpreis, wie man heute so sagt. Die Frauen waren doch nichts wert.«

Jimmy tat einen lauten Aufschrei.

»Nichts wert?«, brüllte er und stürzte sich gleichzeitig auf sein Gegenüber.

Liebergeld war auf diese Aktion offensichtlich nicht gefasst. Jimmy sprang ihm direkt in die Arme. Sie hielten sich eine kleine Ewigkeit fest. Standen aneinandergeschmiegt wie ein Liebespaar. Jimmy hatte seinen Kopf auf Liebergelds Schulter gelegt und der Pater seine rechte Hand zwischen beiden Körpern.

»Sara«, sagte Jimmy, wobei ihm ein dicker Blutschwall aus dem Mund troff.

Liebergeld taumelte zwei Schritte zurück. Erst schaute er entsetzt auf seine blutüberströmte rechte Hand, dann auf das Messer, das senkrecht aus Jimmys Bauch schaute.

»Jimmy«, flüsterte er.

Doch der konnte ihn offensichtlich nicht mehr hören. Er fiel auf die Knie und bevor er nach hinten umkippen konnte, sprang Max vor und stützte ihn.

»Jimmy«, wiederholte Liebergeld.

Max tastete nach Jimmys Puls und versuchte, seinen Atem zu spüren. Nichts. Er legte ihn flach auf den Rücken, überstreckte den Kopf, öffnete den Mund und blies zweimal kräftig hinein. Dann suchte er am Rippenbogen entlang den Druckpunkt für die Herzdruckmassage und begann dreißigmal zu drücken, wobei er laut mitzählte. Anschließend beatmete er erneut zweimal.

Das Blut aus Jimmys Mund verschmierte sein Gesicht und die Druckmassage laugte ihn aus. Schweiß tropfte von seiner Stirn, aber er machte weiter. Überprüfte kurz, ob sich der Brustkorb von allein senkte oder hob, um nach der enttäuschenden Erkenntnis sofort in seinem Rhythmus fortzufahren. Das Blut aus der Brustwunde hatte eine gewaltige Lache in Form von Engelsflügeln unter Jimmys Körper gebildet.

»Oh mein Gott.«

Maria war wieder zu sich gekommen.

»Nein, nein, nein«, rief sie in Panik und streichelte über Jimmys linke Hand, drückte sie und presste sie an ihre Wange.

»Ruf einen Krankenwagen«, drängte Max, während er weiter Jimmys Brustkorb bearbeitete.

»Wo ist Liebergeld?«, fragte Maria, als ob sie jetzt erst bemerkte, dass er fehlte.

»Weiß ich nicht. Ruf einen Krankenwagen! Er stirbt.«

Endlich setzte sich Maria in Bewegung und Max seine Bemühungen fort, Jimmy ins Leben zurückzuholen. Er arbeitete bis an seine körperliche Belastungsgrenze.

Keine zehn Minuten später waren die Rettungssanitäter zur Stelle. Max saß auf dem Fußboden, vor Anstrengung immer noch schwer atmend und sah mit Erschrecken zu, wie der Notarzt Jimmy die Augen zudrückte.

Dann kamen Polizei und Spurensicherung.

31.10.2014, Vormittag

Maria und Max waren die ganze Nacht auf der Polizeiwache getrennt voneinander verhört worden. Wieder und wieder mussten sie über die Ereignisse der vergangenen Nacht berichten. Max hatte es erneut mit dem schielenden Polizisten zu tun. Für ihn war es eine Qual, Jimmys letzte Stunden wiederholt durchleben zu müssen. Was war mit Liebergeld? Hatten sie ihn geschnappt. Der Beamte hatte bisher nichts in der Richtung gesagt. Stattdessen bohrte er nach dem Motiv für den Mord an Jimmy. Und Max hatte für sich beschlossen, so weit wie möglich bei der Wahrheit zu bleiben, aber kein Wort über die Liste zu verlieren. In allerhöchster Not konnte er sich immer noch auf das Beichtgeheimnis berufen. Max hoffte inständig, dass auch Maria zu der Namensliste schweigen würde. Wenn diese erst mal zur Sprache kam, dann würden sie hier so schnell nicht wieder herauskommen. Aber anscheinend hatte die Polizei noch keine Verbindung zwischen Liebergeld und den ermordeten Frauen hergestellt. Noch behandelten sie die Geschehnisse mehr oder minder als Familiendrama. Ein Priester bringt seinen verheimlichten Sohn um, um ihn nicht offenbaren zu müssen und um die unselige Liaison zwischen seinem Sprössling und einer angehenden Nonne zu beenden. Damit war dann auch der Vorfall in Liebergelds Wohnung erklärt.

»Warum waren Sie in der Villa?«, fragte der Schieler zum x-ten Mal.

»Ich bin eingeladen worden, dort zu wohnen«, antwortete Max so ruhig, wie ihm das noch möglich war.

»Von wem?«

»Von Jimmy.«

»Dem Opfer?«

»Ja.«

»Wie standen Sie zu dem Opfer?«

»Er war ein Freund.« War er doch? Auf jeden Fall in seinen letzten Minuten. Er hatte sich seinem Vater entgegengestellt und Max damit das Leben gerettet, es aber mit dem eigenen bezahlt.

»Was ist mit Pater Liebergeld?«, fragte der Polizist weiter.

»Er ist oder war mein Chef.«

»Hatten Sie Streit untereinander?«

»Bis zu dem Moment, da er Maria in seiner Wohnung angegriffen hatte, nicht.«

»Warum hat er Maria angegriffen?«

»Keine Ahnung.«

»Warum haben Sie den Angriff nicht gemeldet?«

Gute Frage. Die sollte eigentlich Maria beantworten.

»Ich wollte die Kirche schützen. Wir können keine Skandale gebrauchen. Und es war in dem Augenblick auch noch niemand ernsthaft zu Schaden gekommen.«

Der Polizist stutzte, schrieb etwas in seinen Aktenordner und setzte dann die Befragung fort:

»Haben Sie eine Vermutung, wo sich Herr Liebergeld im Moment aufhalten könnte?«

Also hatten sie ihn nicht verhaftet. Wieder eine sehr gute Frage. Wo könnte er sein?

»Keine Ahnung.«

So ging es Stunde um Stunde weiter.

Kurz nach zehn durfte er endlich gehen. Die an der Mordwaffe gefundenen Fingerabdrücke und das vorläufige Obduktionsergebnis unterstützten die Geschichten von Max und Maria. Dass es untereinander so gut wie keine Abweichungen gab, half auch.

Sie trafen vor der Polizeistation wieder aufeinander und umarmten sich wortlos. Wohin sollten sie jetzt gehen? Max hatte seine Tasche aus der Villa mitnehmen dürfen und auch schnell die nassen Klamotten vom Vortag hineingestopft. Aber wie weiter?

»Hast du Freunde oder Verwandte in Eisenach?«, fragte er Maria, ohne die Umarmung zu lösen. Sie reagierte nicht.

»Maria?«

»Er ist tot«, antwortete sie.

»Ich weiß.«

»Aber warum?«

Und dann fing sie an zu weinen. Max zog sie noch fester an sich. Ihm fiel nur eine Person ein, die er anrufen und die hoffentlich helfen konnte. Die Visitenkarte war noch feucht, aber lesbar.

Sie mussten ein gutes Stück gehen, bis sie auf die erste, funktionierende Telefonsäule stießen. Maria trottete teilnahmslos neben Max her. Er hatte sich noch nicht getraut zu fragen, was sie der Polizei erzählt hatte. Da sie aber auf freiem Fuß waren, vorläufig, wie der Schieler betont hatte, und ihn niemand über die Namensliste befragte hatte, wohl nicht viel.

Ausnahmsweise schien die Sonne. Nicht nur das, sie wärmte sogar. Und auch der sonst unangenehme Wind fehlte. Wenn nicht die besonderen Umstände gewesen wären, hätte Max den Spaziergang genossen.

Er warf sein letztes Kleingeld in den Schlitz und wählte.

Schon nach dem zweiten Klingeln wurde abgenommen. Sabine Schreiber war offensichtlich erleichtert, von Max zu hören. Natürlich war der Mord schon Tagesgespräch in Eisenach. Ebenfalls die Verwicklung von zwei Priestern. Als Max sie fragte, ob er und Maria zu ihr kommen dürften, willigte sie sofort ein. Die Journalistin witterte mit Sicherheit eine Story.

Sabine Schreiber wohnte in einem renovierten Neubaublock mitten in Eisenach. Eine Zweizimmerwohnung. Nichts Besonderes, aber praktisch und wohnlich eingerichtet. Jeder Winkel des Wohn- und Arbeitszimmers, in dem sie zusammensaßen und heißen Tee tranken, ließ keinen Zweifel an der Tätigkeit der Frau aufkommen. Der kleine Röhrenfernseher war eingeschaltet und es lief eine tonlose Reportage auf n-tv. Über den Bau der Cheopspyramide. Der Fernseher musste sich mühsam seinen Platz in der vor Büchern überquellenden Schrankwand behaupten. Ein Großteil waren Nachschlagewerke und Fachbücher, nur vereinzelt von Diätkochbüchern aufgelockert. Davor auf dem Fußboden hatten sich Zeitungen und Magazine der letzten Wochen zu einem bunten Teppichersatz zusammengefunden. Auch dieser Neuigkeitenozean wurde von Bücherinseln unterbrochen.

Vor dem einzigen Fenster des Raumes stand eine verkümmerte Grünpflanze, die sich ihren Hocker mit einem Stapel Computer CD-ROMs teilte. Gegenüber der Schrankwand schmiegte sich ein schmaler Arbeitstisch an die Wand, auf dem ein Laptop im Standby-Modus blinkte.

Sie saßen zu dritt auf dem schmalen Sofa. Max in der Mitte, Sabine Schreiber links, Maria rechts. Aufgrund der Enge des Sitzmöbels berührten sich ihre Oberschenkel und Schultern.

Die Verlegenheit war mit Händen zu greifen. Max hielt seine Teetasse mit allen zehn Fingern und trank in kleinen Schlucken, ohne abzusetzen. Erst war er überrascht, dass die Journalistin auf seine Bitte eingegangen war, sie aufzunehmen, dann nur noch froh.

Maria hatte, seit sie das Polizeirevier verlassen hatten, noch kein Wort gesprochen. Sie starrte wie hypnotisiert vor sich hin.

Max hatte die beiden Frauen miteinander bekanntgemacht. Dann hatten sie sich hingesetzt und jetzt wartete offensichtlich jeder auf den richtigen Moment, um ein Gespräch in Gang zu bringen. Mit Sicherheit hatte Sabine Schreiber Fragen an ihre Gäste. Gerade schien es, als ob sie etwas sagen wollte, doch dann beugte sie sich nach vorn und führte ebenfalls ihre Tasse zum Mund.

»Was ist mit dem Polizisten?«, fragte Max schließlich. Seine leere Tasse behielt er in der Hand, da er sich nicht nach vorn beugen und so die fragile Statik der Dreierkombination gefährden wollte.

»Er war nur spazieren. Ist nach einer halben Stunde wieder zu seinem Auto gegangen und nach Hause gefahren«, antwortete Schreiber schnell, wahrscheinlich froh, dass ein anderer den ersten Schritt getan hatte.

»Also falscher Alarm?«

»Wahrscheinlich ja. Jetzt, da Pater Liebergeld auf der Flucht ist …«

Sie sprach ihren Gedanken nicht zu Ende.

»Aber warum?«

»Kann ich die Liste sehen?«

Max fuhr erschrocken zusammen. Maria hatte die Frage gestellt.

»Welche Liste?«, fragte Schreiber neugierig.

»Die Liste mit den Frauennamen, von der Jimmy gesprochen hat, bevor ihn der Pater ...«

Sie stockte. Ihre Stimme klang unnatürlich, mechanisch.

»Kann ich die sehen?«, bat Maria wieder und drehte sich zu Max um.

»Was ist das für eine Liste?«, fragte Schreiber erneut.

Max atmete tief durch. Wahrscheinlich war es an der Zeit, die Wahrheit zu sagen. Trotz des Beichtgeheimnisses. Wenn er zu sich ehrlich war, dann diente das nur als Ausrede für die Polizei. In seinem Inneren war er froh, die seelische Last mit jemandem teilen zu können. Und jetzt, da Pater Liebergeld aus dem Kreis der vertrauenswürdigen Personen ausgeschieden war, gab es nicht allzu viele Alternativen.

Und so begann Max zu erzählen. Er ließ nichts aus. Begann bei seinem Besuch bei Jens Müller in der JVA Tonna und dessen unglaublicher Beichte, erzählte wie er seiner Seele in einem Erfurter Beichtstuhl Luft gemacht hatte und dabei Pater Liebergeld auf der anderen Seite der Trennwand saß, ohne dass Max es wusste. Berichtete, wie er die ersten Tätowierungen entdeckte und sich die Liste langsam füllte. Er redete sich in einen Rausch und endete erst nach einer guten Stunde. Die ganze Zeit spielte er mit einem UNICEF-Infoblatt, das er auf dem Couchtisch gefunden hatte. Sabine Schreiber recherchierte gerade über ein Hilfsprojekt in Ruanda, für das händeringend Unterstützer gesucht wurden.

»Wo ist diese Liste jetzt?«

»Sie ist noch in meiner Hosentasche.«

»Hol sie.«

Marias Stimme duldete keinen Widerspruch. Also stand Max auf und durchwühlte seine Sporttasche, die er in dem engen Flur hatte stehen lassen. Seine Jeanshose war noch immer nass von dem Regenmarsch zu Jimmys Villa und der Zettel in der hinteren Hosentasche zu einem wabbligen Klumpen zusammengepappt. Er brachte den Papierkloß an den Tisch und versuchte, ihn vorsichtig auseinanderzufalten. Schon im ersten Anlauf riss er ein großes Stück heraus.

»Pass doch auf!«, schnauzte ihn Maria an. »Lass mich das machen.«

Sie bewies tatsächlich mehr Geschick und hatte keine fünf Minuten später das Blatt auf dem Tisch ausgebreitet. Die Schrift war kaum noch zu entziffern. Da Max aber mittlerweile die Namen fast auswendig konnte, begann er zu lesen und die Journalistin schrieb mit:

Marie Meier (Schulze)	GG
Claudia Meißner	NA
Lisa Schmitz	LD
Sara Adam	BI
Eva Zöllner	
Clara Pauli	

»Zwei fehlen noch«, stellte Schreiber fest, als Max geendet hatte.

»Eine«, entgegnete Maria.

Max sah sie erstaunt an. Schreiber schien gar nicht hinzuhören. Sie las immer und immer wieder die Namen auf der Liste, wobei sie lautlos ihre Lippen bewegte.

Bevor Max etwas sagen konnte, stand Maria langsam auf und begann Knopf für Knopf ihre geborgte Hose zu öffnen. Dabei fixierte sie einen imaginären Punkt an der gegenüberliegenden Zimmerwand. Nachdem sie den letzten Knopf durch das Knopfloch gezwängt hatte, streifte sie die Hose nach unten.

Nun hörte auch Sabine Schreiber auf, die Namen auswendig zu lernen und starrte wie Max gebannt auf Marias Unterleib. Sie schob ohne zu zögern oder zu stocken ihren schwarzen Slip ein kleines Stück zur Seite, so dass der Großteil ihrer Scham weiterhin bedeckt blieb. Max fixierte den weichen Übergang zwischen der glatten Haut ihres Oberschenkels und der zarten Wölbung ihrer Schamlippe. Kurze feine Härchen bedeckten den sanften Hügel, wie Frühlingsblüher, die nach dem letzten Schnee zaghaft den gefrorenen Boden durchbrachen. Und mittendrin ein Zeichen. Ein einzelner Buchstabe.

»Au«, stieß Schreiber hervor.

»*B*«, las Max.

»Nein, S«, widersprach Maria, zog sich schnell wieder an und setzte sich. Dann nahm sie einen großen Schluck aus ihrer Teetasse.

Max und Sabine sahen sie erwartungsvoll und fragend an. Doch Maria brauchte einen Moment, um sich zu sammeln und sich die passenden Worte zurechtzulegen.

31.10.2014, später Nachmittag

»Es war Sara, die Jens Müller mit in unsere Runde brachte. Er hatte viele Namen. Wir sollten ihn Simon nennen, nach einem der Apostel Jesu. Damals wusste ich noch nicht, dass er was mit Sara gehabt hatte. Wir hatten Spaß, er passte in unsere kleine Gruppe. Sara, Jimmy, Simon und ich – Eva Zöllner.«

Maria oder Eva machte eine kleine Pause. Max sah sie von der Seite an. Sie wirkte so zerbrechlich, erschüttert und unendlich traurig. Dann stand er auf und ging in den Flur zu seiner Jacke. In welcher Tasche war es noch mal? Links. Max kramte das Foto hervor, das Sabine ihm im Café gezeigt und das er dann eingesteckt hatte.

Schreiber hatte in der Zwischenzeit den Buchstaben hinter den Namen auf dem Zettel notiert: *GG, NA, LD, BI, S, ??*

»Aber er war verrückt. Geistig gestört«, fuhr Eva fort. »Das zeigte sich erst in kleinen Dingen. Stimmungsschwankungen. Himmelhoch jauchzend, zu Tode betrübt. Dann wurde es extremer, gewalttätiger. Und als er einen Unschuldigen beinahe umgebracht hatte, habe ich mich von ihm und auch unserer Gruppe getrennt. Leider hat er mich vorher markiert.«

»Was ist dann mit ihm passiert?«, fragte Schreiber.

»Keine Ahnung. Er wollte weg aus Thüringen. Nach München. Ich habe nichts mehr von ihm gehört und war auch froh darüber.«

Max kam wieder an den Tisch zurück und legte das zerknitterte Foto auf den Tisch. Eva nahm es zur Hand und betrachtete es lange.

»Ich habe das fotografiert«, sagte sie. »Woher hast du es?«

»Aus Jens Müllers Nachlass, inoffiziell«, antwortete Schreiber geistesabwesend an seiner Stelle.

»Das ergibt keinen Sinn«, fuhr sie nach einer kurzen Pause fort. »Die Buchstaben ergeben kein stimmiges Wort.«

Jetzt schauten auch Max und Eva zu, was sie auf dem Tisch trieb. Schreiber hatte ein Blatt Papier in sechs Stücke gerissen und auf jeden Fetzen die gefundenen Buchstabenpaarungen geschrieben. Jetzt reihte sie sie immer wieder aneinander und versuchte, ein passendes Wort zu bilden.

NABILDS??GG. BILDNAGG??S. BIGGSNA??LD. BINALD??GGS. S??LDBINAGG.

»Wir brauchen den oder die fehlenden Buchstaben, sonst kommen wir nicht weiter«, sagte sie enttäuscht und hieb kräftig mit der flachen Hand auf den Tisch.

»Was geht hier eigentlich vor sich?«, fragte Max schließlich, von dem Schlag innerlich aufgeweckt.

»Wie meinen Sie das?«, fragte Schreiber.

»Ich meine, was machen wir hier?«

»Wir versuchen, das Passwort zu finden.«

»Und dann?«

»Dann holen wir uns das Geld«, antwortete Eva.

»Einfach so?«, entgegnete Max und drehte sich zu Eva, um sie voll ansehen zu können. »Das Geld gehört uns nicht.«

»Die Versicherung hat den Schaden längst ersetzt«, antwortete Schreiber und stand auf.

»Was ist mit Liebergeld? Der wird uns nicht einfach so in Ruhe lassen!«

»Um den kümmert sich die Polizei. Das verschafft uns Luft.«

Schreiber ging im Zimmer auf und ab, klopfte mit ihrem rechten Zeigefinger auf ihre Nase und schien langsam richtig in Fahrt zu kommen.

»Wir knacken das Codewort, fahren in die Schweiz, holen das Geld, teilen durch drei und jeder geht seiner Wege. Niemandem wird weh getan. Der verrückte Pater kommt ins Kittchen. Fertig.«

»Fertig«, wiederholte Max. »Aber so einfach ist das nicht. Es bleibt noch die moralische Verantwortung. Wir sind Menschen, denkende und fühlende Wesen. Wir unterscheiden zwischen Gut und Böse. Gott wird uns richten.«

Max hatte sich ein wenig in Rage geredet. Er war nun ebenfalls aufgestanden und fuchtelte mit seinen Armen umher, als würde er eine Predigt vor einer überquellenden Kirche halten.

Jetzt hielt es auch Eva nicht mehr auf dem Sofa. Sie stellte sich neben Max, legte ihren Arm um seine Hüfte, schmiegte sich ganz eng an ihn und sagte: »Denk an die beiden toten Frauen und Jimmy. Sie dürfen nicht umsonst gestorben sein. Du kannst deinen Anteil immer noch spenden. Das Böse verhilft zu Gutem.«

Max dachte darüber nach. War es so einfach?

Schreiber hatte in der Zwischenzeit die Schnipsel wieder in die Hand genommen und studierte erneut die Buchstabenkombinationen.

»BIGGS, BIGGS, BIGGS«, wiederholte sie. »Der Name kommt mir bekannt vor.«

Plötzlich blieb sie stehen, starrte auf die Schnipsel, ging dann schnellen Schrittes zu ihrem Laptop und setzte sich auf den viel zu kleinen Drehstuhl mit Micky-Maus-Motiven. Innerhalb weniger Sekunden rief sie eine Suchmaschine auf und tippte den Begriff *Biggs* in die Suchmaske ein. Max und Eva, von ihrem Getue neugierig geworden, traten hinter sie und schauten gespannt über ihre Schulter auf den Monitor. Einen Wimpernschlag später wurden die ersten Treffer angezeigt. Schreiber wählte den obersten und begann laut zu lesen:

»Als 16 Männer 1963 in England den Postzug Glasgow-London überfielen … bla, bla … Ohne Waffen stoppten die Männer um den Zimmermann Ronald Biggs …«

Max las den Artikel nochmals für sich. Ronald Biggs.

Er nahm seinen Zettel zur Hand. *Ro* … Clara Pauli, *na* … Claudia Meißner, *ld* … Lisa Schmitz, *Bi* … Sara Adam, *gg* … Marie Meier, *s* … Eva Zöllner. Es passte.

»Das sieht ihm ähnlich«, sagte Eva. »Das wäre genau sein Ding gewesen.«

Max ging zum Sofa zurück und setzte sich. Und nun?

Schreiber hämmerte weiter professionell auf ihre Laptoptastatur ein.

»Die Filiale Regensdorf der Zürcher Kantonalbank öffnet am Montag um acht Uhr dreißig«, sagte sie.

»Ich kann das nicht«, entgegnete Max.

»Das macht knapp fünfhundertfünfzig Kilometer und zirka fünf Stunden. Das bedeutet, wir sollten übermorgen, am Sonntag, nicht allzu spät losfahren.«

»Ich brauche andere Klamotten«, sagte Eva.

»Kein Problem. Wir gehen einkaufen. Noch eine Stunde, bis die Geschäfte schließen«, stimmte Schreiber freudig zu. »Max, haben Sie ein Auto?«

Max antwortete nicht. Ihm ging das alles zu schnell. Sie konnten doch nicht einfach so in die Schweiz fahren, fünf Millionen Euro abheben und wieder verschwinden. Was dachten sich die beiden Frauen eigentlich? Sie schienen gar nicht zu denken. Schreiber war schon im Flur und zog sich ihre Jacke über. Maria stand noch im Durchgang zum Wohnzimmer und schaute Max an. Ihre Augen versuchten, eine Botschaft zu senden. Aber Max war dafür im Moment nicht empfänglich. Es war Unrecht. Wie man es auch drehte oder wendete. Das Geld war gestohlen. Wenn sie es an sich nahmen, würden sie ständig auf der Flucht sein. Es würde immer einen Pater Liebergeld geben, der ihnen die Beute streitig machen würde. War es das wert? Und spenden? Man konnte doch nicht mit einem Koffer voller Geld in den Kindergarten gehen und ein neues Klettergerüst kaufen. Am besten war, reinen Tisch zu machen. Alles der Polizei zu melden. Das Gewissen zu erleichtern.

Die Frauen hatten mittlerweile die Wohnung verlassen. Umso besser. Auch Max stand nun auf und zog sich an.

31.10.2014, früher Abend

Die Strecke war Max nun schon zweimal innerhalb kürzester Zeit gegangen, allerdings noch nie in dieser Richtung. Merkwürdig, wie verschieden und anders der Weg aus dieser Perspektive wirkte. Einen Großteil zu diesem Gefühl trug auch das Wetter bei. Es schneite. Max musste sich durch das Schneegestöber wie durch einen nicht enden wollenden Perlenvorhang kämpfen. Er hatte sich den Schal bis über die Nase und die Ohren gebunden. Trotzdem biss die Kälte unerbittlich in die kurz rasierte Kopfhaut.

Und es war glatt. Erst hatte Max seine Hände tief in den Jackentaschen vergraben. Aber der Bürgersteig, vor allem die Bereiche, die mit Katzenköpfen gepflastert waren, war glatt wie Schmierseife. Max setzte vorsichtig einen Fuß vor den anderen und ruderte immer wieder mit den Armen, um das Gleichgewicht zu halten. Wenn er in dem Tempo weitermachte, würde er eine gute Stunde bis zum Polizeirevier brauchen. Aber egal. Max hatte seine Entscheidung getroffen. Er würde alles beichten. Die beiden Frauen waren verrückt, wenn sie glaubten, ungeschoren mit dem gestohlenen Geld davonzukommen. Nein. Max würde reinen Tisch machen. So, wie er es schon lange vorgehabt hatte. Und dann? Diese Frage nagte immer wieder an seinen Eingeweiden. Wie sollte es weitergehen? Auf jeden Fall musste er aus Eisenach weg. Eine neue Gemeinde finden. Vielleicht sogar das Land verlassen und Missionarsarbeit leisten? Warum eigentlich nicht? Eventuell half ihm das, zu Gott zurückzufinden. In

Asien oder Afrika würde sich niemand mehr für diese Geschichte hier interessieren. Und auch nicht für Dorothea.

Es waren nur wenige Fußgänger unterwegs. Trotzdem hatte Max das Gefühl, beobachtet zu werden. Verfolgungswahn. An der ungeschützten Bushaltestelle am Friedhof drängten sich die Menschen wie Schafe zusammen, um dem schlechten Wetter zu trotzen. Starrten sie ihn an?

Max ging mit gesenktem Kopf vorbei. Die Hälfte des Weges war geschafft. Die Autofahrer ließen sich anscheinend von den schlechten Straßenverhältnissen nicht beeindrucken. Eine Eigenart, die Max in Eisenach oft beobachtet hatte. Rücksichtsloses Fahren, sparsamer Umgang mit dem Blinker, dafür etwas freigiebiger mit der Hupe.

Die Fußgängerampel über die Amrastraße zeigte Grün. Max setzte einen Fuß auf den schneebedeckten Asphalt und wurde sofort mit einem wütenden Hupkonzert belohnt. Sekundenbruchteile später schlidderte ein Kleinwagen auf ihn zu und kam nur wenige Zentimeter vor seinen Schienbeinen zum Stehen. Die Fahrertür wurde aufgerissen. Doch statt eines zornigen Bauarbeiters sprang Sabine Schreiber erstaunlich behände aus dem Fahrzeug, lief auf Max zu und bekam seinen Ärmel zu fassen.

»Wo wollen Sie hin?«, schnauzte sie böse.

Nachdem Max den ersten Schock überwunden hatte, antwortete er wahrheitsgemäß: »Ich gehe zur Polizei.«

Dann versuchte er, sich loszureißen. Doch Schreiber war überraschend stark.

»Nichts da. Sie kommen mit uns. Wir haben einen Deal«, entgegnete sie und zerrte Max in Richtung Auto.

»Nichts haben wir«, sagte Max und zog und rüttelte stärker an seiner Jacke, um sie wieder in die eigene Gewalt zu bekommen. Jetzt ging auch die Beifahrertür auf und Eva steckte ihren Kopf heraus.

»Komm schon Max, steig ein«, sagte sie.

Mittlerweile stauten sich einige Fahrzeuge hinter Schreibers Auto und hupten sporadisch.

Erst als sich in dem hinter Schreibers Wagen wartenden Kleintransporter ebenfalls eine Tür öffnete und die Journalistin seinen Ärmel absolut nicht losließ, ließ sich Max zum Auto führen.

Schreiber klappte den Fahrersitz nach vorn und Max krabbelte auf den Rücksitz. Wieder einmal hatte jemand anders eine Entscheidung für ihn getroffen. Seine eigenen Wünsche und Bedürfnisse zählten nicht. So fuhren sie mit durchdrehenden Rädern davon.

»Das war knapp«, sagte Schreiber. »Du hattest einen guten Riecher, Eva.«

Eva drehte sich zu Max um, doch der wich ihrem Blick aus. Er hatte sich übertölpeln lassen. Was für ein Zufall, dass sie sich in dem Schneegestöber gefunden hatten. Jetzt war es vorbei. Er steckte wieder mittendrin. Die Frauen würden ihn nun bestimmt nicht mehr aus den Augen lassen. Aber vielleicht war es ja doch der richtige Weg. Die Wege des Herrn waren unergründlich.

Zurück in Schreibers Wohnung schloss die Journalistin die Tür ab und steckte den Schlüssel ein, ganz wie Max vermutet hatte.

Sie saßen wieder am Couchtisch. Diesmal Max und Eva auf dem Sofa. Schreiber hatte sich den bunten Kinderstuhl vom Computertisch geholt und sich den zweien gegenübergesetzt.

»Wir brauchen einen Plan, für die Bank«, sagte sie.

03.11.2014, Vormittag

Max hatte kein Auge für die elegante Schönheit des Schalterraumes, die an Gangsterfilme aus den Dreißigerjahren erinnerte. Jeden Moment konnte eine Horde Bankräuber, mit modischen braunen Anzügen und Hüten bekleidet, das Gebäude stürmen und wild mit ihren Trommel-Maschinenpistolen um sich schießen. Aber es blieb ruhig. Die mächtige Halle wirkte wie eine Kathedrale, flößte Ehrfurcht ein. Es fehlte nur noch ein passendes Deckengemälde.

Max stand an dritter Stelle in der mit Respektsabstand wartenden Reihe, starrte auf den weißhaarigen Bankangestellten hinter der halbhohen Glasscheibe und schwitzte.

Die Fahrt in die Schweiz war wie in Trance verlaufen. Sie hatten kaum ein Wort gesprochen. Schreiber hatte sie mit ihrem Fiat Panda gefahren. Nur zum Tanken hatten sie kurz gestoppt. Beinahe wäre die Unternehmung am Benzingeld und an den Übernachtungskosten gescheitert. Sie hatten jeder ihre letzten Cents zusammensuchen müssen.

Eva hatte sich zu Max auf die Rückbank gesetzt und hatte ab und an versucht, seine Hand zu greifen. Wahrscheinlich, um ihm Mut zu machen. Aber Max hatte das nicht zugelassen und sie immer wieder weggezogen. Zum wiederholten Mal hatte er sich in eine Situation drängen lassen, in der er nur Passagier war, im wahrsten Sinne des Wortes. Die wichtigen Entscheidungen wurden für ihn getroffen, ohne auf seine Bedürfnisse Rücksicht zu nehmen. Und erneut spielten Frauen die dominierende Rolle.

Die kleine, aber gemütliche Pension in Regensdorf hatte Schreiber noch am Freitagabend über das Internet reserviert.

Nach ihrer Ankunft hatten sie eine Kleinigkeit gegessen und waren dann in dem Zimmer der Frauen erneut den Ablauf für den folgenden Tag durchgegangen. Dass Max in die Bank gehen musste, stand von vornherein fest. Er hatte sogar eine gewisse Ähnlichkeit mit Müller. Obwohl dieser wahrscheinlich nie hier gewesen war. Dann übten sie das Gespräch, das sichere Auftreten, auch bei kritischen Rückfragen. Das alles konnte jedoch nicht über die Tatsache hinwegtäuschen, dass keiner der drei wusste, wie es wirklich ablaufen würde. Würde die Kassiererin auf den Betrug hereinfallen? Reichte das Passwort aus, um an das Geld zu kommen? Wollten sie einen Ausweis sehen oder eine Unterschrift haben? Sie waren übereingekommen, dass Max bei derartigen Forderungen sofort das Gebäude verlassen würde und sie sich schleunigst aus dem Staub machen würden. Die Frauen wollten im Fluchtpanda vor der Bank warten, mit laufendem Motor.

Und jetzt stand Max in der Bank, wälzte die Befürchtungen des vorangegangenen Abends durch sein Hirn und war als Nächster an der Reihe. Eine ältere Frau vor ihm zahlte fünfzig Schweizer Franken auf ihr Sparbuch ein. Sie schien den Bankangestellten sehr gut zu kennen. Sie schwatzten freundlich und lange in einer Sprache, die Max nicht einmal ansatzweise verstand. Hoffentlich war die Verständigung mit dem kleinen, alten Mann kein Problem. Wieder lief ein Schweißtropfen Max' Schläfe hinunter und versickerte im Schal. Es war warm. Max hatte das Gefühl, keine Luft zu bekommen. Hastig öffnete er den Knoten seines Wollschals, zerrte heftig daran, bis die zwei Enden zu guter Letzt lose nach unten hingen.

Endlich hatte die Oma ihre Transaktion abgewickelt und

verabschiedete sich lange und herzlichst. Max war an der Reihe.

»Guten Tag. Ich möchte etwas Geld abheben«, sagte er.

Der Mann hinter der Glasscheibe musterte ihn eindringlich. Hatte er ihn verstanden? Er war sehr klein, sein Kopf reichte kaum über den Tresen. Und das nicht, wie Max erst vermutet hatte, weil er saß. Der Alte trug eine vornehme Drahtgeflechtbrille, die er jetzt etwas höher auf seine Nase schob.

Damit ich dich besser sehen kann, dachte Max.

»Die Kontonummer, bitte.«

Max war erleichtert. Sie konnten sich also doch verständigen. Schnell ratterte er die auswendig gelernte Nummer herunter, die Zahlenreihe, die er vor ewig langer Zeit in seine Bibel geschrieben hatte. Max' Herz schlug ihm bis zum Hals. Er hatte das Gefühl, als wollte es sich bemerkbar machen. Wie bei *Das verräterische Herz* von Edgar Allan Poe. Der Alte musste es doch hören? Doch der Schweizer Banker tippte seelenruhig die Nummernfolge in seinen Rechner. Nach wenigen Sekunden erhielt er eine Ausgabe.

»Ein Nummernkonto«, sagte er, während neben ihm ein Drucker zu rattern begann. »Ich benötige jetzt das Passwort. Schreiben Sie es bitte in dieses Formular.«

Damit schob er einen Ausdruck und einen Stift unter der gläsernen Trennwand hindurch. Max sah sich das Formular nur flüchtig an. Im Dokumentenkopf waren die Kontonummer und die Bankdaten gedruckt, weiter unten war ein Feld für das Codewort vorgesehen. Nirgends stand ein Name. Max nahm den Stift und schrieb mit unsicheren Bewegungen *Ronald Biggs* in das Kästchen, den Namen, für den so viele Frauen gelitten hatten und zwei sogar gestorben waren. Es sah aus wie die Schrift eines Zweitklässlers, so sehr zitterten seine Finger. Dann schob Max das Stück Papier zurück. Der Alte nahm es und tippte das Passwort in den Rechner. Nach nicht mal einer Minute, die sich für Max ewig hinzog und in der sein Pulsschlag sich verdoppelte, fragte er schließlich: »Wie viel möchten Sie abheben?«

»Alles«, antwortete Max im zweiten Versuch, nachdem er sich ausgiebig geräuspert hatte. Sein Hals war trocken und die einzelnen Schweißtropfen hatten sich zu einem ständigen Strom vereinigt. Auch pochte seine Stirnnarbe wieder in einem irren Stakkato.

Der Mann stutzte nur kurz, schob sich seine Brille zurecht, obwohl sie perfekt saß und griff zu einem Telefonhörer neben sich. Er wählte eine kurze Nummer und sprach dann in der für Max kryptischen Sprache wahrscheinlich mit seinem Vorgesetzten.

Das konnte ja nicht klappen. Sie hatten sich das viel zu einfach vorgestellt. Vor allem die Frauen natürlich. Die saßen jetzt draußen im Auto und warteten, dass er mit Taschen voller Geld die Bank verließ. Einfach so. Nur die Nummer und das Codewort angeben. Kein Risiko. Max hatte das Gefühl, dass mit einem Mal sämtlicher Sauerstoff die Schalterhalle verlassen hatte. Kleine blitzende Punkte tanzten vor seinen Augen.

Endlich legte der Mann auf und schaute Max an.

»Die Summe steht morgen für Sie zur Abholung bereit. Wir könnten Ihnen einen Safekoffer anbieten, zum Verkauf natürlich«, sagte er.

»Natürlich. Bitte verrechnen Sie den mit meinem Guthaben«, antwortete Max schnell.

»Selbstverständlich. Auf Wiedersehen.«

»Auf Wiedersehen.«

Max war froh, wieder an der frischen Luft zu sein. Gierig sog er den frostklaren Sauerstoff ein und stapfte ausgelassen wie ein kleines Kind durch den Schnee. Sofort waren Eva und Schreiber bei ihm und bombardierten ihn mit unzähligen Fragen.

»Morgen Mädels«, antwortete Max nur. »Morgen.«

Zum einen war er froh, dass er es hinter sich gebracht hatte, zum anderen graute ihm davor, das Ganze am nächsten Tag noch einmal durchleiden zu müssen. Aber so langsam konnte auch Max sich mit dem Gedanken anfreunden, bald Millionär zu sein. Jedenfalls kurzfristig. Natürlich würde er das Geld spenden und nur einen winzig kleinen Teil zurückbehalten.

04.11.2014, Vormittag

Noch bevor die Filiale öffnete, stand Max vor der Tür und wartete. Schnee fiel. Kein dichtes Treiben, sondern einzelne, friedliche Flocken. Sie tanzten schwerelos im Wind. Schreiber und Eva parkten etwa zwanzig Meter entfernt. Der Motor des Panda lief wie bei einem Fluchtwagen. Hoffentlich wurde die Polizei nicht darauf aufmerksam. Einen übereifrigen Beamten, der sie auf die Gefahren für die Umwelt hinwies, konnten sie jetzt überhaupt nicht gebrauchen.

In wenigen Minuten würde es soweit sein. Fünf Millionen Euro. Eine unvorstellbar große Summe. Gestohlenes Geld. Man konnte viel Gutes damit tun. Aber es waren auch grausige Dinge geschehen. Menschen waren gestorben. Konnte Max das mit seinem Gewissen vereinbaren? Er dachte nur in einsamen Momenten darüber nach. So wie jetzt, allein vor der verschlossenen Banktür. Die Frauen redeten ständig. Planten ihre Zukunft. Max hatte noch keine Vorstellung davon, was er tun würde, wenn er den Koffer in Händen hielt.

Endlich wurde die Tür von innen geöffnet, nur einen Spalt, dann fiel sie sofort wieder zu. Max griff nach der Klinke. Ja, die Tür war offen. Er ging sofort auf den Schalter zu. Der Alte war nicht da. Seinen Platz hatte ein junger, südländisch aussehender Mann eingenommen. Er mochte höchstens Mitte zwanzig sein. Max wünschte sich den Opa zurück. Aber es half ja nichts.

»Sie wünschen?«, fragte der Angestellte.

»Eine Abhebung. Das Geld sollte in einem Koffer hinterlegt sein.«

»Ja, einen Moment bitte.«

Auch der junge Mann griff zum Telefon und sprach schnelle, kurze Sätze in den Hörer.

»Bitte warten Sie einen Moment, Sie werden abgeholt«, sagte er, als er das Gespräch beendet hatte.

»Aber ...«

Max wusste nicht, wie er reagieren sollte. Andererseits konnte man nicht erwarten, das Geld bündelweise über den Tresen geschoben zu bekommen.

Zwei Minuten später erschien ein uniformierter Mann in der Schalterhalle, der zu Max' Unbehagen auch eine Waffe am Gürtelhalfter trug.

»Würden Sie mich bitte begleiten«, bat er mit starkem Schweizer Akzent.

Er führte Max in einen separaten Raum, der wie eine mondäne Bibliothek eingerichtet war. Alle Wände waren mit bis zur Decke reichenden Bücherregalen zugestellt. Die Titel konnte Max nicht erkennen, aber es waren durchweg gebundene Exemplare in dunklen Tönen, vorwiegend grün und braun. Ein paar Sonnenstrahlen hatten sich ihren Weg durch die Wolkendecke gebahnt und fielen wärmend durch die hohen Fenster.

Der Raum war mit einem dicken Teppich ausgelegt, in denen die Füße versanken und Max tat es fast leid, ihn mit seinen vom Schneematsch nassen und schmutzigen, mit einer Streusalzkruste überzogenen Schuhen zu betreten.

In der Mitte des Raumes befand sich ein massiver Holztisch, auf dem ein aufgeschlagener Koffer lag, eine kleine schuhkartongroße Maschine stand und sich bergeweise Geldscheine türmten. Dahinter saß eine junge Frau, die aufstand, als Max und der Uniformierte den Raum betraten.

»Guten Morgen. Bitte setzen Sie sich. Ich werde für Sie das Geld zählen und in den Koffer sortieren. Möchten Sie etwas trinken? Einen Kaffee oder einen Wein vielleicht?«

Die Mitarbeiter der Bank waren es anscheinend gewohnt, ihre Kunden nicht beim Namen zu nennen. Noch ehe Max antworten konnte, begann sie, bündelweise Banknoten in den Eingabeschacht der Maschine zu legen. Sofort ratterte die Mechanik los und Max konnte auf einem Display eine mitlaufende Summenanzeige beobachten.

»Nein danke«, entgegnete er schließlich, setzte sich auf den freien Stuhl auf der anderen Seite des Tisches, rieb sich seine pochende Narbe und sah fasziniert zu, wie die junge Frau ein Bündel nach dem anderen in den Schlund der Maschine warf.

Der Bewaffnete blieb in seinem Rücken an der Tür stehen.

Es dauerte fast eine halbe Stunde. Die junge Frau, die ein wenig Ähnlichkeit mit Lisa Schmitz, Miss Oktober, hatte, arbeitet konzentriert und ohne aufzusehen.

»4.895.630 Euro«, sagte sie, nachdem sie das letzte Bündel Geldscheine in den Koffer gelegt hatte.

Dann schloss sie den metallverstärkten Deckel und stellte eine Kombination am Zahlenschloss ein.

»Der Code steht auf diesem Kärtchen«, sagte sie und übergab Max eine kleine Plastikkarte mit dem Logo der Bank und einer eingestanzten Nummernfolge darauf.

»Ich muss Sie darauf hinweisen, dass der Koffer nur unzureichenden Schutz bietet. Ansonsten einen schönen Tag. Herr Sutil wird Sie hinausbegleiten.«

Der uniformierte Mann ging daraufhin zum Tisch, wuchtete den Koffer herunter, zog die Teleskopstange heraus und rollte den Trolley in Richtung Ausgang. Max ging ihm schnell hinterher. An der Tür schaute er noch einmal kurz zurück, aber Miss Oktober hatte das Zimmer schon verlassen. Ein ganz normaler Arbeitstag.

Erst auf der Straße bekam Max den Koffer in die Hand. Der Bankangestellte verabschiedete sich höflich und ging zurück. Und Max stand auf dem Bürgersteig vor der Bankfiliale der Zürcher Kantonalbank in Regensdorf, hatte einen Koffer mit fast fünf Millionen Euro in der Hand und konnte nicht glauben, dass das Realität war. Es hatte aufgehört zu schneien, die Sonne hatte eine größere Lücke in die Wolkendecke gebrannt und leuchtete Max wie ein Bühnenschweinwerfer an.

Jetzt hatten Eva und Schreiber ihn auch gesehen. Der Panda ruckte, fuhr an und blieb dann wieder stehen. Abgewürgt. Max konnte die Frauen nicht erkennen, aber mit Sicherheit kreischten und schrien sie vor Aufregung. Jetzt lief der Motor wieder und spuckte eine hellblaue Abgasfahne in die kalte Luft. Mit durchdrehenden Vorderräder setzte sich der Fiat erneut in Bewegung. Bevor er Max erreicht hatte, schlidderte plötzlich ein dunkler Kastenwagen von der anderen Straßenseite auf Max zu. Er schleuderte leicht, touchierte mehrfach den hohen Bordstein und kam nur wenige Zentimeter neben Max zu stehen. Die Fahrertür wurde aufgerissen und ein Mann sprang heraus. Ehe Max begreifen konnte, was passierte, traf ihn ein brutaler Schlag an der Schläfe und er verlor das Bewusstsein.

03.02.2015, früher Nachmittag

»Sabine hat geschrieben.«

Eva hatte Max aus seinen Gedanken gerissen. Seit sie in Afrika angekommen waren, saß er oft einfach nur so auf der Veranda der Gemeindestation und betrachtete fasziniert die Umgebung, lauschte in die Natur und war mit sich und der Welt zufrieden. Von der Architektur und der schwarzen Bevölkerung mal abgesehen, konnte man auf den ersten Blick glauben, sich noch im Thüringer Wald zu befinden. Waren sie aber nicht. Sie arbeiteten in einem kleinen ruandischen Dorf im Hinterland von Kigali. Hier hatte UNICEF eine Hilfsstation eingerichtet, in der jede anpackende Hand willkommen war.

Nachdem Max auf dem Bürgersteig vor der Schweizer Bank zusammengebrochen war, hatten die beiden Frauen ihn schnell in den Panda geladen und in ein Krankenhaus gebracht. Zum Glück war es nichts Ernstes. Eine stark blutende Platzwunde, die jetzt, drei Monate später, ab und an immer noch juckte. Dafür hatte die Stirnnarbe endlich Ruhe gegeben.

Liebergeld war zusammen mit dem Millionenkoffer verschwunden. Sie hatten ihn gehen lassen. Es war nicht leicht, die Frauen davon zu überzeugen, doch letztendlich hatte sich

Max durchgesetzt. Zum ersten Mal in seinem Leben hatte er eine Entscheidung ganz für sich allein getroffen und sich durch niemanden beeinflussen lassen.

Durch eine glückliche Fügung war das Infoprospekt von Sabine Schreibers Couchtisch in seiner Reisetasche gelandet und ihm nach seiner Entlassung aus dem Schweizer Krankenhaus als Erstes in die Hände gefallen. Ein Zeichen. Ein göttliches Zeichen. Und Max hatte den Wink verstanden. Zu seiner Überraschung und Freude hatte Eva sofort gesagt, dass sie ihn begleiten würde. Und nun waren sie hier, mitten in Afrika. Als gute Freunde. Allerdings blieb der Zölibat noch immer ein großer Stolperstein für Max. Liegestützen, Rumpfheben und Kniebeugen gehörten nach wie vor zu seinen täglichen Übungen. Seine MZ hatte Max leider in Eisenach zurücklassen müssen, sich dafür aber in Kagili einen gebrauchten chinesischen Zweitakter besorgt.

Eva öffnete noch im Gehen den Brief aus Deutschland. Sabine hatte den Verlust des Geldes nicht so leicht verwunden. Aber was für eine Alternative hatten sie schon gehabt? Liebergeld weiter hinterherjagen? Das sollte die Polizei erledigen. Schließlich war er ein gesuchter Mörder. So hatte Schreiber für sich beschlossen, ein Buch über die Geschichte zu schreiben. Max und Eva hatten nur unter der Bedingung zugestimmt, dass sie die Namen ändern würde. Aber am Ende spielte das auch keine Rolle. Ihre Vergangenheit würde sie ohnehin einholen. Nicht hier, auf dem schwarzen Kontinent, aber in dem Moment, in dem sie ihren Fuß wieder auf deutschen Boden setzen würden.

»Es ist auch ein Zeitungsausschnitt dabei. Ist schon etwas älter. Vom letzten November«, sagte Eva und nahm den Ausriss aus dem Briefumschlag.

»Lies vor«, bat Max und lehnte sich in seinem Stuhl zurück.

Eva setzte sich zu ihm und begann zu lesen:

Autobahn A7 - Tödlicher Unfall am Stauende und unerwarteter Geldregen.

Großeinsatz auf der A7. Gleich mehrere Unfälle haben die Rettungskräfte am Dienstagabend in Atem gehalten. Die Bilanz: Ein Toter, mehrere Verletzte und Geldscheine im Wert von mehreren Millionen Euro.

Den schlimmsten Unfall gab es am frühen Dienstagabend bei der Autobahnausfahrt Kassel-Ost. Ein LKW-Fahrer entdeckte das Ende eines Staus zu spät und raste ungebremst in zwei stehende Lastwagen. Durch die Wucht des Aufpralls wurden die beiden Lastwagen und ein sich dazwischen befindlicher Kleintransporter zusammengedrückt und durchbrachen die Leitplanke auf der rechten Seite. Sie stoppten erst auf dem Beschleunigungsstreifen der Autobahnausfahrt. Der 40-jährige Unfallverursacher und auch der Fahrer des Kastenwagens waren sofort tot. Die beiden anderen Fahrer mussten von der Feuerwehr aus den Wracks ihrer Fahrzeuge befreit werden.

Bei dem Unfall platzte der Laderaum des Kleintransporters auf und aus ihm wurden Geldscheine im Wert von mehreren Millionen Euro auf die Autobahn geweht. ›Ein wahrer Geldregen‹, so ein Sprecher der Polizei Kassel. Die Identität des Fahrers, sowie die Herkunft des Geldes konnte bisher nicht geklärt werden.

Steffen Schulze

Steffen Schulze wurde 1975 in Finsterwalde geboren und arbeitet als Maschinenbauingenieur in einem großen weltweit agierenden Unternehmen. Ehrenamtlich verantwortet er die Öffentlichkeitsarbeit der DLRG Ortsgruppe Eisenach und arbeitet dort auch als Rettungssporttrainer. Er ist mit der besten Ehefrau von allen verheiratet und lebt in der Wartburgstadt Eisenach. Neben dem Rettungsschwimmen und dem Schreiben ist das Motorradfahren (Triumph und Royal Enfield) seine große Leidenschaft.

Motorrad-Krimis im Highlights-Verlag

Mord am Stilfser Joch
Karin Schickinger
Julians und Mercys 1. Fall

Eine Gruppe Motorradfahrer trifft sich in einem Hotel in den Österreichischen Alpen zu einer geführten Tour. Doch schon am ersten Tag bekommt die Urlaubslaune einen gehörigen Dämpfer: Ein Mitglied der Gruppe liegt tot in der Werkstatt. Tourguide Julian und Mechanikerin Mercy müssen sich jetzt nicht nur um ihre Gäste kümmern, sondern auch noch einen Mörder fangen. Verdächtige und Motive gibt es mehr als genug, dazu noch eine zweite Leiche.

224 Seiten
ISBN 978-3-933385-48-2

Die Leiche im Lavendelfeld
Karin Schickinger
Julians und Mercys 2. Fall

Ein Motorradbekleidungshersteller hat einen bekannten Modeschöpfer engagiert, der eine neue Kollektion entwerfen soll. In einem Hotel am südfranzösischen Lac de Ste. Croix treffen sich die Assistenten des Meisters mit den Vertretern des Herstellers, um Prototypen zu testen. Zufällig wohnen die Tourguides Mercy und Julian mit ihrer Motorradreisegruppe auch in diesem Hotel. Da geschieht ein Mord. Mit der Ruhe ist es nun vorbei – Mercy und Julian werden in die Affaire verwickelt.

240 Seiten
ISBN 978-3-933385-51-2

Motorrad-Krimis im Highlights-Verlag

Schüsse am Schauinsland
Karin Schickinger
Julians und Mercys 3. Fall

Am Schauinsland wollen die beiden Tourguides nur eins: Mit ihren Gästen Motorradkurven sammeln. Doch von Anfang an geht alles schief. Das exklusive Hotel ist nicht gebucht, die Reisegruppe muss in das einsam gelegene, unbewirtschaftete Berghotel umziehen. Am Anreisemorgen liegt zudem eine tote Frau auf dem Vorplatz. Und nach einer Verfolgung durch den nächtlichen Schwarzwald wird endgültig klar: Mit einer Toten gibt sich der Mörder nicht zufrieden.

224 Seiten
ISBN 978-3-933385-63-5

Tödliche Schräglage

auch als eBook

Frank Marx
Kommissar Axel Schröders 1. Fall

Kommissar Schröder aus Köln muss seine alte Honda CB 750 aus der Garage holen, denn immer mehr Motorradfahrer verunglücken tödlich auf einer kurvenreichen Strecke in der Eifel. Ist der Black Rebel Motorcycle Club in eine tödliche Auseinandersetzung mit den Lucky Jokern geraten? Oder hat der einschlägig bekannte Motorradhändler Leo Nehls seine Finger im Spiel? Und wer ist eigentlich der mysteriöse Dark Rider? Axel Schröder gerät in seinem ersten Fall in eine mörderische Jagd.

192 Seiten
ISBN 978-3-933385-50-5

Motorrad-Krimis
im Highlights-Verlag

Tödlicher Speed
auch als eBook
Frank Marx
Kommissar Axel Schröders 2. Fall

In Köln auf dem Wallrafplatz sitzt ein toter Mann auf einer Bank. Er hat eine Kugel in der Brust und einen Motorradhelm auf dem Kopf. Kommissar Schröder, Hobbybiker und Ermittler bei der Kripo, steht vor einem Rätsel: Der Tote lässt sich nicht identifizieren, der Tatort ist unklar. Schröder geht nur widerstrebend an die Ermittlungen, denn eigentlich wollte er morgen mit seiner Maschine in den Urlaub nach Südfrankreich fahren. Doch dann erhält der Fall ungeahnte Dimensionen.

192 Seiten
ISBN 978-3-933385-49-9

Tödliche Falle
auch als eBook
Frank Marx
Kommissar Axel Schröders 3. Fall

Heimtückischer kann man einen Motorradfahrer nicht ermorden: Ein Drahtseil ist kurz hinter dem Kölner Ortsschild quer über eine kleine Landstraße gespannt und köpft Canetti, einen verurteilten Entführer, der gerade erst seine Strafe abgesessen hat. Ganz Köln ist hinter den verschwundenen vier Millionen Euro Lösegeld her. Als sich Kommissar Axel Schröder auf die Suche nach Attentäter und Lösegeld macht, gerät er selbst in eine tödliche Falle.

192 Seiten
ISBN 978-3-933385-64-2

Motorrad-Krimis
im Highlights-Verlag

Auf St. Pauli stirbt man zweimal

auch als eBook

Hans Kettwig

Als Jan im Schuppen seines Onkels Pit eine alte Triumph findet, kommen unangenehme Familiengeheimnisse ans Licht. Jans Vater und sein Bruder Pit waren in den Siebzigern in Hamburg als Rocker unterwegs. Bis Pit das Opfer eines mysteriösen Motorradunfalls wurde. Hat Störte, damals ein Freund aus der Rocker-Clique und später eine bekannte Kiezgröße, etwas mit dem Unfall zu tun? Jan macht sich mit der Triumph auf die Suche. Schon bald gerät er selbst in die Schusslinie.

192 Seiten

ISBN 978-3-933385-55-0

Kurbelwellen weinen nicht

Hans Dölzer

Jo-Jos 1. Fall

»Ich kann es nur bestätigen«, sagte der Gerichtsmediziner. »Alle Skelette sind über dreihundert Jahre alt. Bis auf eins.« Jonas Jordan, genannt Jo-Jo, Motorrad-Journalist aus Leidenschaft und Heidelberg, macht in der nordhessischen Provinz eine grausige Entdeckung. Die Kirchenhistorikerin Beate Aschenbrenner und er fahren auf ihren Motorrädern bis in Jordans Kindheit zurück, um nicht nur die Identität des Täters, sondern auch die des Opfers zu ermitteln.

240 Seiten

ISBN 978-3-933385-65-9